比较文学与世界文学 研究丛书

主编 曹顺庆

三编 第 **20** 册

欧美文学论稿(下)

张叉、张顺赴、杨尚雨 著

花木兰文化事业有限公司

国家图书馆出版品预行编目资料

欧美文学论稿（下）／张叉、张顺赴、杨尚雨 著 —— 初版 ——
新北市：花木兰文化事业有限公司，2024〔民 113 〕
目 2+190 面；19×26 公分
（比较文学与世界文学研究丛书 三编 第 20 册）
ISBN 978-626-344-819-3（精装）
1.CST：西洋文学 2.CST：文学评论
810.8   113009375

ISBN-978-626-344-819-3

比较文学与世界文学研究丛书
三编 第二十册   ISBN：978-626-344-819-3

欧美文学论稿（下）

作 者 张叉、张顺赴、杨尚雨
主 编 曹顺庆
企 划 四川大学双一流学科暨比较文学研究基地
总 编 辑 杜洁祥
副总编辑 杨嘉乐
编辑主任 许郁翎
编 辑 潘玟静、蔡正宣 美术编辑 陈逸婷
出 版 花木兰文化事业有限公司
发 行 人 高小娟
联络地址 台湾 235 新北市中和区中安街七二号十三楼
       电话：02-2923-1455 ／传真：02-2923-1452
网 址 http://www.huamulan.tw 信箱 service@huamulans.com
印 刷 普罗文化出版广告事业
初 版 2024 年 9 月
定 价 三编 26 册（精装）新台币 70,000 元

欧美文学论稿(下)

张叉、张顺赴、杨尚雨 著

目

次

托马斯·哈代诗歌刍论

托马斯·哈代（Thomas Hardy, 1840-1928）的创作生涯从 19 世纪 70 年代贯穿至 20 世纪 30 年代，是一位跨世纪小说家兼诗人。在他漫长的生命历程里，他以宏富的创作为后世留下大量弥足珍贵的文学遗产。他倾其一生的才气和精力，发表了宏篇巨制的小说 16 部、诗集 8 本，说他著作等身，不为过。1978 年，当全世界的读者和文学界人士以尊崇的心情纪念哈代逝世 50 周年之际，人们似乎重新认识和理解了这位世所罕见的文学巨人。当年被世人所误解、被批评家所訾诟的两部小说《德伯家的苔丝》（*Tess of the D'Urbervilles*）和《凡人裘德》（*Jude the Obscure*）终为后世所领悟而正清名，跻身世界名著之列。哈代作为一位横跨两个世纪的最伟大的小说家的地位比以往任何时候都更加显赫尊荣，而作为诗人的哈代，人们更是刮目相看、被誉为自浪漫主义运动以来读者面最为广众的诗人之一。20 世纪伊始，哈代年届 60；当他的最佳诗作面世之时，他已年过 70。因此，作为诗人，哈代属于 20 世纪，而且位居最伟大的诗人之列。

一

哈代的文学生涯以诗始、以诗终。1898 年，他的第一个诗集《威塞克斯诗抄并别咏》（*Wessex Poems and Other Verses*）出版，其中收集了早自 1863 年写的诗，共计 48 首。据考证，从 1865 年至 1868 年这 4 年间，他写了很多诗，其中的大部分收入到了这本诗集。这本诗集出版后，尽管没有引起读者和评论界太多的注意，然而从中可以看出，他以诗开始其文学之旅，中道又回复于诗，却是很有意义的。当他生命历程将终之时，最后的诗集《冬咏》（*Winter Words*）

已成，并在他刚刚别离人世的 1928 年出版，为他毕生的文学事业划上一个圆满的句号。

哈代自己也宁愿被人呼为诗人而非小说家，其真正原因并非是《德伯家的苔丝》和《凡人裘德》遭到当时卫道者们的无端非难而令他对小说望而却步、从此收手；对于一个具有非凡道德力量的作家，哈代还不至于懦弱如斯；他在人生的后半世之所以以诗继续其文学历程，根本的原因是他自己从青年时代起就对缪斯情有独钟，而且随着年岁的增长，此情愈益浓烈，不可自已；他自身所秉的浓郁的诗人气质使他不可能忘情于诗，在生命的最后岁月里，以古稀之年，居然勃发创作力远胜青年，从 58 岁发表第一本有影响的诗集之后，又连续出版 7 本诗集，一路才气不减，可谓诗人不老，狂如少年。哈代在诗里找到了小说中找不到的自由，发现一个更加广阔的创作天地。在诗的境界里，他对命运的无常和乖戾更加敏感，对不幸的人类和所有的生灵更加寄予同情。所以我认为，哈代从 1895 年弃文而作诗，并非偶然，而出于必然。也有论者认为，哈代之转向为诗，是因为他的 16 部小说业已奠定了他作为伟大小说家的地位，或者说他意识到他在小说这种文学形式上的开掘已臻极至，若要继续其文学生涯，非以诗言志不可；再者数十年来蛰伏其身的博大诗才也待释放而焕发。卫道者们对他的小说的攻击只是一个偶然的环境因素而已。哈代之成为诗人，这是必然的。

据粗略统计，哈代一生正式发表的诗作凡 918 首，辑为 8 集（不包括单独成册的史诗剧《君王》（*The Dynasts*）。从数量上看，虽无汗牛充栋之巨，也算洋洋大观，够得上一个大诗人的规模了。然而，评价一位诗人，最重要的是他的诗才如何、对后世的影响如何以及他所关注的主题在时空距离上的恒久性如何。哈代这 918 首诗构成一个主题和风格的整体，其上建立起他的煌煌诗名。他不是一个哲学家或思想家；我们似乎不能说他的思想是系统的，他自己也无意于通过诗的形式以建立什么思想体系。在他的诗行间我们无时不感觉到他对人类命运的巨大而细微的关注；无论他写一人一景或一物一事，全归结在对人类整体命运的深刻思考或沉静瞑想。他认为这是诗人的责任和良知。这就是为什么哈代的诗篇里极少轻松之笔。恰恰相反，整体而言，他的诗笔是凝重的、肃穆的、有时甚至是悲叹的。因此，历来对哈代思想的评价都少不了"悲观主义"和"宿命论"这两个标签。这当然是事出有因。他的诗的基调是沉郁婉转的、总是伴随着轻轻的叹息。正如下面一首直截名为《叹息》（"The Sigh"）

的诗所有的调子：

> 小脑袋倚在我的肩头，
> 始而羞涩、继而大胆，
> 抬起两眼；
> 浑身怯怯颤栗，
> 到底任我吻她；
> 但，她叹息一声。
> 这暗示她感情里
> 混杂有某种悲哀：
> 她未明言。
> ——不是她不再爱我，
> 这世上她独钟情于我；
> 但，她叹息一声。
>
> 她不可能掩饰爱情、
> 恐惧或疑心，
> 哪怕是最轻微之情；
> 谁也难于分离我们，
> 胜利属于两颗爱心；
> 我不知她为何叹息。
>
> 后来我对她彻底了解，
> 她爱我真切而坚定，
> 至死不渝；
> 但她从未道出：
> 在最初的销魂时刻
> 她为何叹息。
>
> 那是我们的五月，记住；
> 尽管如今我已近十一月，
> 心平气和活下去
> 直到我的注定之期，
> 然而有时我无不惋惜

她当初的叹息[1]。

不可否认，这一"叹息"的确在哈代的诗行间时时回响。那么，悲观主义和宿命论到底是不是他思想的主体呢？或者说，是他的诗旨的主题？众所周知，传统的评价将哈代划为悲观主义诗人，因为他的众多的诗咏叹了命运无常、祸福无门、不可抗拒；在强大的厄运面前，人显得渺小、无力、懦弱而可怜。在哈代的作品中，的确没有惊天动地、叱咤风云的英雄人物，有的只是芸芸众生、凡人琐事。然而这正是生活的本身本色、是生活的本质所在。哈代要表现的正是人群之中无穷无尽的、变化万千的情绪与心境。他看到的正是人们看不到的，他写出来的正是人们欲说还休的。对于一个诗人应有何为，他自己是非常清楚的。《诗人》（"A Poet"）这首诗道出了诗人的社会责任：

> 他不需要：
> 众人仰望、
> 趋附捧场、
> 说短道长；
> 吃喝无需遵命、
> 酒酣许诺莫听。
>
> 对显贵或美人的喝彩，
> 他概不领情；
> 对迢迢而来的朝拜者，
> 他无动于衷。
>
> 但或迟或早，
> 当您听见某天黄昏
> 第一缕星辉照耀时
> 他已脱下旧皮囊，
> 到他坟前如是说：
> "无论他的旨意如何，
> 或欢乐或黯然——
> 这两个乐天的女人
> 此生始终与他为伴"；

1　*The Selected Poems of Thomas Hardy*, London: Macmillan and Co. Limited, 1924, p.212.

> 立而言之，一日将尽；
>
> 聊聊数语，足慰平生[2]。

悲天悯人的哈代在此形同发表了诗人的宣言：不讨好权贵，仅以诗言其旨趣。而且他在有意无意之间断然否定了加在他身上的"悲观主义"标签，因为他将欢乐和黯然两种情绪视为"两个乐天的女人"，是诗的两个基调，不是悲观与否的问题。事实上在哈代的诗篇中哀喜互见，有时轻松起来如读佘西或济兹（John Keats），如《春的呼唤》（"The Spring Call"）：

> 在威塞克斯大路上，
>
> 春天在闪闪发光，
>
> 乌鸫悦耳的鸣叫
>
> 带着威塞克斯腔调，
>
> 远近听来像我在唱。
>
> ……
>
> 是的，此时此地
>
> 生灵配对成双，
>
> 黎明时分相见，
>
> 她发出春的呼唤[3]！

这哪里有半点悲观主义的阴影？春天在哈代笔下是何等的灵秀！何等的雀跃！这样的诗在他的诗集里并非偶例。"悲观主义"的指责实在是对于哈代的历史性的误解。尽管他有过丧妻之痛，后又再娶，哈代以88年的漫长生命跨越两个世纪，其人生态度应该是积极进取入世的。从20多岁起写诗至88岁谢世之前搁笔，中经一次大战，小说和诗的创作如此宏博，这同悲观主义相容吗？应该说他的丰富的人生阅历沉积在他的后期创作里，使之更显凝重之美、智慧之美、娴熟之美。

哈代在诗篇里所展现的当然不是人间乐园或世外桃源，而是真实的人生的各种境况和境遇、是活着的普通人的真情实感、是毫无掩饰的人世百象。其中自然有生有死、有婚宴有葬礼，有离别有重逢，有爱有恨，有愚有智，有春之温煦，有秋之萧索，有冬之冷寂……。唯其有了这一切，才构成了哈代笔下的一幅真实的人间画图。这种"全景式"的文学再现难道能以"悲观主义"一

---

2 *The Selected Poems of Thomas Hardy*, London: Macmillan and Co. Limited, 1924, p.390.

3 *The Selected Poems of Thomas Hardy*, London: Macmillan and Co. Limited, 1924, p.228.

语蔽之？具体分析他的诗作，不难发现哈代不仅没有对人类失去信心、而且心底里潜流着对未来的希望。在《推延》（"Afterwards"）中，诗人借一只筑巢的鸟的嘴说：

> "啊，如果我像有些鸟
> 生在一棵常绿的树上
> 筑就我的暖巢，
> 无人窥看、无人嘲讪，
> 任我快乐繁衍！"[4]

有趣的是，哈代似乎为了揶揄指他为悲观主义者的人，晚年作过一首《一个悲观主义者的墓志铭》（"Epitaph on A Pessimist"）：

> 我是斯托克的斯密思，
> 年逾六十，
> 从年轻起独居无妻室，
> 去见上帝亦如此；
> 我的老爸亦如此[5]。

作为一个对人类命运和精神世界极为关注的诗人，哈代的诗篇中更多的诉诸人世的苦难和坎坷。诚然，他叹息运数的无常、生死的不测、幸福的短暂不可倚持、痛苦的深彻似无边际；他的诗中似乎充斥太多的坟墓、葬礼，以及人世的其他种种哀切。在《致生活》（"To Life"）中，诗人的确对生活表示出厌烦之情：

> 啊，面容衰枯悲戚的生活，
> 我倦于见你，
> 你衣衫肮脏、步履蹒跚，
> 强作欢颜！
>
> 我知道你对死亡、岁月
> 和命运的见解——
> 我早已知之甚详，
> 且知于我何意。
>
> 但你难道不可以

---

4 *The Selected Poems of Thomas Hardy*, London: Macmillan and Co. Limited, 1924, p.8.
5 *The Selected Poems of Thomas Hardy*, London: Macmillan and Co. Limited, 1924, p.771.

发一天狂：

不要穿异服奇装，

不要伪称：人间乃天堂？

我将与你同调，

沉默至黄昏；

也许我会相信

这插曲是真[6]！

这首诗见于诗集《今昔诗抄》（*Poems of the Past and the Present*, 1901），是他罢文作诗之后出版的第二本诗集。在诗集的《前言》（"Preface"）中，哈代对入集的诗有过说明：

> 本集的题材——即使在非叙事诗中——多数为戏剧化或非个人的，即使表面看来不是如此。再者，那些可视为个人的诗包含了各样的感触和遐思，其情绪极为不同，成诗的境况亦大相殊异，而且写于不同时期。因此，读者或许会发现本集的诗缺乏思想的连贯性和风格的一致性。这我并不感到多大遗憾。互不协调的印象自有其价值，而通往真正的人生哲学之路似乎在于谦卑地记录各种境遇呈现给我们的纷繁各异的人生百相[7]。

在这里，哈代强调的是在诗中如实记录生活的各种境遇，所谓"一致性、连贯性"并不像人们以为的那样重要；换言之，对于哈代来说，题材和风格的多样化最为重要，因为在他看来，生活本身即是多色的、而非单色的；人生不总是协调的、和谐的；但是，不协调本身具有其价值；因为万事万物都是相反而相成的。可以说，悲剧和喜剧共同构成了生活。这其实就是哈代的"真正的人生哲学"，也是他力图在诗篇里传达的最大主题。所以我认为，不能将他的人生哲学或人生观视为"悲观主义"而加以摒弃。恰恰相反，我认为只有如哈代这样的大作家大诗人，历尽人间沧桑，又秉极高的悟性和诗才，才有可能提出这样透彻的人生哲学，才有可能以诗的形式向读者广布这样的人生哲学。他生活在两个世纪之中，从维多利亚时代至现代，作为一个先小说家后诗人的文人，生年既长，所悟深广，大智大睿，厚积而薄发，深沉而绝响，在小说和诗两大文学领域内建树至高、世所仰望，居然一个"悲观主义"的恶谥便将他盖

6　*The Selected Poems of Thomas Hardy*, London: Macmillan and Co. Limited, 1924, p.107.

7　*The Selected Poems of Thomas Hardy*, London: Macmillan and Co. Limited, 1924, p.1.

棺论定若许年，这才有点"悲观主义"的况味！

事实上，哈代不仅作为一个小说家在思想和艺术上在维多利亚时代处于时代的前列，而且作为一个诗人在人生哲学和诗艺方面在乔治时代也不落伍、能与时俱进齐驱。其向上进取的精神在诗行间也不时闪烁，《鸫》（"The Robin"）：

> 我高飞云端、
> 高飞云端，
> 鸟瞰池塘里
> 闪耀的蓝天，
> 我是一只快乐鸟，
> 快乐鸟
>
> 我栖落池畔，
> 左顾右盼，
> 低头饮水，
> 沐我翅羽，
> 鸣声如铃，
> 漂亮打扮。
>
> 冬降寒霜，
> 地硬如钢，
> 我寻寻觅觅，
> 无食充饥肠，
> 何其悲伤，
> 何其悲伤！
>
> 大雪纷飞，
> 雪上加霜，
> 我竟不悲不哀，
> 因为我冻成一个
> 冷且硬的羽毛团[8]！

您看：诗人自况为"快乐鸟"，虽在顺境时以物喜，但在逆境时却不以己

8　*The Selected Poems of Thomas Hardy*, London: Macmillan and Co. Limited, 1924, p.485.

悲，冻成一团雪球，竟能自嘲而自慰，这是何等昂扬的乐观主义！观其一生，可以发现哈代正是这样实践他的人生哲学的。他的一生经历，实际上并无大波折；1912 年第一任妻子病故时，哈代已 72 岁高龄，竟又再娶，从这一生活细节亦可见他对生活的勇气，不甘沉沦，是一个不断向生活进取、索取的人。他早年秉承父志（其父为木工厂老板）在伦敦从师学建筑，设计了不少教堂之类的宗教建筑；大约自 25 岁起从文，一帆风顺，迅速成名；晚年经历一次大战，对其思想冲击最大，诗篇里有 19 首集为一章，名为《战争诗及爱国主义诗》（*Poems of War and Patriotism*），其中表现军旅的艰难、士兵的勇敢、对祖国的挚爱等爱国主义情绪。在《士兵出发》（"'Men Who March Away': Song of the Soldiers"）中，诗人歌颂了英国士兵离乡背井、为正义而战、深信正义必胜的坚定信念和高昂士气，洋溢着浓厚的爱国主义热情：

> 是怎样的信念和热情
> 燃烧在我们心间，
> 士兵出发了，
> 在鸡鸣夜幕降临前，
> 离开多眷恋的家园；
> 士兵出发了，
> 是怎样的信念和热情
> 燃烧在我们心间？
> ……
> 我们心底里深信：
> 胜利属于正义，
> 战争狂人必败；
> 我们奔向战场，
> 并不哀伤；
> 我们心底里深信：
> 胜利属于正义[9]。

这种昂扬的爱国主义精神应该同悲观主义无缘。我认为，不应该用什么什么"主义"的标签往哈代额头上贴；像哈代这样的诗人，思想远比我们想象的复杂、多变、错综、交织，来不得简单化、概念化。尽管他毕生都在寻求一种

9　*The Selected Poems of Thomas Hardy*, London: Macmillan and Co. Limited, 1924, p.506.

真正的人生哲学，然而他并不是一个哲学家或思想家；他自己也不认为他的思想是系统的、一贯的。纵观他的一生及其作品，可以说我们面临的是一个"变化的哈代"。在很年轻的时侯，他就有很成熟老到的思想，而当他年高名盛之时，他又显露出一些幼稚的想法。我们可以这样说：哈代一开始就成熟，而至死未完全成熟。

对于某些批评家一再为之责难他的悲观主义，哈代自始至终都不以为然，而且一有机会就为自己申辩，从未默认过这种指鹿为马的评词。其中，在为1922 年出版的诗集《今昔抒情诗集》（*Late Lyrics And Earlier*）写的前言《歉词》（"Apology"）中，哈代的自辩最为集中、有力而令人信服，是对责难者的最好回答：

> 然而，的确在被认为更近于程式化的审美趣味的那些消极的、更轻快的传统的抒情诗中间杂入了一些严肃的、积极的、粗露的诗篇。那原因是，一方面我非常明白，如今比以往任何时候都更不期望、确实很少允许一个思想家在试图解释罪恶的存在和惩戒之不当或为之辩解的时候，将其头脑里出现的所有有关在这个宇宙里的生存问题的思想全部说出来；另一方面，对于头脑开明的知识界肯定显而易见的是，在不否认某些可敬的传统的佳处并示以尊崇的前提下，对所谓"固执的诘问"和"无用的置疑"如此横加否定，易于导致知识毁损与困境。海涅大约 100 年前说过，灵魂拥有永恒的权利；一切清规戒律都将难于令她黯然，催眠的音乐也不可使她昏睡。今天在对本诗集的作者而发的含沙射影之词里所指称的"悲观主义"，实质上不过是在探索现实生活的过程中的"诘问"、是升华灵魂和肉体的第一步。
>
> 请恕我引用我 20 多年前发表、而作于更早的诗《阴影》（"In Tenebris"）中的两行：
>
> 倘若有途从善，
>
> 亦须正视大恶。
>
> 即是说，通过探索现实、并在探索过程中逐步地坦率地承认现实，同时着眼于可能的最完美的结果：简言之，渐进的社会向善。但是这竟被称为悲观主义；在这一名目之下，许多人大兴讨伐，视之为某种邪恶的新东西（尽管其古老可追溯至《福音书》，甚至渗透

希腊戏剧）；于是大发善心地对这一问题保持体面的沉默，似乎没有进一步评论的必要。

　　……

　　对于这个问题，我还要补充的是：所谓"乐观主义者"的论点简洁地归纳在我的朋友弗雷德雷克·哈里森最近所写的一篇驳我的文章里，其中他严厉宣告："这种人生观并非我的观点。"依我看，这一堂而皇之的宣告对于上述"观点"（真的，这是一些我从未试图去协调起来的零散的看法）并没有自以为的那般凌厉的摧毁力。无疑，它包含了一个常人太爱犯、太常见的逻辑谬误。另外，一位学识渊博的评论家、显然是一个年轻的罗马天主教徒，在他的整篇文章里以种种粗枝大叶的假设，大谈"哈代先生拒绝安慰"，"他的思想的阴暗的严肃性"等等。当一个实证主义者和一个浪漫主义者都一致认为这本诗集里肯定有出类拔萃之处时，这足以令一个诗人激动。但……但愿那有可能[10]！

在此，哈代再清楚不过地表白了对强加在他身上的"悲观主义"恶谥的反感以及对于所谓"乐观主义者"对他的作品的无知妄评的辛辣的讥刺。哈代认为：对于现实生活的诸多方面的深入探索和穷究是人类灵魂和肉体向善的第一步，即被攻击他的人所指为"固执的诘问"与"无用的置疑"的求索态度；为此，他提出了"渐进社会向善"这一命题，其核心是通过向世人真实地展示现实的各种丑恶以警示、震骇昏昏噩噩的人们，从而令其面对现实、正视现实、并从净化自己的灵魂而着手改造现实。这同悲观主义有什么关系呢？然而那些自称正统的批评家们根本置哈代的辩白于不顾，蓄意将这顶"悲观主义"的帽子往他头上戴（即使在维多利亚时代，"悲观主义"看来也是众矢之的），以至混淆视听数十年之久！在多数读者眼中，哈代竟成为"悲观主义"的代表人物、文学史上"宿命论"的典型！研究一个作家，最根本的应该从他的作品出发、而不是从现成的概念出发，动辄以什么"主义"来框定人。这当然是最简单化的文学批评、也是最误事的文学批评。实际上，大多数作家及其作品既不属于这个也不属于那个主义。作品是一个非常复杂的现象、是一个庞大的综合体。而且作品一旦产生（发表），就立刻具有相对于作家的独立性；有些社会

---

10 *The Selected Poems of Thomas Hardy*, London: Macmillan and Co. Limited, 1924, p.526.

效果甚至是作家始料未及的，正如一个工人造了一把刀，后来有人用这把刀来干什么他是无法控制的一样。文学作品的后期作用当然要比具体的物质产品复杂、隐晦、精微得多。对于同一个作品，见仁见智者比比皆是。绝然相反的两种或多种见解也屡见不鲜。这是文学的隐晦性使然。其实，对于一部文学作品众说纷纭正说明其影响巨大；众口一词的文学作品大都属平庸之作。对于哈代及其作品，我们应持这样的态度。

诚然，不能说哈代身上和作品中绝无"悲观主义"的因素；实际上任何一个较有文学成就的作品中含有各种"主义"的因素，但我们不能就此划定某作家属于某"主义"。"悲观主义"和"宿命论"是两种人生态度；观其一生，哈代从来没有对自己和人类的前途丧失信心；恰恰相反，应该说生活与创作都如此丰富的哈代一直充满对生活的勇气，从来都没有放弃过对希望的怀抱和追求。通过小说和诗，他不仅致力于净化读者的灵魂与肉体，而且净化他自身。然而文学史上的一个怪现象就是：作家自己的辩白在一大群早有定论的批评家面前总是无力的，往往以所谓"攻之者说有、辩之者说无"一言蔽之。对此，哈代自己也很清楚，然而他不能不置一辨而隐忍，所以在《歉词》中他不无愤愤地说：批评家们"于是大发善心地对这一问题保持体面的沉默，似乎没有进一步评论的必要"。

二

为廓清笼罩在哈代头上的"悲观主义"的疑云，下面拟就他的诗作进行比较具体、比较全面的剖析。

哈代一生所作之诗可分为7个诗种：抒情诗、爱情抒情诗、时事讽喻诗、田园诗、战争诗、仿作诗和杂诗。其中，以抒情诗数量为最多。就其内容而言，这些诗涉及生活的各个方面：有婚宴也有葬礼、有重逢也有离别、有对于春之欢欣也有对秋冬之哀戚、有个人遐思也有触景之情，等等，不一而足，构成一个诗的大千世界，令人目不暇接。而贯穿众多诗篇的一条主线是生活本身，是生活的"全景"，不仅仅是生活的光明面、而且有相反相成的阴暗面。在文学作品中，这样的生活才是有血有肉的、可歌可泣的，也才可信。

哈代的抒情诗无论诉诸人或自己的内心世界，都表现出一种对生活本身的痴情的执著与贴近；其中有淡淡的哀愁，但总是在近景或远景中闪烁着希望之火。换言之，读他的抒情诗不可能有幻灭之感。在作于1866年的《1967》（1967）这首诗中，哈代预测100年后的世界，对人类的未来充满乐观之情：

再过一百个夏天！

全新的眼光，

全新的头脑，

全新的时尚，

全新的愚昧，

全新的智慧；

哭诉全新的哀愁，

享受全新的快乐；

在那蓬勃的世纪，

我和您荡然无存，

只剩下黄土一抔；

一个世纪，

纵不辉煌，

鼎盛时期

无疑将比当今

这个狭隘之世

胸怀宽广。

——然而于我

宽广几许又何妨？

我唯愿：爱人，

您与我同穴而葬[11]！

　　死是文学不可回避的主题。在哈代笔下，死是与生相对的另一种存在方式或延续。对待死的必然，哈代示之以坦然的襟怀，并无惶惑之情；能够同死一样永恒的只有爱。因此，哈代相信将来比现在好，这就是他的渐进社会向善论（或曰进化论）。但是即使他和爱人已经化为埃土，只要深信爱的永存，个体的生命就得到了永恒的延续。这种情绪，我认为是乐观主义的、是劝人入世向上的。当然，哈代展示的不是不切实际的虚幻的玫瑰色希望、而是现实生活中的那种可以理喻、可以企及的希望。那淡淡的哀愁是对于希望在望但尚不可即

11 *The Collected Works of Thomas Hardy*, London: Macmillan and Co. Limited, 1923, p.204.

的憧憬的恰当氛围。这是活人的希望与憧憬，不是什么悲观主义。

应该说哈代是不满于现实的，其诗为"物不平则鸣"的产物，当然有怨怼于心而流露诗行间。但是他的不满之鸣并非一般的牢骚、或堕入愤世嫉俗、或降格为玩世不恭；他信奉的是达尔文的进化论，由他伸发为渐进社会向善论。对他所身处的当世，他总是持强烈的批评态度；在同一篇《歉词》中他说："这些（指诗和宗教）作为心灵和情感生活的可见表徵必然如其他东西一样不断向前推进、不断变化，即使在目前这个时代，对巫术的信奉正在取代达尔文的理论和'那个使你获得自由的真理'，正如上文所述，人们的头脑似乎正在倒退而非前进。"[12]因此他的抒情诗无论咏物或寄情，既不满于现实、又为进化论而呐喊。在《去与留》（"Going And Staying"）中，诗人表达了对世事皆有否泰两个方面的看法，这是很现实主义的：

一

艳阳照枝头，
溪水波光流，
粉脸相映红；
月照五月夜，
立海誓山盟：
此番良辰易去，
人意岂能强留。

二

大雪纷纷下，
万物息无声，
萧索一世界，
天地失颜色，
众生皆哀然：
挥不去的愁忧，
人不留它自留。

三

细观岁月如斯，

---

12 *The Collected Works of Thomas Hardy*, London: Macmillan and Co. Limited, 1923, p.531.

代谢如转如轮，

哀乐皆有期，

盛衰有定时，

贵贱同消弥，

持平宇宙中，

造物无偏激[13]。

　　这里道出了哈代的人生观中一个重要因素：即"不以物喜，不以己悲"[14]的超然态度。人生的成败哀喜苦乐枯荣等两个方面才组成了一个完整的人生，对此，人应当处之泰然，不应强求，而要因势利导、不怨不艾、不怨天尤人，以竟人生之历程。这就是哈代以诗而言的志，是生活的强者的声音、不是弱者的悲唳。在《她之歌》（"Her Song"）中，诗人借一个热恋的姑娘之口实际上表达出他对人生的看法：人生如一曲恋人之歌，从有生之日反反复复往下唱，其中人生五味俱全，时而令人销魂、时而令人扼腕；然而这正是生活的真味本味：

我星期日唱那只歌，

令人销魂，

我星期一唱那只歌，

消磨光阴：

我唱走了一年，

新年又至；

下一年又将如何，

何必多虑。

我夏天唱那只歌，

无邪而天真，

我对新来的他唱，

不知他来自何方：

在以后的岁月里

我唱那只歌，

树大荫愈浓，

---

13 *The Collected Works of Thomas Hardy*, London: Macmillan and Co. Limited, 1923, p.543.

14 范仲淹，《岳阳楼记》，范能濬编集，《范仲淹全集》上册，南京：凤凰出版社，2004，第 168 页。

　　　　　小径没草丛，

　　　　　畏惧满芳心，

　　　　　愁眉难展容。

　　　　　他星期日唱那只歌，

　　　　　在遥远的他乡，

　　　　　星期六或星期一，

　　　　　当星光照在

　　　　　他低埋的脸上，

　　　　　也照我披散的秀发，

　　　　　难道时光未曾

　　　　　伤痛我的心灵，

　　　　　令我哀不欲生[15]？

　　哈代可谓一个"情种"，爱情诗写得缠绵悱恻、绻缱无穷，长歌短吟，令人唏嘘。其数量可观的爱情诗都有一个姑娘作为诉说对象，有些是实有其人，有些是诗人心造的幻影。但无论哪种情况，这些诗都揭示了哈代那超乎常人的极其丰富深厚的感情世界，从中亦可窥探诗人对生活的热烈追求，绝非一个悲观厌世的人可以想象的。一颗充满爱情的心不可能没在悲观的情绪里。

　　哈代的情诗，有些如燃烧的火焰，有些如静谧的月光，有些温馨甜蜜，有些泪满纸面，有些澎湃昂扬，有些低回婉转；无论何种情绪，皆情真意切，发自肺腑。《她的定义》（"Her Definition"）一诗在所有的情诗中显得很特别，耐人一读：

　　　　　长夜至黎明，

　　　　　我睡眼不暝，

　　　　　一心一意忙：

　　　　　无词形容您。

　　　　　天下美词用尽，

　　　　　不如简单一句：

　　　　　"那姑娘是我的！"

　　　　　不定义胜定义。

---

15 *The Collected Works of Thomas Hardy*, London: Macmillan and Co. Limited, 1923, p.546.

正如普通箱子

盛满宝物，

蓄之华屋，

温柔楚楚，

我能忍受平凡

的语言，

因为我知道：

朴素无华之下

天上难寻之美[16]。

在此，哈代可谓"不着一字，尽得风流"，以落尽一切豪华的笔触写出一个姑娘的美艳。情愈深邃，词愈简捷。在情诗中，这比直写大胜一筹。在《分离》（"Leaving"）中，哈代实写恋人之间的离情别绪，激越起伏，与夏日骤雨的跌宕气氛相呼应，构成一幅真情炽烈的诗图：

雨打门窗哗哗响，

疾风横扫绿野上，

我在此、您在彼，

迢迢隔百里！

啊，亲爱的，

假如无风雨，

假如无距离，

我们不分离，

笑容何煦煦。

但于我俩之间，

有无法消除的：

比岁月更悠长，

非距离和风雨[17]！

哈代的有些情诗又以笔触清丽见长，娓娓写来，如怨如诉，扣击人心。这中间，有些取自他自己的切身体验，则更动真情，可谓"一枝一叶总关情"。

16 *The Collected Works of Thomas Hardy*, London: Macmillan and Co. Limited, 1923, p.204.

17 *The Collected Works of Thomas Hardy*, London: Macmillan and Co. Limited, 1923, p.205.

如《月下读信》（"Read by Moonlight"）：

> 借着冷月之光，
> 我读她的来信，
> 最温柔的目光，
> 看着字字行行，
> 月华清辉缕缕，
> 洒伊纤纤手迹。
>
> 我不知道，
> 她的芳华要
> 流逝几许，
> 我的岁月会
> 几经蹉跎，
> 我才读她下封信，
> 借着这冷月之光！
>
> 我读最后一页，
> 借着冷月之光，
> 上有她的芳名；
> 浅薄而贤明的
> 许多页中的最后一页；
> 谁能预见要经过
> 如此多的痛苦与渴望，
> 我才读到这最后一页，
> 借着冷月之光[18]！

哈代的爱情抒情诗将男女双方的心迹实录得声情并茂，如闻如睹，感人至深，冷静中有炽热，无望中寓希望，辗转反侧，动人心魄。

三

在哈代的全部抒情诗中，有一类被有些评家称之为"哲理抒情诗"者占相当大的比重。弗雷德·米勒特（Fred Millett）在《当代英国文学史》（*History of*

---

18 *The Collected Works of Thomas Hardy*, London: Macmillan and Co. Limited, 1923, p.543.

25

Modern English Literature）中指出，哈代的抒情诗的调子却各异其趣，有的幽默、有的讥讽、有的凝炼如浓缩的小说情节、有的是或欢乐或忧郁的情诗、有的是对自然界和亚人类的细微研讨。其中最具特色的是他的哲理抒情诗，以浸透深厚感情的抽象语言陈述对人生的看法。哈代的哲理抒情诗不仅表现出诗人对人生的深刻思索、而且流露出真切的感情，所以虽论哲理却毫无枯燥说教之嫌、亦无故弄玄虚之弊。作为一个诗人，哈代并非为消闲而写诗、也非事权贵而吟颂功德、更非一般文人之间的应景酬答或无病呻吟、附庸风雅；他之先写小说而后作诗，带有强烈的教化意识，即所谓"言志"以喻世。而且弗雷德以为，较之小说而言，哈代的诗更直接地表达了他的个性和人生哲学。事实上在他的哲理抒情诗中读者能更直接听到哈代自己的真实声音，了解到一个更真切的哈代。

在哈代的哲理抒情诗中，内容非常广泛：从日常生活的细微末节到人生宇宙的大事、从爱情到生死、从乡野农夫到宫廷帝王，等等，都是他思考和发议论的对象。一般说来，他能见人之所不能见、悟人之所不能悟；以小见大、见微知著；所谓从粒沙里看大千世界，从一滴水的反光里看太阳的万丈光芒。这些哲理抒情诗融汇着哈代漫长生命流程中一路对人生的各个方面的求索与思考、是其深邃而明达的人生经验的高浓度凝聚；从中能大致显现哈代思想发展的轨迹。他是否是个"悲观主义者"这一问题也可从中得到最直接、最可信的答案。

在《花园座椅》（"The Garden Seat"）一诗中，哈代对他在多切斯特的住宅里的花园座椅大发了一番感慨，寓寄他对人世沧桑、世代更易的思考，颇有"念天地之悠悠，独怆然而涕下"之慨：

> 它原来的绿色
> 褪为依稀蓝色；
> 椅腿曾经牢固，
> 而今正在下陷；
> 在不知不觉中，
> 它不久将垮塌；
> 在不知不觉中，
> 它不久将垮塌。
>
> 夜里最红的花
> 也是一片黑色，

> 曾在此坐过者
> 一群群回来了，
> 他们坐一长排，
> 他们坐一长排。
>
> 椅子并未坐垮，
> 冬天不冻他们，
> 洪水不淹他们，
> 他们像空气一样轻，
> 他们像空气一样轻[19]！

诗人睹物思人，感慨先人作古、光阴蹉跎；当魂魄归来时，花园依旧，"只是朱颜改"（以座椅绿色的褪变象征之）。应当承认，哈代的哲理抒情诗中的思想不都是高亢的宏言大义，而都是诗人的一感一触，但来得深沉、发挥得淋漓。因此我们可以说，以小见大、以小喻大是他的哲理抒情诗的独特之处。正因为这个"小"，而见其平易；正因为这个"大"，而见其广博。发乎细微而归结宏远。读哈代的哲理抒情诗就是这种感觉。你仿佛同诗人在面对面讨论人生，人情入理，诲人不倦。同 17 世纪玄学派诗人邓恩（John Donne）相比，哈代的哲理抒情诗的情与理契合得更天衣无缝；邓恩的诗长于宣示哲理，即使对于爱情这样的题材，他也以理智论说，富于浓郁的说教气息，有时叫人难以接受其苦口婆心之论。尽管如此，从哈代的哲理抒情诗行间，我们时而可以看见邓恩的影子；因此可以说哈代或多或少受过邓恩的影响[20]。他对哲学很注意，崇尚康德（Immanuel Kant）、叔本华（Arthur Schopenhauer）、哈特曼（Nicolai Hartmann）等近代哲学家。但哲学思想见诸于诗，应该是受了邓恩的影响。我们当然难于找到直接证据，只能从作品中看出蛛丝马迹。《有时我在想》（"I Sometimes Think"）这首诗就颇像邓恩的手笔：

> 有时我坐在这儿想
> 我做过的事，
> 做的时候似乎并非
> 见不得太阳：然而

---

19 *The Collected Works of Thomas Hardy*, London: Macmillan and Co. Limited, 1923, p.537.

20 哈代自己只承认受过丁尼生（Alfred Tennyson）的影响。

从来没有人停下来

这样地反思。

曾经热心于撒播

仁慈的种子；

曾经救人于危难

扶弱济世；

曾在荒野中呼号：

谁去听取？

然而果真如此吗？

一个曾忧天下者，

其精神如清风至，

魂魄入室，

不舍不去，

依然心系众生，

而且永将如此，

尽管我可能失意[21]。

    作家之间的互相影响历来如此，有有意识的，有无意识的。跨时代、跨国界的影响也屡见不鲜。尽管如此，一个成功的作家自有其独到之处，否则他就被湮没无闻了。在哈代身上，作家个人的独到之处很鲜明。他的哲理抒情诗以理为经纬、以情为血脉，其动人之处尤胜邓恩。而18世纪的蒲伯（Alexander Pope）则更是以诗说理的大家，其有名的"英雄双咏体"滔滔不绝，可谓理直气壮，而情则不盛，所以有的评家认为他写的不是诗而是韵文。蒲伯自己对此似乎也有所意识，其诗题更像论文之题目，如《论批评》（"An Essay on Criticism"）和《人论》（"An Essay on Man"）。既然叫哲理抒情诗，当然也必须言理。在哈代看来，普通人的生活里即充满着哲理，值得诗人去发现、思索、表现，而不必去穷究什么惊天动地的宇宙大道理；即是说，真理就在身边，不必上天入地舍近求远，在这个意义上，哈代的哲学思想具有平民性。这就是为什么他的哲理诗被读者广为接受的原因。在《我有时在想》一诗中，诗人对自己的所作所为表现出一种虚怀若谷的清醒的反省精神，关怀天下、以天下为己

---

21 *The Collected Works of Thomas Hardy*, London: Macmillan and Co. Limited, 1923, p.538.

任，不问收获，但问耕耘，即使无人理会理解，也不气馁、不计较，而要一如既往关怀他人。这其实是一种博爱精神，被施万物而无图回报之心。这一浅显的人生哲理被哈代在诗中表达得十分中肯而为人所理解、所接受。

　　不板起脸孔说理、而是以情喻理、达理，这可以说是哈代哲理抒情诗最突出的特色。他随时都在敏感地观察、体察生活，深思其中的旨趣与启迪，然后心有所感所悟、情思有所萌动，而成诗于情理交融之间。《三条路交汇之处》（"Where Three Roads Joined"）即典型之作：

> 三条路在此交汇，
> 一片绿色美景，
> 通向阳光普照的
> 大海之门；
> 当我驻脚此地，
> 生活笑声甜蜜；
> 然而我绝不再来。
>
> 我肯定那些岔路
> 此刻正郁郁沉思，
> 满脸渴望的茫然，
> 寥寥沉默的过客
> 发现此地多荒寂。
> ……
>
> 对，我看见那些路，
> 己被踩踏得光秃秃，
> 不再通向
> 阳光普照的大海；
> 当我驻脚此地，
> 生活一片欢笑，
> 但我绝不再来[22]。

　　这首诗同美国现代诗人罗伯特·弗洛斯特（Robert Frost）的名诗《未行之路》（"The Road Not Taken"）何其相似！弗洛斯特面临的是两条路必择其一，

---

22 *The Collected Works of Thomas Hardy*, London: Macmillan and Co. Limited, 1923, p.556.

而哈代走到了三条路的交汇处；生活的抉择何其难！也许将来你会为未行之路而后悔，然而一个人不可能同时走两条路，这种后悔势必是人生难免的憾事。而哈代到了三条岔路口而知返，今后不再来，尽管前面有阳光灿烂的大海。显然他不主张事后悔恨，而须择路而行。这就是哈代的人生哲理。然而，要将这些哪怕是看似简单的人生哲理以抒情诗的形式揭示出来，亦非易事，因为人们往往对于常见的东西反而熟视无睹或者易于忽略。只有诉诸于情，人们才会警觉而生感悟，重识这些简单的哲理。哈代的小说是警世之作，后半生因内在和外在的原因回复写诗的初衷，其诗亦以警世策人为己任，而且如前所说，比小说更直捷地表现他的思想。所以我们说哈代选择哲理抒情诗这一体裁不是任意的，而是他文学生涯中的一大抉择。

通观哈代的哲理抒情诗，可以发现他不是偶尔赋之，或心血来潮，随意哼哼；恰恰相反，在篇幅众多的哲理抒情诗中，他系统而有条理地触及生活的各个层面，巨细兼纳、熔于一炉，写出许多脍炙人口的诗篇而流传久远。《漂泊者》（"The Wanderer"）写人生如寄，无论历经多少坎坷，终需一个归宿，所谓"纵有千年铁门槛，终需一个土馒头"；这是一种勘透人生之后的达观主义，因此对于人世的苦难是非具有某种超越意识，往往表现出傲视宇宙的博大的不在乎。哈代以潇洒的文辞写尽人世漂泊者的孤独但并不孤苦的境况：

> 除我而外，路上
> 空无一人，
> 我无合适的寓所
> 可投宿，于是我
> 只得露宿。
>
> 群星并不高远，
> 借着星光闪闪，
> 我进晚餐；
> 天穹如一空杯
> 覆我其上。
>
> 星河摇曳，似乎
> 渴望欢乐；星辉
> 璀璨，无虑无忧，
> 超越生活的牢愁。

有时匆匆的脚步
从篱栏外走过，
时钟一样无休止，
直至走到最后，
一片沉寂，深广
而厚重的沉寂。

着魔的漂泊者
来来去去，
明天黎明，
我又继程，
何处歇息，
我也不知！

然而这干草床，
这天地为我房，
正相宜；因为
一所我自己的
土屋不久将我
日日夜夜庇护[23]。

可见，对于一事一物的咏叹包含着哈代对人生的思索、探究和理解。似乎在一般人不太注意的生活细节上，哈代赋予并寄托着人生的哲理，一言一语，息息相关。在《经验》（"An Experience"）、《美色》（"The Beauty"）、《说声再见》（"Saying Goodbye"）、《机会》（"The Opportunity"）、《旧的小桌》（"The Little Old Table"）和《或先或后》（"First or Last"）这样的哲理抒情诗中，诗人娓娓然向读者叙说着来自生活本身的非常现实的点滴真理，令人读罢掩卷长思，与老哈代作隔代神交。

四

时事讽喻诗构成哈代诗作的另一大类，其题材非常广泛，可以说几乎触及现实生活的各个方面。之所以成为讽喻，是因为诗人从人们的行为和思想中看

---

23 *The Collected Works of Thomas Hardy*, London: Macmillan and Co. Limited, 1923, p.567.

到了人性的弱点甚至缺陷，于是出之矫正之心而加以嘲讽。这是一种温和的规劝、善意的教诲，也是警世的一种方式。上至君王下至平民，皆是他讽喻的对象。从这些讽喻诗的揶揄与机智中，读者可以看到哈代的另一种才能，即幽默的亦庄亦谐的素质。他的讽喻诗的犀利的锋芒正隐藏在幽默和机智之中，启人笑后的沉思与反省，而不流于插科打诨，也不同于正面说教的哲理诗。这其中，与爱情抒情诗有关的题材是戟刺情人的忘情背情，同爱情的忠贞不渝相对应，形成强烈反差，构成一幅完整的世俗图。有男怨女，有女怨男，旷男怨女，写尽爱情之飘忽不可凭倚；情随事迁，往日情人，今成陌路。尽管出之以讽喻，也显出深沉。人性中的善恶在此毕露。如《失恋》（"Lost Love"），将一恋女之心表露得何其忐忑：

> 我唱甜蜜的旧曲——
> 当我们的爱情
> 忠贞之时，
> 他熟悉的歌曲——
> 但他不停下
> 决意的脚步，
> 竟上楼去了。
>
> 我再次唱歌，
> 立刻就听见
> 渐近的脚步，
> 似乎要停住；
> 然而他走了，
> 远处关门声。
>
> 我等明日晨，
> 我等明日夜，
> 忍受这磨折；
> 我真不知道，
> 我为什么会
> 生就成这样
> 一个女人[24]！

---

24 *The Collected Works of Thomas Hardy*, London: Macmillan and Co. Limited, 1923, p.299.

男人视情为儿戏，女人深陷不能自拔，这在世道中是常见的艾怨。到了哈代笔下，被之以辛嘲与揶揄，呼唤人们回归真情，其意义又高一层。历来的讽喻诗中，咄咄逼人者多，婉然陈情者少。哈代的讽喻诗别开生面，无论是嘲讽时弊或揶揄人性负面，皆多委婉之笔，绝少面红耳赤的喝斥或讽锋过露者。这并非哈代不会铸造讽喻的利剑，而是他深谙诗道，所谓"过犹不及也"。在讽喻的分寸上，哈代掌握恰当，以免变味为愤世嫉俗。在《我习惯地爬出来》（"I Rose up as My Custom Is"）中，诗人以鬼魂在万圣节爬出坟墓造访其未亡人的所见所闻来嘲讽世事的无常和世人的虚伪：

在万圣节的黄昏，
我习惯地爬起来，
离开坟墓小时许，
造访过去的熟人，
然后再返回坟茔。

我造访我的前妻，
她躺在丈夫身旁；
我问她生活如何，
既然她已摆脱了
一个绞尽脑汁谋生、
看不惯世态的诗人。

此人过去兴之所至，
带着妻子满世界跑：
指给她看世事混沌，
讲给她听名利空忙，
她听而不信他说教。

她非常礼貌地回答，
"老相识，是你吗？
整个来说，我喜欢
这样活——我知道
我发誓不再为人妻，
但是我有什么办法？"

"你知道，对于女人，

在所有的男人之中，

最糟的人就是诗人；

女人讲实际，渴望

金钱多多过好日子，

在社会上出人头地。"

"你是个诗人，我们

女人爱一阵还理想：

但看看这个打呼噜

的男人：不是一个

浪漫的白马王子，

却供我过舒服日子。"

"他不管我所思所想，

但诗人爱刨根问底：

从你吃奶问到嫁人，

为什么为什么烦人，

还问很久前的情人。"

一席话令我爱魂寒心，

噩梦在厕里嘶叫，

吸血鬼声声尖厉，

女妖飞舞，趁着

幽暗的黎明，我返回

不受侵扰的死神府第[25]。

　　这首诗颇像哈代的自嘲：一个诗人在世人、尤其女人的眼中是如此的贬值；诗不能当饭吃，浪漫一阵还可以，但女人还没有蠢到将终生托付给一个穷困潦倒的诗人的地步。哈代的爱情经历中是否有如此遭遇无法考证，但至少哈代对那个时代的人情冷暖、世风衰颓、文不值钱、斯文扫地等时弊是深有感触的。女人眼中的世界都是男人造成的；维多利亚朝是一个图好虚荣、深宫生活糜烂、外表虚伪的时代。"上有好者，下必甚焉"，于是整个世风特别以虚伪之

---

25 *The Collected Works of Thomas Hardy*, London: Macmillan and Co. Limited, 1923, p.355.

名昭著后世。从哈代诗中所反映的世态百象，不难看出他对此是深恶痛绝的。正是这种世道造成了讽喻诗的繁荣的沃壤。哈代耳濡目染，以诗人的敏感洞察世人虚荣之心、虚伪之表，痛感人性的扭曲、良知的淹没而迟钝，于是以警世醒世为己任，创出这些传世之作。

对权贵的嘲讽，较之对世人的揶揄，哈代出之更犀利、但又不失含蓄温藉，表现出诗人怨而不怒的文人风度。其中不乏名篇，《加冕》（"The Coronation"）即为众口传颂之作，诗人在伦敦的威斯特敏思特大教堂（英国历代名人陵寝之所）大发议论，将葬在教堂里的英国历代国王、王妃和女皇一一数落，并让他们泉下有知、自发感慨，状若反省生前所为，鬼魂说鬼话，妄言妄听，信不信由你，令人忍俊不禁，笑而后思，不由得为昔日高贵荣尊的帝王一声叹息：

> 在威斯特敏思特大教堂，
> 在阳光照耀不到的地方，
> 长眠着显赫一时的帝王。
>
> 一个是叫虔诚者爱德华、
> 另两个爱德华、理查德
> 二世、亨利三世、四世；
> 即是说：那些被称之为
> 三世、五世、七世甚至
> 八世者（多自成鳏夫）；
>
> 还有那苏格兰人詹姆士、
> 他旁边躺的查尔斯二世、
> 乔治二世也可以算在内。
>
> 女流之中为首的有玛丽、
> 伊莉莎白女皇以及安娜，
> 全都无言作死的沉思状；
>
> 威廉的玛丽、还有那个
> 作苏格兰人皇后的玛丽，
> 遗忘已消除皇妻的名字；
> 另外有几个名字作摆设，
> 点缀着古老的王室家谱。

如今他们打打盹过日子，
全都摆脱了人生的苦役，
除了特别的一概无兴趣；
其中一个说道："头上
这一片山动地摇的轰鸣，
震得你我头昏，在干吗？"

"是凿子钻子刨子加锯子
一齐发出噪音震耳欲聋，
违反了教堂的一切规定？"

"自从我们一进此地长眠，
成吨的木材就压在身上，
这难道各位没有感觉到？"

"无疑至少对于我们这此
堂堂的皇家之尸体而言。
皇室要求更合适的姿势？"

"说不定要我们上绞刑架！"
玛丽·斯图尔特一声叹息。
"我就是那样一命呜乎的。"

"天哪！"多妻的他说道，
"更像为谁的婚礼而张罗
如此兴师动众大动干戈。"

"哈哈！我从不言行不一，
但我过的日子世所罕见，
我同那六个女人"多销魂！"

"不是同时？"他喘气说，
他爱听内情，"不、不，
那就违法了，"汉尔说。

"也许，他们在此搭灵柩，
又高又黑的理查德

沉思说"为某人的葬礼？"

安娜插嘴："啊，肯定！"

"不！"伊莉莎尖声尖气。

"看来你们都太无知——"

显然是要举行正式加冕，

正如很久以前那个日子，

他们也为我们在此加冕；

尽管当时没有为我们的

加冕仪式如此大兴土木，

古代建筑技术就是如此；

"假如我上去看见牧师们

竟穿着我的黄金袍而坐，

我就要对他们细细数落！"

"但你上不去，"查尔斯

咯咯笑道，"你在这儿，

永远难再见太阳，亲亲！"

"对，"冷落一旁的几个

低声说，"送丧的队伍

缓慢而悲哀送我们入土。"

"天哪，埋在黑暗的地下，

我们束手忍受地上喧嚷，

狗也称王，过后不认账！"[26]

像这样对权贵的讽喻诗在哈代的诗作中并不多，然而已足以看出他对权贵的不阿的独立人格。另有一首《国王的独白》（"A King's Soliloquy"）融辛辣于调侃，雅俗互见，充分显示出哈代的大手笔；国王死后的悔恨，耐人寻味："于是我想倘我能出坟再生／我愿做个普通百姓。"实际上哈代一生中的经历离官场很远，但这并不妨碍他对宦海沉浮、盛衰消长的观察；特别是他生活在跨世纪的年代、生命历程又长，其所见所闻、所思所感良多，出之诗文，见地

---

26 *The Collected Works of Thomas Hardy*, London: Macmillan and Co. Limited, 1923, p.351.

益深。在其他诗篇里亦可散见哈代对帝王将相的讥刺、对历史的针砭。当然，作为一个深切关注民间疾苦的诗人，他的洋洋诗作中出现最多的是普通人的形象和大众的遭遇；这也是哈代的诗流传久远的根本原因。

五

似乎不能称哈代为田园诗人，但他的田园诗尽管篇什不众，地位却很重要。被哈代自己划归为田园诗的共有 18 首，而实际上在其数量不菲的杂诗中有不少应属于田园诗。他写田园诗的意义在丁：对于一个被批评界惯称为"悲观主义者"的小说家兼诗人，居然写出了如此情调轻快、韵味谐适的田园诗，这本身就是对这一误解和谬传的直接否定。我在本文中将哈代的田园诗作为一类诗种列出以分析的目的也在于此：使误解归正、谬传清源。

哈代的田园诗都以乡村生活为题材，涉及乡村生活的现实，其中有农夫、村妇、行吟诗人、集市、婚嫁等，画出一幅 19 世纪中至 20 世纪初英国乡村的风俗民情图。所以哈代的田园诗并非一般意义上的为逃避都市的繁嚣而遁入乡村而作的那类"田园诗"，那是消极避世之作，中外都有，不乏其例。哈代的田园诗实际上是乡村诗，是入世的产物，既记录乡村生活的快乐，也反映乡村生活的愁苦。但总的氛围是积极向上、渴求生活的。在《让我尽兴吧》（"Let Me Enjoy"）一曲中，诗人对生活的追求和向往何等热烈：

一

让我享人间之乐，
因为万能的上帝，
之所以创造美丽，
正为了予我以乐。

二

我路遇一个美人，
不说话也无表情；
她忽视我更着迷，
慕我无缘的芳唇。

三

我写的歌真多情，
如痴如梦以为真，

倾诉别人的狂喜，

好像我身临其境。

四

有一天我举目望，

遥望那乐土天堂，

尽管我无一席地，

我依然喜气洋洋[27]。

　　哈代对乡村生活的憧憬于此可见一斑。当然他不像一般的田园诗人那样在乡村生活中看见的尽是美景，甚至美化乡村生活，从而号召人们返朴归真、回到一切皆好的自然中去。在哈代笔下，乡村生活是现实的、并非诗意化的或理想化的。这是他不同于文学史上传统地称之为"田园诗人"的地方。哈代在乡村诗里找的不是寄托或逃避，而是更深一步地对生活的全面认识、理解与表达，因此其中的苦乐是自然的、真实的，不是杜撰的、虚拟的。可以说哈代的乡村诗是更全面地接触现实生活的产物、而不是脱离现实的畸生儿。

　　在哈代为数不多的乡村诗中，《坎斯特布雷集市》（"At the Casterbridge Fair"）是一首著名的组诗，共 7 首：《民谣歌手》（"The Ballad-Singer"）、《昔日美人》（"Former Beauties"）、《舞场邂逅》（"After the Club Dance"）、《女贩》（"The Market Girl"）、《往事》（"The Inquiry"）、《怨妇》（"A Wife Waits"）和《曲终集市散》（"After the Fair"）。

　　可能在任何国家都是如此，乡村集市是当地人日常生活中最重要的活动，既是社交活动、又是经济活动，因此最能集中而典型地折射世俗人情。哈代所摘取的这 7 个侧面以浓郁的地方色彩画出了英国乡村集市的风貌，人物跃然如睹、人情至真至切。在《民谣歌手》中，一个乡村青年闻民谣而生感触：

唱吧，歌手，唱你小歌本里的歌

唱得我忘掉那些伤心事

忘掉痛苦和惧怕

唱得我忘掉她的名字

忘掉她的花容月貌

唱得我忘掉她的眼泪。

---

27 *The Collected Works of Thomas Hardy*, London: Macmillan and Co. Limited, 1923, p.222.

　　民谣是英国民间流传而后经所谓"民谣歌手"收集、加工、润色的一种可唱可诵的诗歌，其起源很早，直至18世纪仍颇流行于乡间。由于民谣直接来自民间百姓之中，而且基本上属于口口相传的口头文学，所以能更直接地反映世道民情，为大众所喜闻乐见。哈代这组诗以民谣歌手开头，使之带上浓厚的传统习俗色调。这个青年借民谣以倾诉自己失恋之情，他来到集市，见景物依旧，只有人异情异，睹物触景，愁绪骤生，于是借歌言愁，排宣胸中块垒。诗的第一节起兴即定下全诗的调子，即忆往事而甜蜜、叹今朝之形单影只如孤鸿：

> 唱吧，歌手，唱衷心一曲
> 唱得我忘掉一人
> 在一天劳作之后
> 我曾同她在柔美的月光下
> 比肩相倚相偎而行。

　　全诗的意景与韵味类似崔护《题都城南庄》中"人面不知何处去，桃花依旧笑东风"和欧阳修《生查子》中"不见去年人，泪湿春衫袖"之类的中国古诗词里的场面和情绪（由于文化和习俗的原因，在英国和在中国男女怀念互相异位），这从比较文学的角度看，也许是很有意义的。

　　在乡村诗中，哈代更加走近自然和人，不时感慨人生苦短、岁月易逝；这属人之常情。但当哈代漫步在乡村集市之际，非常贴近地目睹人和自然的变迁，其感触就深邃得多、内涵就广远得多。我认为哈代叹人生之短暂如寄是在积极意义上而发的，因其短而须争朝夕，这在他的人生行为和作品中均能看出一二。前文我谈过，我不以"主义"论作家；所以我不说哈代是"乐观主义"，我只指出事实；而事实能告诉人们一切。

　　组诗《坎斯特布雷集市》的第2首《昔日美人》即抒写了人类的这种普遍情绪，写得惋惜之中透出一阵苍凉，但绝无绝望之情：

> 这些集市上的女人，
> 人到中年扁嘴薄唇，
> 嫩肤娇颜渐见枯萎，
> 难道她们就是我们，
> 过去追求过的情人？
> 这岂是当年香腮红、

> 霓裳飘逸的妙龄女，
>
> 夏日周末在河之滨、
>
> 藏身隐秘的角落里，
>
> 我们信誓旦旦的人？
>
> 她们是否记得那些
>
> 我们在绿野上相搂
>
> 而起舞的欢乐曲调，
>
> 直舞到月光洒照在
>
> 舞步踏亮的草地上？
>
> 她们一定忘了忘了！
>
> 她们不可能还知道
>
> 她们昔日丰姿婀娜，
>
> 或许记忆能予美化，
>
> 竟使她们芳颜永驻[28]。

　　世事变迁，岁月催人，诗人在集市目睹昔日众所追逐的青春少女转瞬之间已成残花败柳、红颜涂地，不禁感慨吁唏，推及人世之暂如寄、无所永持者，于是悲从中来。全诗4节，前3节皆出之以问句置疑，状如天问，凭添几多怅惘气氛，令人悲戚；但最后一节的最后两行却调子突转，即现山重水复，柳岸花明，诗人慨然指出：只要人们记忆不灭，美颜必将长存。生活的希望在于向上向前的生活态度、而不在于肉体的不老。

　　集市是个大千世界，汇集了人世百相与万种风情。作为一个诗人，哈代敏感于这一切，真实而别具一格地采入诗中，如一长卷画，一一展现。于是《坎斯特布雷集市》组诗的第3首《舞场邂逅》为另一个场面，即一个姑娘对一个青年的初恋之情，心烈如火却羞怯难当、启齿难言，但无声胜有声：

> 黎明时我心绪沉沉，
>
> 饮酒无趣食不甘味。
>
> 我离开那群快活女，
>
> 也离开我的心上人。
>
> 路边榆树擦身而过，

28　*The Collected Works of Thomas Hardy*, London: Macmillan and Co. Limited, 1923, p.223.

为何我如此羞涩难当？

高栖枝头的鸟看见我，

也同我[29]一样感到羞愧！

　　这首诗一共只有 3 节 12 行，却以朴质的语言惟妙惟肖地写出了乡村姑娘彼时彼地的真情。在氛围上同第 2 首《昔日美人》形成反差较大的对照：白发苍颜的老妪虽已花容失色，而妙龄少女已长成，也如当年的她们一样在集市上开始与情人幽会。人间之情就是这样生生不绝、世事就是这样代代相继，未有已时。这正是诗人寄予的寓意。这显然不是什么"悲观主义"。世事如江河之流，不可遏止，这一方面是生活的现实，必须接受。另一方面，人生却是积极进取的途程，每天都是一轮新的太阳，召唤着人们去创造每天的新生活，状如每日之集市，今日之散正为明日之聚，对于个体生命，有止有息，而对于生命的整体（集体生命），则无尽期。哈代的这种人文主义思想代表了 19 世纪与 20 世纪之交的前瞻主流，而没有所谓颓废厌世的"世纪末心态"。正如前文所论，事实上，哈代作为一个诗人的人生哲学和诗艺始终处于时代前列，与时俱进，其向上进取的精神之光闪亮诗行。

　　组诗《坎斯特布雷集市》的另外 4 首也各有其趣，兴致盎然，显示出哈代对乡村生活体味之深。在《女贩》中，感叹乡村谋生艰难：

她立在街边，

无人理会她，

急于卖蜂蜜和草药：

那天即使搭上她自己

我也怀疑有人来光顾[30]。

　　对于这个女贩，在乡村集市做生意可一点没有谈情说爱的浪漫诗意，而是要想方设法用自产的"蜂蜜苹果草药"之类换钱买面包维持生计。这是浅显的生活哲理，但要表现在诗中却并非人人能为或愿为，因为这些生活细节没有"诗意"。然而，对于哈代这正是以诗言志之处，于此更见他的诗深深触及生活的本质，从而正确地而非歪曲地反映生活。所以他极少（不可能说绝无）无病呻吟而作诗，极少营造浮泛的意境；有感而发，有情而兴，兴而有节，不至

---

29 *The Collected Works of Thomas Hardy*, London: Macmillan and Co. Limited, 1923, p.224.

30 *The Collected Works of Thomas Hardy*, London: Macmillan and Co. Limited, 1923, p.221.

于滥，这就是我们见到的哈代的诗。

在第 5 首《往事》中，一个名叫帕蒂·碧姬的女人自述其少女时期的无果之爱，感叹时不我待、光阴无情、老之将至之慨；然而，尽管已经人老珠黄，她仍在打听当年那个同她有一段旧情名叫约翰·魏伍德的男人是否还住在隐士村这个地方；那已是 15 年前的往事了，自然没有结果。全诗写得气氛颇为苍凉，人世沧桑，变数莫测，令人读之长叹息。最后一节特别令人惆怅：

> 很多年前在隐士村，
> 这张衰萎的脸曾经
> 花容月貌倾倒众生；
> 我俩对天山盟海誓，
> 他功成名就之日即
> 喜结连理；世事难料，
> 他和我皆时运不济，
> 等待销磨他的愿望，
> 光阴令男人之爱死，
> 却偏令女人之爱生[31]。

如果说《往事》是少女之爱空花未成，那么第 6 首《怨妇》则是婚后的妻子守空房久盼丈夫未归的艾怨之情；其情也缠绵悱恻、难以排遣。丈夫忘记了婚前的信誓旦旦，沉溺于饮酒作乐夜深不归，于是妻之怨也深、情也深，交织于心，不吐不快也：

> 威尔在下面夜总会
> 跳舞，高脚杯酒溢，
> 我在街角人行道等
> 他，等扶醉人回家。
>
> 威尔同舞伴舞一曲，
> 他们可能是对情侣；
> 六月我们结婚之前，
> 威尔说过他只爱我；
> 说他不再寻欢作乐，

---

31 *The Collected Works of Thomas Hardy*, London: Macmillan and Co. Limited, 1923, p.225.

> 同我相亲相爱生活。
>
> 威尔在夜总会跳舞，
>
> 我等他等得直哆嗦[32]。

这是集市上的另一个世俗镜头，是一个婚后家庭的缩影，是真实人生的一部分。读这首短诗，恍忽看一幅色调浓郁的风俗画，非常逼真传神，感慨哈代对世道人心观察体会之深细，非一般人所能为。哈代所生活的 19 世纪正当英国的工业革命兴起之际，集市贸易在乡村也日趋发达；另一方面由于羊毛业的勃兴，所谓"圈地运动"席卷整个英国农村，大批农民失去土地流入城市成为雇工，由此对英国农村的传统习俗和生活方式产生了巨大冲击。毫无疑问，工业革命最终给英国社会带来的是文明和进步，但在当时却不可避免地产生大量的社会问题，诸如失业、犯罪、道德沦丧、价值标准的更易与错位等等。于是在这人类社会发展的阵痛期间里，不少作家对工业生产所带来的物质文明发起了一场可谓声势浩大的攻击，并号召人们回归自然。这无疑是对于社会发展的反动，正如生孩子母亲要经过阵痛、但不能因此母亲就不生孩子一样。然而在当时，"回归自然"的呼声却博得人们的广泛回应；有些极端的人甚至憎恨现代文明、对现代文明持全盘否定的态度。后来的事实已经证明，现代文明给人类带来的主要是甜果而非苦果。

哈代对于工业革命以及现代文明的发展在整体上持欢迎态度。他信仰达尔文的进化论，并由此提出"渐进社会向善论"。在那篇《歉词》里，他说："通过诗的融和作用使宗教同完整的理性之间联姻确实有可能是一个绝望的希望、一个梦而已。一方面，宗教必须保留，除非世界毁灭。另一方面，完整的理性必不可少，除非世界也毁灭；正如一位思想颇为正统的英国诗人所定义的，'诗是一切知识的生命与精神；是科学的激情的表现形式。'但是，假如真是如此，正如康德指出的，进步从来不是直线式的、而是沿弧形轨道前进，或许我们可以为了一跃而退一步。"[33]由此可见，哈代一方面尊崇科学（他所谓的"完整的理性"），认为离开科学，人类社会无出路；另一方面，他对宗教的信奉也不放弃，认为若无宗教，这个世界也会毁灭。而他的梦想则是通过诗将二者合璧。这显然是办不到的。但在哈代的认识范围内，他认为宗教属于精神，

---

32 *The Collected Works of Thomas Hardy*, London: Macmillan and Co. Limited, 1923, p.225.

33 *The Collected Works of Thomas Hardy*, London: Macmillan and Co. Limited, 1923, p.531.

科学属于理智；现代文明的发展离不开二者；唯有二者联姻、相得益彰，才有利于现代文明的发展。在同一篇《歉词》里，他更将诗与宗教等同起来，以为"诗与宗教互有关系、甚至互相转变；常常是对于同一事物的不同名目，所谓名殊而体一。"[34]

由于哈代对现代文明基本持肯定态度，所以在其作品中他不像 19 世纪某些作家那样大声疾呼要人们"回到自然中去"，如典型之例梭罗（Henry David Thoreau）竟身体力行"回归自然"的主张，"自我流放"，从 1845 年 7 月 4 日至 1847 年 9 月 6 日在马萨诸塞州的华腾湖边的野地上离群独居达 2 年 2 个月之久，而哈代更倾向于关注生活的现实和未来。然而在他的田园诗或曰乡村诗中以及别的一些诗篇里，不时会流露出一些怀旧恋往的情绪。在组诗《坎斯特布雷集市》里，7 首之中有 5 首实际上在哀叹光阴荏苒、人心不古，只不过是借青年男女的恋情变故和美人转瞬凋颜这类常见之事来说出这层意思罢了。

《坎斯特布雷集市》的最后一首《曲终集市散》（"The End of the Episode"）可以说以低抑的调子而告终，同开篇第 1 首《民谣歌手》前后呼应，有"曲终人不见"之慨，而且更加上浓厚的鬼气，暗示集市之后的夜晚便是鬼魅之天下；其中第一节写民谣歌手离去之景：

> 歌手离开玉米市，
> 带着歌谱而远去；
> 街上再也听不到，
> 高音低音讽时世；
> 刚才拥挤的街口，
> 此时暮色已降临；
> 空无一人回荡着，
> 晚钟的断续之音[35]。

诗的最后一节里，诗人的思绪在历史的长河里漂得很遥远，及于古罗马人：

> 午夜大街只有鬼魂，
> 新鬼和古罗马之魂，

---

34 *The Collected Works of Thomas Hardy*, London: Macmillan and Co. Limited, 1923, p.530.
35 *The Collected Works of Thomas Hardy*, London: Macmillan and Co. Limited, 1923, p.226.

他们的遗骸今可见；

他们爱过笑过斗过，

迎接过朋友干过杯，

如我辈在此地聚会[36]！

从以上对《坎斯特布雷集市》组诗较为详尽的分析，我们可以比较清楚地看到哈代的田园诗之别于传统田园诗的地方；可以说从志趣到风格都有哈代独特的印记；也可以说是传统田园诗的一种纵深的发展。

六

在哈代的诗作中，战争诗占有重要位置。收集入册的战争诗共 30 首，其中可分为两类：第一类写于布尔战争时（Boer War, 1899-1902）；第二类写于第一次世界大战时期（1914-1918）。第一类见集 11 首，第二类 19 首。前者与后者更有性质上的不同：写于布尔战争时期的诗以反对帝国主义战争为主旨，而写于一战时期的诗则以爱国主义为倡导。而无论前者或后者，都表现出哈代作为一个作家总是站在时代的前列、以反映现实为己任，为人民呐喊，颂扬所爱、抨击所恶。布尔战争是荷兰殖民主义者同英国殖民主义者之间为在南非争夺利益而爆发的帝国主义掠夺战争，前后进行了 3 年；大批英国士兵尸横异国他乡，国内孤儿寡妇啼饥号寒，人民反战情绪日益高涨。从战事一开始，哈代就密切注视杀戮给人民带来的深重苦难，并赋之以诗，为民请命。写于战争之初的 1899 年的《妻在伦敦》（"A Wife in London"）以哀惋的情绪表现了闻夫阵亡的妻子的悲怆：

一

她坐在黄褐色的

雾气之中；

从泰晤士河边的

小巷升起

这蛛网般的大雾；

街灯如欲烬之烛，

冷光闪闪。

---

36 *The Collected Works of Thomas Hardy*, London: Macmillan and Co. Limited, 1923, p.226.

一个信差敲门声，

令人心惊；

她收到一封短信：

虽然一行，

却令她眼花头晕：

他在遥远的南非

阵亡了……

二

早晨，大雾如堵，

邮差来去，

送给她一封信，

借着炉火之光，

看清他的笔迹，

握笔的手已入土。

墨痕犹新的信，

笔迹有力，

兴致勃勃，

满纸归家之望，

谈到全家出游，

沿小溪灌木林，

正当盛夏时节，

孕育新的爱情[37]。

　　在此，诗人为远死南非的英国士兵鸣冤叫屈，为新寡之妻痛心疾首，对不义之战发出强烈的抗议。由此可以看出，哈代是一个爱憎分明、体察民间疾苦的诗人。尽管他的诗篇大多以抒发个人的内心感受为主，然而他的个人所感所触却不脱离现实、而是与大众的所感所触息息相通。所以他的战争诗明显地跳动着时代的脉搏，热烈地爱着所爱、恨着所恨。有的评家认为，哈代所写的每一行诗都程度不同地流露出他对生活的看法；这些看法的实质对于所有的科学决定论者都是共同的，但他也有他自己独特见解。须知，决定论（determinism）[38]同宿命论

37 *The Collected Works of Thomas Hardy*, London: Macmillan and Co. Limited, 1923, p.83.
38 determinism：或译因果论。

（fatalism）有着本质上的区别（有些英汉词典将前者也译为"宿命论"，显然不妥），因为决定论强调的是人类社会的发展最终要受自然规律和自然法则的制约，有什么样的条件，就有什么样的结果，所谓"种瓜得瓜，种豆得豆"。而科学决定论强调人不可能超出科学规律的范围活动，条件（包括人本身）决定事物的发展。这种观点只要不走向极端应该说是科学的、唯物的。我之所以在此特别指出宿命论同决定论之间的本质区别，是因为哈代因信奉决定论而被一般批评家误解为宿命论者。事实上，从哈代自己的一生经历看，他对命运从来没有逆来顺受，而是积极抗争，追求既定的人生目标，而且一般说来他都实现了自己的目标。从哈代对英国政府 1899 年同荷兰人在南非所进行的掠夺战争的愤然谴责而写出的这些檄文式的诗篇这一事实亦可得出他本质上根本不是一个任凭命运摆布的"宿命论者"和"悲观主义者"；从人生到文学，他从来没有对命运俯首臣服过，而是逆流而上、从不低头。

在反战诗中，《圣诞节的鬼魂》（"A Christmas Ghost-Story"）直接描述英国士兵埋骨异土的悲惨命运，声讨了英国政府穷兵黩武的军国主义行径：

> 圣诞节的鬼魂
> 在前线以南，
> 远离德班城，
> 有一个士兵，
> 是你的同胞，
> 尸骨化埃尘，
> 他迷惘之魂，
> 仰望着夜空，
> 哀叹随清风：
> "我想知道由
> 殉难者制定
> 的普天同乐
> 的和平法则，
> 被谁于何时
> 所践踏废弃？
> 年份上附加
> '公元'以示

创世纪之后

又有何意义？

近二万士兵

匆匆去送死，

而为何而死，

迟迟无所闻。"[39]

这里，诗人借阵亡英国士兵的冤魂在圣诞节之夜发出的诘问，谴责了这场祸国殃民的战争。异国的亡魂难安，因为士兵至死不知他们为何而战、为何而死。全诗义愤激越、言词犀锐、凄情楚楚，充分揭示出英国士兵在这场不义之战中深感生时身不由己、死又不得其所的迷惘痛苦的心态，同《妻在伦敦》形成前后呼应、两地对照，同我国斥责征战的古诗如陈陶《陇西行四首》其二中之"可怜永定河边骨，犹是春闺梦里人"有异曲同工之妙。另外几首写士兵战死疆场的诗如《鼓手霍奇》（"Drummer Hodge"）和《阵亡者之魂》（"The Souls of the Slain"）更详尽地展示了士兵凄惨之死，《鼓手霍奇》：

他们将鼓手霍奇

无棺而埋。

唯一的标志是

草原上的一个小坡，

西边异国的星宿

夜夜照着他的坟堆[40]。

尽管哈代不可能亲临战场，然而对士兵所寄予的巨大同情使他如临其境，笔下何等的哀切不尽。

士兵的妻小盼望他们战罢回家的渴切之情在《盼夫归》（"Song of the Soldiers' Wives And Sweethearts"）中洋溢于诗行间，雀跃之心可闻可见：

一

终于又见家园，

又见家园！

不再像那过去

到处漂泊流浪？

39 *The Selected Poems of Thomas Hardy*, London: Macmillan and Co. Limited, 1924, p.82.
40 *The Selected Poems of Thomas Hardy*, London: Macmillan and Co. Limited, 1924, p.83.

不再离开我们、

不再背井离乡?

黎明啊,快让

白日阳光灿烂!

……

三

有人对我们讲:

我们再难相见!

等啊盼啊枉然,

炉火光里不见

您的音容笑颜;

士兵悲凉捐躯,

就在转瞬之间,

不是刀枪夺命,

便是累死路边[41]。

妻小翘首苦盼征夫回家,经年累月(布尔战争打了3年),一朝忽闻离乱人归期在即,其激动之情怎按捺得住?能不溢于言表?能不浮想联翩而痛定思痛?三年战乱,度日如年,不是一个短时光。杜甫《哀王孙》中讲"宁当太平犬,不作离乱人",在战乱频仍的古代中国,老百姓就是这个想法。在英美诗作中,反映战乱之苦况者并不多见,而哈代的战争诗即是这不多之中的杰出之篇,颇值一读。而对于了解哈代的一生,或者说弄清他的"主义",是必读的。因为只有在战争这样的人类所面临的极端事件面前,人才有可能显现其本质、坦露其真情。正如我前面所说,哈代是否是"悲观主义者"从他对战争的态度即可看出。

事实上,在布尔战争进行过程中,哈代始终倾心关注战事和民间疾苦。他诅咒师出无名的不义战争,申诉人民饱受的离乱之苦,呼吁和平与和睦。当时尽管尚未出现"和平主义"这个说法,而称哈代为英国历史上"和平主义运动"的先驱或者并无不恰当之处?

《害病的战神》("The Sick Battle-God")一诗中,哈代集中表现了他对不义之战的强烈否定态度。他认为,唯有化干戈为玉帛,才能实现人类和平与和

---

41 *The Selected Poems of Thomas Hardy*, London: Macmillan and Co. Limited, 1924, p.87.

睦，而穷兵黩武、建征伐之功，已经过时了。试听：

一

在人类以战为乐的年代，
战神驱使人人不和相残；
从以色列到遥远的岛屿，
人们都对战神顶礼膜拜。
……

四

早期的国王或皇后常以
武功显赫威名传播四方；
稍后的伍尔夫、纳依和
海上的莱尔森略领风骚。
……

六

现代人的思索破除战神
的魔咒，文人发出呼吁，
战争祸国殃民罪孽深重，
战神的红袍为血污浸透。
……

九

让人们共享人间的快乐，
让人们悔恨过去之战祸，
血腥的神灵向理智低头，
战神从此以后不再是神[42]。

然而，同反战诗截然相反，在1914年爆发的第一次世界大战期间，哈代写了19首以大战为题材的诗，尽管也反映征战之苦，其主调与情绪却是爱国主义的。哈代自己也将这些诗称为"战争及爱国主义诗"。在他眼中，英国参加一次世界大战是维护和捍卫民族和国家利益的正义之举，所以他始终抱支持的态度，写出了这些情绪激昂的爱国主义诗篇。从历史和民族主义角度看，

---

42 *The Selected Poems of Thomas Hardy*, London: Macmillan and Co. Limited, 1924, p.88.

哈代对英国参加一次大战的歌颂态度是可以谅解的。至于他对一次大战的看法，那是另一个问题，不在本文论述范围内。

爱国主义总是同一个民族和国家的整体利益相连的。在《1914 年英国对德国说》（"England to Germany in 1914"）中，哈代的这种爱国主义情绪表现得格外昂然激越：

> "啊英国，愿上帝惩罚你！"
> 难道条顿人蓬勃的天才
> 只会对几小时前的朋友
> 竟出言不逊、心怀恶意？
> 我们吃过你们的面包，
> 你们吃过我们的面包，
> 我们爱你们的城镇和
> 青松的萧萧、美丽的
> 莱茵河、河畔的塔楼；
> 你们有辉煌旷世的天才
> 赢得我们爱戴，如我们
> 爱我们自己的天才一般。

> 我们做梦也没想过要你
> 流血；我们的力量与你
> 并驾齐驱但无怨恨在心，
> 除了几个人闹嚷嚷你我
> 都听到看到：他们口出
> 狂言同国家弹的不同调；
> 但是你们面红耳赤大叫：
> "啊英国，愿上帝惩罚你！"
> 这于现在、于将来和于
> 你古老的名声都不光彩[43]。

当时英国和德国正处于交战状态，年已七十有四的老哈代激于爱国之热忱、挥笔写下如此篇章，算是难能可贵了。作为一个爱国诗人，他对这样的国

---

[43] *The Selected Poems of Thomas Hardy*, London: Macmillan and Co. Limited, 1924, p.508.

家大事当然不能不言。他也不是赶时髦，应该说他的爱国言论是由衷的。

另一方面，从这一时期的某些诗篇看，哈代的爱国主义并不是狭隘和盲目的；在一定程度上，他是能够从世界的角度看问题的。在《他的国家》（"His Country"）一诗中，他写一个英国士兵奔赴海外作战的切身感受：士兵看不见国界、以天下为己任、作世界公民。这当然是诗人自己的一厢情愿，但也足以看出他的爱国主义是走出了国界的（当然还不能称之为"国际主义"）、是襟怀广阔的。全诗用第一人称，状如自述其事，娓娓道来，真实感人：

> 我离别了故土，
> 远涉粼粼南海，
> 触目所闻所见：
> 身居华宅或栖
> 寓陋室的人们
> 辛苦劳作如我，
> 人人各有其命。
>
> 我在草地上和
> 集市看见他们；
> 我亲爱的国家，
> 并未隔海消失，
> 其心其情仍在，
> 其愿望仍热烈，
> 好处坏处都在。
>
> 我一直往前行，
> 一路耳目见闻；
> 往前行往前行，
> 所见的所有人
> 都有同胞的心。
>
> 我走遍了全球，
> 从另一端回家；
> 于是我这样说，
> "有什么限制我

的国籍？似乎
我的国籍无界
遍于全球各地。”

我自问：“我
同谁战同谁拚，
我必须打败谁？
无论走到哪里，
到处都是国家。”[44]

在此，哈代的爱国主义无疑扩大到包容天下苍生的广度。一方面，民族利益激发起他的爱国主义热情；另一方面，他也清醒地看到：无论什么战争，对普通老百姓都意味着痛苦和流血。在这个意义上，哈代对一切战乱都持否定态度。我们当然不能用阶级的战争观来要求他；而在当时的英国，反战无疑是进步的。所以在这首诗里，他借这个英国士兵之口说出了他对那场战争所感到的迷惘。

这一时期所写的诗篇中，有一首有一段奇特的经历，从中可见哈代作诗态度之严谨、用情之执著。那就是《国破家亡时》（"In Time of 'The Breaking Of Nations'"）。据哈代自述，40 年前的 1870 年，当普法战争爆发时，他就构思了这首诗，意欲表达这样的人生观：无论战争的破坏何等巨大、创伤何等惨烈，人类的生活与爱情照样进行，不会止息。这显然又证明了，哈代对生活的态度不是"悲观主义"的。40 年何其漫长！诗人的经历何其纷繁！人世沧桑之变何其巨大！然而，尽管岁月悠悠去，哈代的这一基本人生哲学并未因境遇变而变，他对人生一直是乐观以待，尽管反映在他的小说和诗篇里不乏对人世苦难、困境、彷徨、忧虑、甚至沮丧的悲怆描绘，希望一直如云层后面的太阳存在于诗人深心之中。1915 年，当哈代将 40 年前的感触形诸笔墨时，他已是 75 岁的老翁，而他居然记忆如此清新，恍如昨日，亦可见他对生活的挚爱之烈！

《国破家亡时》只有 3 节 12 行，但写得笔力凝重、极富历史感，读者看到的好像是漫长历史画卷的一个瞬间而永恒的场面：

一

只有一个男人在耕地，

---

44 *The Selected Poems of Thomas Hardy*, London: Macmillan and Co. Limited, 1924, p.507.

缓慢而无语；
一匹老马蹒跚在拉犁，
点头半睡半醒。

二

只有淡淡的烟霭
从野草堆升起；
永远都将如此，
尽管朝代更易。

三

走过一个姑娘和情人
喁喁私语：
我们的爱情故事未完，
而战争已成历史[45]。

这可以说是一幅超越时空的人类画卷，饱凝着诗人对人类现状与前景的深刻思考。农夫照旧耕田犁地、人们照旧生活作息、情人照旧谈情说爱；无论这个世界上发生何等巨大的变故，人类生活中某些永恒的东西照样存在，谁也扼杀不了。这就是生活的本质所在，这就是人们应该执著不弃的东西。诗人的信心在于：一切违反生活哲理的本质而暂时肆虐的势力终将成为历史的过去，生活本身才是强者、是不可战胜的。这幅画面因其包容了哈代博大的乐观主义激情而显得淡雅中见深邃、平凡中寓宏大，实为诗中不可多得的上乘之作。笔者的译文不能尽其堂奥，若读原诗，当感受切身。

而当残酷的战争终于结束，盼望已久的和平重降人间之时，哈代由衷地为天下苍生额手庆幸。第一次世界大战是人类有史以来的第一次大浩劫，人们所经受的苦难罄竹难书。即使遥隔浩茫的历史空间我们也完全可以想见它的结束对于哈代是一件不可等闲的划时代大事。为此，他专门写了组诗《结局》（*Finale*），内含两首：《结束》（"The Coming of the End"）与《展望》。值得注意的是，在这两首诗中，哈代刻意不提"战争"一词，亦可见其对战争的厌恶之深：

结束啦！

---

45 *The Selected Poems of Thomas Hardy*, London: Macmillan and Co. Limited, 1924, p.510.

遥远的人群

来相会，

到处是欢容，

满耳是笑语；

分别时，

有多少祝愿；

结束啦！

结束了，

凝视的目光

投在河面上，

每一道河湾

阳光普照；

夜晚更有

迷人的月光；

结束了。

结束了；

修房啦，

装饰啦，

种花啦，

欢迎、宴会、

郊游，时间

用不完；

结束了[46]。

在《展望》中，诗人从后人视今的角度来揭示人们对战争的感慨：

当"今天"在我颤栗的身后

拴上它的后门

五月展开欢快的绿叫

如鸟翅拍动

邻人以细若蚕丝的声音说

---

46 *The Selected Poems of Thomas Hardy*, London: Macmillan and Co. Limited, 1924, p.520.

"他这个人曾目睹过这样的事情？"[47]

这里，哈代显然有昭示后人之意，可谓用心良苦。

从以上对哈代战争诗的简略介绍不难看出，哈代是一个非常关切时代、与时代脉搏同跳动的诗人；他的诗比他的小说更直接、更迅速地反映现实。所以从读他的诗作我们能了解到他所生活其中的那个时代。这就是我所谓的他的战争诗的深刻的历史感。

七

最后我们谈谈哈代的杂诗。

哈代将不便归入上述各类的诗通称为"杂诗"（miscellaneous poems），所以这类诗在其数量上最大，所涉及的内容也十分博杂。在风格上，主要还是抒情诗。这些杂诗比较个人化，忠实地记录了诗人的思绪和感情轨迹，对于窥探哈代的内心世界，可以说具有自传价值。一咏一叹、一颦一笑，说不定直接来自诗人自己的呼吸，无稍假饰。

杂诗的确很杂，如生活本身一样五色缤纷，但也不是生活的流水帐，而是生活的浓缩、提炼与升华的产物。所以，凡人琐事到他笔下皆生花出彩，可歌可泣，甚至传之久远。从这些杂诗的繁荣之姿，可见哈代想象力之丰富、思绪飘飞之广远；他内省于心、外感于物，随兴赋形、意到诗成，堪称妙手。在《华朝》（"On A Fine Morning"）中，诗人追寻生活的意义不在所得而在"梦寐以求"、于小见大，热烈拥抱生活：

一

> 慰藉从何来？
> 不来自所为、
> 不来自苦难、
> 不来自所成、
> 不来自注重
> 生活的境遇，
> 不来自关注
> 时间的推移；

---

47 *The Selected Poems of Thomas Hardy*, London: Macmillan and Co. Limited, 1924, p.521.

而来自对梦

的执著不弃，

从微曦之中

见一片金光。

二

在极盛之期，

我执阴影而

待日出之明，

此刻无彩虹

华丽之显耀，

只略露美事

之端倪以证

万物为人备[48]。

这样的感触所成的诗在哈代的杂诗篇章中随处可见，尽管感于一事一时，然并不显浮浅之相，可也不故弄虚妄。事实上哈代的杂诗的另一特色就是出之以实，大都谈的是芸芸众生所有的思虑，来得真切、不务虚玄，令人读了有感受、能共鸣。这些诗饱蘸着诗人的感情，一咏一叹皆牵动人心，而且，尽管不是哲理诗，却传递着诗人对人生的看法。这些诗往往短小简约，不事铺陈，好似以淡墨写生，笔触自然朴质，令人可亲。不是长篇大作，而其中内涵的道理却不浅、情却不薄。中外文学史上，小诗易于流布、理深情挚而不胫而走、传之后世者，不乏其例。在英国诗坛，哈代即是这样的手笔。实际上哈代的诗至今未为人们真正认识，遑论理解？这就是为什么迟至1978年纪念他逝世50周年之际，作为诗人哈代的地位才开始为评论界和读者界所重识；加在他身上的"悲观主义"和"宿命论"这两个历史性的误识才得以清正。从中可以看出，批评界的误导对于读者和作家的双重损害之烈。

如前所述，哈代的杂诗涉及各种题材和情绪，不能简单地用"悲观"或"乐观"两个极端来概括。诗人的情绪是复杂的。在《希望之歌》（"Song of Hope"）这首诗里，诗人于困境中前瞻希望、对未来充满激情：

啊，明天多美好！

48 *The Selected Poems of Thomas Hardy*, London: Macmillan and Co. Limited, 1924, p.118.

今天一过，别了，

一切烦恼。

让我们借来希望，

因为一线微光将

很快成艳阳普照，

任何乌云不可挡，

不可挡！

当风吹来昔日的

叹息，分秒之间

黎明却可望可及；

云雀为我们歌唱，

歌唱我们的良缘

不久将荣耀四方！

荣耀四方！

脱去黑衣，

穿上红鞋，

换掉断弦，

重调音谐；

息悔恨之语，

夜尽朝霞出，

明天的太阳

即将升起，

即将升起[49]！

实际上，哈代的所谓杂诗中有许多是关于爱情、生死、婚姻嫁娶、岁月这样的永恒的主题的抒情诗或哲理抒情诗。哈代之所以将其归入杂诗一类，只是为了划分的方便，或者说为了这些诗更便于触及博杂的题材和主题。丰富纷纭的生活现实令哈代觉得以"杂诗"之名可以涵盖大千世界，可以任他的思绪在广阔的时空里自由驰骋。事实上哈代的杂诗写得更自由自在、自成一体、自标一格。在此，我仅就哈代杂诗中的有关生死的题材和主题举其大者略论以窥一斑。

---

49 *The Selected Poems of Thomas Hardy*, London: Macmillan and Co. Limited, 1924, p.120.

　　哈代作为一个极度敏感的诗人，如其他诗人一样非常关注生死这一人生大事。反映在他的诗中，他从不回避坟茔、丧事、葬礼、鬼魂等事，而是以现实主义的态度面对之、思索之。的确，从一个人对生死的态度上可以洞察他的整个人生哲学和思想境界。我之所以认为哈代不是一个悲观主义者，在很大程度上就是基于他对生死这一问题所持的客观的认知态度，即对生死之事处之泰然、甚至一笑付之，绝不萦怀不去。这是一种达观的人生哲学，贯穿哈代的一生及创作（小说与诗歌）之中。在《不朽的她》（"Her Immortality"）一诗中，诗人认为生死之间并无鸿沟之界，只要心存真爱，阴阳两界是可以沟通的：

> 一天正午，
> 我穿过草原，
> 数里之远，
> 前来朝拜
> 我上一次
> 看见我已逝
> 的情人婉然
> 笑容之地。
> ……
> 她的芳唇
> 轻启相劝：
> "啊我的朋友，
> 那可不行；
> 想想啊，我
> 只是一个幽灵"
> "幽灵在关切
> 者身上永生；
> 您活着我也
> 活着；您若
> 死，我也亡。"
> ……
> "我决不死，
> 我的至爱！

为延长您
的时日，
我要防范
我的人生
途程上最
小的危险！"[50]

对于"不朽"，哈代有自己的看法：他将灵与肉合而为一，即灵肉一体。
在他看来，死不可怕，真正可怕的是死后被人遗忘；他在《被遗忘的》（"The
To-Be-Forgotten"）一诗中称之为"第二次死亡"：

我听见一个悲哀的声音
便驻足在坟地：
"老朋友，脱离了生活的纷扰
您感到烦恼？"
"啊，不是呆在这儿烦恼
是我们的第二次死亡在即
生者对我们的记忆
已经麻木
所剩一片遗忘！"

灵魂不死有一个条件，就是要为生者所记忆，否则将是一片遗忘的虚空。
那是死后的大悲哀！真正的"死后原知万事空"。然而一旦有人记得您，您的
灵魂就活了[51]。与《不朽的她》相对应的另一首《不朽的他》（"His Immortality"）
（后者写于 1899 年，与前者相距大约 30 年之久，而所表现出对死亡的态度完
全一致；可见哈代思想的一致性、一贯性是主要的）反映出诗人对死后灵魂不
灭的倚重：

一
我在悲哀的生者
的每一颗忠心里
看见死者的优点
在闪闪发光；

---

50 *The Selected Poems of Thomas Hardy*, London: Macmillan and Co. Limited, 1924, p.49.
51 *The Selected Poems of Thomas Hardy*, London: Macmillan and Co. Limited, 1924, p.131.

于是我说："这
必定是他的不朽。"

二

岁月流逝，
而我看见
他的灵魂
依然活在
他们心里；
但已不如
开始辉煌[52]。

但这里已透露出哈代对世人于死者情难持久常新的微词，因为他发现在多数人的心目中灵与肉并不等同；随着时间的流逝，记忆的淡漠，遗忘降临人心，所谓不朽就大打折扣了。在这些有关生死的诗篇里，哈代实质上在呼吁人们以真情来超越生死之界、从而达到永恒之期。在世事的变异面前，尽管有时这难免失之于理想主义，然而诗的理想主义往往倡导着生活，让生活模仿艺术，这不是不可能的。这当然不等于唯美主义。从本质上说，唯美主义是排斥生活的；而理想主义是干预生活的，并由此改造生活。这种理想主义情绪渗透了哈代的许多诗作。

八

基于以上论述，我们可以毫不犹豫地得出结论，即哈代作为一个世纪之交的伟大小说家和诗人，其人生哲学不是批评界和读者界长期以来所误解的"悲观主义"和"宿命论"。恰恰相反，他的一生是积极进取的，他的创作是警世激人的，而且内容宏富、卷帙浩繁，在他漫长的生命历程和创作生涯里，为后世留下了极为珍贵的文学宝藏。纵观迄今为止的整个世界文学史，如哈代者寥若晨星；对于他的误读以至误解是近代世界文学史上的一大憾事、谬事。如今廓清，似未为晚。

哈代作为本世纪所产生出的最伟大的诗人之一者，其地位和影响近年来也渐为人们所认识、重视。所以，对于哈代诗作的研究和阅读已成为文坛一盛

---

52 *The Selected Poems of Thomas Hardy*, London: Macmillan and Co. Limited, 1924, p.131.

事。在我国，介绍哈代很早，但重其小说而忽略其诗作，这有历史的原因。造成的直接后果是，我国读者知道《德伯家的苔丝》和《凡人裘德》者大有人在，而对哈代的诗知者可谓凤毛麟角，甚至对于哈代为一大诗人这一事实恐怕也知之者甚少。对于他的诗的评论就更难见了。

这就是本文作者何以写本文的直接动因。我希望我的这篇浮浅的论文能引起同道的兴趣，使哈代的诗在我国不至于落到明珠暗投的遭遇，否则哈代暝暝中有知，那该真要"悲观"了。

限于篇幅，本文未对哈代诗的语言风格作评价。尽管国外评论界似乎一致认为哈代的诗语言粗砺、语义晦涩，然而这仍是一个有待讨论的问题。在此，我有一句话要说：这同哈代的诗的个人风格有关。因为综观哈代的全部创作，他绝非一个用语粗糙的人。

戴维·赫伯特·劳伦斯的
"激情现实主义"初探

在中国读者界，迄今罕有人知戴维·赫伯特·劳伦斯（David Herbert Lawrence, 1885-1930）一生之中创作诗歌多达一千余首，而且评家认为，他作为一个诗人，堪与同时代的其他诗人比肩而立。《戴·赫·劳伦斯诗选》（*Selected Poems from D. H. Lawrence*）的编选人吉思·沙加（Keith Sagar）评论说，劳伦斯在任何意义上都是一位大诗人，包括技巧方面，也是如此。吉思承认：

> 劳伦斯没有凭空臆造的技巧、没有匠人的形式完美。这样的技巧一方面可能使他的某些早期诗作或许有所润色，但也可能妨碍他写出后来的伟大诗篇；在这些诗作里，形式是内容最完美的体现、是活跃的思想与情感、清新而深邃的见解和智颖的载体而已[1]。

就内容而言，劳伦斯的诗涉及到惊人的广泛的题材，从人类情感到鸟兽草木，都在他笔下表现得出神入化，感情淋漓，紧扣人心。正如劳伦斯在1913年致友人的一封信中所言的那样：

> 我总是力图原原本本地表现感情，而不稍有改易。这需要尽可能细腻的本能、比技巧还要精细的本能……我并非为您的耳朵而写诗……除了一个完整之吻，我无法告诉您我在诗里看到了什么形式[2]。

劳伦斯所谓的"本能"在1913年之后的诗歌创作里发挥了主要作用，他

1　Keith Sagar, *The Art of D. H. Lawrence*, Cambridge: Cambridge University Press, 1961, p.1.
2　Keith Sagar, *The Art of D. H. Lawrence*, Cambridge: Cambridge University Press, 1961, p.1.

甚至不凭借技巧，而只靠感觉写诗；他只倾听自己的心灵之声和自然界的天籁之音。这就是批评家阿尔弗雷德·阿尔瓦日（Alfred Alwary）所谓的劳伦斯的诗歌里所表现出的"激情现实主义"（emotional realism）。在劳伦斯的诗歌佳作中，感情率直、真实、有力，常常冲破传统形式的约束，而以震撼人心的意象出现，直接诉诸读者的感情世界。请读《南方之夜》（"Night in the South"）：

> 升起来吧，你这红色的东西。
>
> 升起来吧，且把你称为月亮。
>
> 今夜群蚊叮人，
> 如挥之不去的记忆。
>
> 记忆，北方的记忆，
> 一片严酷的白色世界
> 带我们平静进入此夜。
>
> 称这红色的厌物
> 为月华之出？
>
> 　　升起来吧，你这红色的东西，
> 慢慢向上展开，黑红的血色；
> 最后冲破宁静的繁星
> 所构织成的夜之膜幕。
>
> 被玷污的
> 红色的太阳黑班[3]。

　　凭着感情的本能与直觉，劳伦斯把这轮南方之月写得如此可厌可怖，这恐怕在古今中外的咏月诗里是罕见的。"婵娟"的传统美丽形象在这里变成"红色的厌物"，这正是他当时当地内心真实感受的率直的、毫无矫饰的一种外化。借助南方之月这一意象，他表达出他对北方生活的怀望之情。这种坦然、全真、直捷的感情流露、毫无拘束，就是阿尔弗雷德所定义的劳伦斯的"激情现实主义"。这同一般的诗歌言情即兴不一样。广义而言，诗歌都以寄情言志为己任，无情不成诗。然而，劳伦斯的"激情现实主义"实际上是他的一种创作手法，或者如吉思所说"形式是内容最完美的体现"。劳伦斯从感情的"现实"出发，

3　本文所引戴维·赫伯特·劳伦斯诗歌均系本文作者张顺赴根据以下文献译出: David Herbert Lawrence, *Poems*, PoemHunter Com-The World's Poetry Archive, 2004.

无遮无掩地、近乎自然主义地将这一"现实"公诸读者；也许其感情来得原始、粗砺、甚至丑恶，但却有力非凡、撼动人心，因为他毫无顾忌地直接将读者带进他的感情现实之中了。在这种意义上，"激情现实主义"颇像 20 世纪 50 年代美国出现的以罗伯特·罗厄尔（Robert Lowell）和西尔维亚·普斯（Sylvia Plath）为代表的"自白派"（Confessionalism），以丝丝入扣、痛快淋漓的自我剖析感情世界为其大特色。但两者的区别也是显然的：前者以现实主义为倡导，后者却多病态心理的展示。

劳伦斯的"激情现实主义"首先在于其"现实"。读他的诗，我们感觉得到他在竭尽全力贴近感情的现实、而排除一切虚妄之情。他在《爱恨交加》（"Love and Hate Mixed"）里写道：

> 为您爱我
> 所以您就认为您不恨我？
> 哈，既然您爱我爱到销魂，
> 您恨我也必然恨到销了魂。
> ……
> 无疑，如我死去，
> 您必定追随我至阴曹，
> 但是您的恨难道不比您的爱
> 更疯狂、更炽烈、没完没了？
> ……
> 何谓混沌，我的爱人？
> 那并非自由。
> 纷纷殒落的群星逝无踪影。

在此，劳伦斯将爱与恨的悖论写得透辟之极、"现实"之极；他的感情世界坦露无遗。这种"感情的现实"自然是他本能所能感觉得到的现实，仍然是属于有意识区域、而非西格蒙德·弗洛伊德（Sigmund Freud）的无意识区域里的"情感"。然而同西尔维亚·普拉斯的多属病态的"白白"大相异趣的是，劳伦斯的"情感现实"在多数情况下是清醒的、正常的，而非扭曲的、变态的呓语。

劳伦斯之所以倾心于表露"情感的现实"是因为他有感于人们普遍的感情虚伪、虚饰、矫揉、甚至欺蒙。这与他在小说中借助空前细腻的描绘男女之间的性关系同出于立意要一扫人与人之间的虚伪而赤裸裸地托出人间真诚这样一个主旨和动机。为了这个目的,劳伦斯的笔锋有时就难免显得过于直露。于是在一些人眼里,他似乎成了"性文学"(erotica)的开山始祖,而频频遭人非议。其实,只要深入了解他的"激情现实主义"的创作手法,对他的不公之评即倾刻瓦解。

为要表现"情感的现实",劳伦斯自己经历了艰难的心路历程。要说真话并非易事。文学的撒谎欺人尤甚。他生在英国资本主义发展的鼎盛时期,当是时,人欲横流,普天之下,人们追名逐利之心如脱缰野马,不可收拾;假话堂皇,欺诈遍地,真情真性几于泯灭。在这种道德的危局中,他才发出了写"情感真实"的呼吁。在1928年出版的《诗选》(*Poems Selected*)的《前言》("Preface")里,劳伦斯如是说:

> 因为我的诗中有很多是如此的个人化,以至于片片断断地看起来可以组成一部感情和内心生活历程的传记。……有些诗反复重写,意欲表达耗去一个人 20 年生命的光阴之后才能表达出来的某些东西……年轻人害怕他自己心里的精灵,有时竟用手捂住精灵的嘴而自己为其代言。出自于这个年轻人之口的东西很难成其为诗。所以我力图让精灵自己畅所其言,而删除年轻人插嘴说的话[4]。

劳伦斯在此所谓的"心里的精灵"即指内心感情的现实和真态,所以他"力图让精灵自己畅其所言",而在反复修改的过程中,唯虚言之务去,但留真真切切的情感在诗行间。无病呻吟、粉饰太平、搔首弄姿之类的东西通通在他笔下消失。

在《年轻的妻子》("My Young Wife")一诗中,劳伦斯写道:

> 爱您的痛苦
>
> 几乎超出我所能承受。
>
> 我走路也怕您,
>
> 您站在哪里,
>
> 黑暗就在哪里降临;
>
> 您看我的时侯,
>
> 黑夜就从您眼睛里到来。
>
> 啊,我从前绝未见过

---

4 D. H. Lawrence, *Poems Selected*, Cambridge: Cambridge University Press, 1967, p.28.

太阳里的阴影！

在劳伦斯的"激情现实主义"里，意象非常重要，而不是平平淡淡的情感真实的简单再现或复制。用阿尔弗雷德的话说，他诗中的意象往往令人有震撼之感，动人心弦，极富力量。他之所以能创造出如此清新独特的意象，除了他对生活入木三分的观察和思想的深刻外，他情感的超凡敏感是很重要的因素，能感知人所不能感，"众人皆醉而我独醒"。所以，他笔下的情感现实不显沉闷，而是奔泻着热血、跳动着脉搏。在《童年的噪音》（"Noise from Childhood"）里，父母吵架的叫骂被赋予屋外啸啸的芩树枝条的意象：

> 屋外芩树垂着可怕的鞭条，
> 入夜风起，枝条临风嘶啸，
> 如暴风雨中船上索具发出，
> 一阵恐怖怪诞的尖砺声响。
>
> 屋里两个声音愤然高叫：
> 一个是纤细枝条在激忿，
> 一个是粗鞭挥打出轰响，
> 一个声音把另一个声音
> 淹没在无声的血泊里和
> 芩树枝条的哗哗噪声里。

在《樱桃窃贼》（"Cherry Thief"）里，挂在姑娘耳边的樱桃状如滴滴鲜血，她给出的爱如死在樱桃树下的鸟：

> 像东方姑娘的秀发间
> 闪烁的红色宝石珠钻，
> 一串串深红樱桃颗颗
> 挂满修长的黑色枝柯，
> 仿佛一缕缕卷发之下
> 汩汩流淌的血珠涟涟。
>
> 在晶莹莹的红樱桃下，
> 躺着三只敛翅的死鸟：
> 两只苍白胸脯的画眉、
> 还有一只乌鸫，
> 小窃贼浸在殷红里。

> 在一个干草垛下，
>
> 伫立着一个姑娘，
>
> 对我笑；耳边挂串樱桃——
>
> 她给我绯红的果实：
>
> 我要看她是否啼淋。

在《复活》（"Revival"）里，劳伦斯引入"禁果"这一在西方可谓家喻户晓的意象来暗示"性"在现代社会生活中被人们扭曲了的地位。这首诗实际上讴歌了"性"：

> 我们，夏娃和我，
>
> 未曾咬过禁果，
>
> 然而，白天和夜晚
>
> 不再用紫色和白色
>
> 装点这同一座伊甸园。
>
> 从我的夏娃那里，
>
> 我学会大智无言。
>
> 比起悠悠岁月，
>
> 她是更好的教师；
>
> 她教我的心弦
>
> 在欢笑和眼泪中
>
> 一样地拨动。
>
> 如今我发现这座山谷
>
> 像我一样血肉丰满，
>
> 有七情六欲，
>
> 有脉搏跳动。
>
> 一切都同我身上的
>
> 某种东西合拍和谐：
>
> 这是她给我的赐予。

劳伦斯以不羞于在诗中表达自己的真情，不怕被人指为多愁善感、甚至感伤主义。实际上他具备一种感情的勇气，无论是哀悼亡母、性生活受挫，或是怀念童年、新婚的喜悦，他皆能以一种罕见的细腻诗笔将其跃然纸上，令读者如临如睹。

　　劳伦斯作为诗人的成熟与作为一个人和小说家的成熟是同步的，也同他的婚姻联翩而至。1912 年，他同芙蕾达（Frieda）开始了婚姻生活，他的生命里好像揭开了新的一页。夫妻双双离开了英国，劳伦斯如脱桎梏，重获自由，被禁锢已久的心灵复苏了。于是此后，他的诗从内容到形式在整体上都出现一个大的飞跃。他宣称，"婚姻在某种程度上使我同未知世界保特直接接触，不然我就完了。"照吉思的说法"劳伦斯的想象力变得日益神圣。他无需区别，这是使他和芙蕾达的婚姻臻于某种神圣境界的那种创造力，或是在他的诗歌里汩汩涌流的创造力；反正两者皆非人力所能企及的化境"。为此，劳伦斯写到这种状况：

> 啊，为了这涌进我心灵的奇迹，
>
> 我将作为一泓一尘不染的源泉，
>
> 不兴一丝水波，任其展示天然。

　　这种如获灵感的创造力如一股天来之风吹透劳伦斯的整个身心，他必须敞开自己的心扉、与之同调合鸣、共创天籁之作。在 1912-1918 婚后的 6 年里，直至第一次世界大战爆发之前，是劳伦斯诗歌创作的成熟期、高峰期，也是"激情现实主义"最终形成的时期。在诗集《啊，我们熬过来了！》（*Look! We Have Come Through*）里，真实地记录了爱情的柔蜜、新婚的喜悦，同时也有不谐和的片时阴云。这本诗集的重要性在于它从此奠定了劳伦斯的"激情现实主义"的基调和创作方法。他的婚姻成功是冲破僵死的旧观念和生活方式之壮举，而在艺术上，他所追求的也是冲决"一切人为的、迫使我们如此喜爱地按照清规戒律表达我们的思想的网罗和藩篱"，而让独有贴切的形式出之于自然自在自发。"这种技巧，如用之成功，产生的艺术是登峰造极的、是一个孜孜以求的发自灵魂所吐露的心曲。"吉思说，这既是语言的技巧，也是心灵与情感的磨练与升华。诗是最高艺术即人生的一种副产物。所以，"激情现实主义"的要旨是冲破一切束缚表达真情实感的所渭"传统"，立于人性的新的高度，剖析灵魂、披露真情。这需要完整而深刻的人生经历，出之于个人、而广泽众生，以超越个人的形式传达普告天下的意义。

　　"激情现实主义"要让自然说话，以写真实为号召，同小说里的现实主义可以说是并行的，在如何表现实现世界方面都有所开拓进取。对于劳伦斯来说，不冲破旧的诗歌形式的约束、不进行从内容到形式的革新和尝试，就不可能写出他欲表达的东西，所以他必须让灵魂畅其所言，将个人体验的完整性和深度视为真正艺术的基础，将人生视为一种最高层次的艺术，而诗歌不过是其副产物，是不可以强求而得的天籁之物。在这里，写诗成了劳伦斯的生活方式。这一要求之高，远远胜过匠人的技巧。至于他是否在诗的创作中完全实现了自己的追求，有待进一步探讨，但他对此的探索步伐却是沉重而不懈的。为诗，他付出了毕生，死前不久还出版了《三色紫罗兰续集》（*Pansies More*）和《最后的诗》（*Last Poems*）两本诗集，矢志不渝，依然呼唤着人性的回归，而且更加热爱"有血有肉的此生此世的辉煌壮丽的人生"。

真实的激情在劳伦斯的诗中俯拾皆是。在《格罗第玫瑰》（"Gloddy Roses"）一诗里，他痛快淋漓地倾诉他对爱人的深情：

> 当她清晨起床，
> 我望着她，流连不去；
> 她将浴巾晾在窗下，
> 阳光洒在她的双肩，
> 白皙的光闪耀一片，
> 当她俯身拾去海绵，
> 腰间一闪柔美金影，
> 晃动的双乳如两朵
> 盛开的格罗第玫瑰。
>
> 她用水淋湿全身，
> 修肩闪闪似白银，
> 玉肤晃晃如雨润的落玫瑰，
> 我倾听花瓣悉悉飘零纷纷，
> 洒满艳阳的窗口
> 只见她金色倩影，
> 一俯一仰花重重，
> 化出一朵神圣的玫瑰。

他流连不去，从窗口观看爱人晨浴，一笔一画，写得何等动情、何等美艳，任何人读后，难道能说这是淫秽之作？否！劳伦斯不羞怯于表现自己的真情，正表现在他敢于让自己的缪斯涉足这些敏感而有争议的人生方面，而且把男女之情之爱写得很美、甚至动人心魄，使读者猛然顿悟：人自身原来如此之美！劳伦斯所处的时代，英国资本主义正值上升时期，但物质文明的繁荣似乎必然以压抑、甚至牺牲精神与道德的提升为代价。他出身于矿工之家,对这一切更是感同身受,所以以文学为传声筒,凛然发出人性回归的呼唤。这在当时,可以说是振聋发聩的强音符,甚至是惊世骇俗的离经叛道的乖行。文学家总是先行于人,这也难怪他为同时代人所诟病而留身后之名。

婚后的生活使劳伦斯的创作力勃发、思如泉涌、情炽如火。劳伦斯这样一个成熟的诗人在人性的真实中出现了。上文说过,在他短暂的生命中,作为人、小说家和诗人,他几乎是同步成熟的。首先是作为一个人的成熟,如前所论,因为他认为人生本身就是一门绝顶的大艺术,诗不过是其副产物。可见他之作诗完全是不能已于不言之为、不吐不快;既非应景、亦非遵命,纯属自然吐露,所以见其真切。在这个意义上,劳伦斯的"激情现实主义"是外人所学不来的,因为它与诗人本身的一切已浑然一体。所以在文学史上,"激情现实主义"的提法对于劳伦斯是唯一的,不可移喻别的诗人。

劳伦斯的"激情现实主义"之所以感人至深,除了上文论述过的"真切",再有就是"入微"。他的观察力惊人的凌厉透彻、分辨力特别细致,感于心而被于文,读者读后,往往得大悟,感到如己所欲言而不知从何而言。

且看《绿色》("Green")这首短诗:

> 苹果绿的黎明,
> 天空是盛在太阳里的绿酒,
> 月亮是其间的金色花一瓣。
>
> 她睁开双眼,
> 绿波也闪闪,
> 明眸如刚摘的花,
> 被我第一个看见。

在这里,劳伦斯对黎明的观察是何等的细微、对色彩是何等的敏感。在《第一个早晨》("The First Morning")里,又表现出劳伦斯对复杂情绪的体察之精细:

> 昨夜是一场失败,
> 但又怎能不失败?
>
> 于黑暗之中,
> 苍白的黎明
> 在窗畔涌动;

我不能自由，

摆不脱过去

其他那些人；

我们的爱是

一场混乱，

还有恐怖，

您避开我。

现在已是早晨时光，

我们坐在小圣殿旁、

沐在阳光里，

眼望着山壁

蓝影绰绰；

看见近在我们脚边的草地上

无数的蒲公英的一团团冠毛

纠纠缠缠在阳光之下的

一派寂静的深绿草丛中——

这就够了，您在我身旁——

一座座山峰稳重地峙立，

蒲公英种子半埋在草里；

您和我：我们一起

为群山自豪而欢乐，

因为我们有爱情，

群山挺立在

我们的爱上，

一切皆由我们而始，

我们即是一切之源。

　　因为有了细节的真实，才说得上整体意境的真实，也才能纤毫不爽地写出错综复杂的情绪。在劳伦斯的诗中，我们往往发现几种感情的同时交织、交流、交汇；有时这几种感情甚至是相左相悖的，由此而产生强烈的对比与反差，从而形成情感的跌宕、起伏、明灭、消长；既令读者感到突兀，又觉得顺理成章，符合生活逻辑，于是产生异乎寻常的真实感。在上引《第一个早晨》里，在新婚之夜的欢爱失败之后，劳伦斯一方面感到这是他咎由自取，因为他旧情难忘、一身数许，混乱、恐怖、畏怯、内疚一起搅和在新婚之夜，表现得非常真实；而当黎明来临之时，直面大自然，人性的一切弱点又统统归于和谐、协调，一切又有了新的起始和源头。

在《天堂》（"Paradise"）中，是绝望与希望的交织情绪，显示出一片真实的感情的处女地：

> 我发现一块孤独之地，
> 比孤独之乡还要孤独，
> 比天堂还要可爱迷人。
>
> 此地充满甜蜜的宁静，
> 无噪声之聒耳相扰扰，
> 无灯火之昼夜逞煌煌。
>
> 一轮圆月庄严地西沉，
> 我看见她伫立而等侯
> 看门人来关日暮之门。
>
> 然后我发现自己
> 身在仙幻之境地，
> 一片云里雾里，
> 一片温煦沉寂，
> 殊难解悟其意。
>
> 于是我等待；
> 接着便知道：
> 众花无声地簇拥身旁，
> 花之奇迹无声地开放。
>
> 鲜艳的翠鸟飞舞
> 在无形的美景中；
> 过路的野兽投下
> 几许阴影在地上。
>
> 夏娃降临大地，
> 无声无形无迹，

我无从知道：
我已被发现。

夏娃无形的手
抚摸我的全身，
将我从子宫里
取出置于人间。

将我同众生分开。
啊，多可怕！
她的手伸在血肉之躯
和我之间，令我自由。

啊，她以骇人而奇怪的审视
发现我从属于混沌的根源，
然后把这一联系掐断。

无助而惊骇，
我从混沌的子宫里
降生人间；
我在等待，
尚未消失的记忆
令我神志迷乱。

我将知道天堂在哪里：
在硕大无比的时间子宫
之外，我即由此而诞生。

　　这首诗将恋人的矛盾、繁复、错综的情绪表现得非常彻底、真实、率直。在情诗中，写到这一境界的并不多。劳伦斯的爱情诗，可谓"情到深处人寂寞"，所以他称爱情的天堂为"孤独之乡"。然而夏娃给了他希望，爱之诞生如人生之初，痛苦与希望伴行；爱一旦诞生，将超越时空而永恒，于是他宣布：爱的天堂在硕大无比的时间子宫之外！劳伦斯的情诗大都写得很博大恢宏，没有哼哼呀呀的小家子气。只有真实才能出之以博大。

　　"激情现实主义"本身就很富于激情，澎澎湃湃，大江大河、高山流水，一泻无止。劳伦斯诗歌的激昂高蹈、热烈奔突，有胜于雪莱和拜伦之辈。在《渴望春天》（"Thirst for Spring"）一诗中，劳伦斯大气磅礴地唱道：

我渴望春满人寰。

春天，来吧！

生命之液，快涛涛涌流！

造化，奔腾吧！

生命，快冲破一切禁锢！

……

我渴望：

春天迈开惊雷的脚步，

踏在大地上的新脚步，

响震着急切的步音。

……

让绚丽的黎明

将黑暗染为紫罗兰色；

让黑暗在人心的世界里，

变暖为红色紫罗兰、

变为淡紫色、

直到夏天的热烈之色。

……

啊，休让我死在企盼的边缘！

更不要教我自我欺骗。

如何写真实历来是文学领域内一个争论不休的大问题。没有人主张不写真实，但如何写才算写真实，则见解纷纭，流派叠出，旗帜各异，殊难统于一律。须知，文学里的真实决不是人们习见的生活里的真实（或者称之为"事实"为当，以别于文学的真实）。劳伦斯的"激情现实主义"手法使文学的真实达到一个新的高度。尤其在诗歌创作里，似乎历来就是浪漫肆恣、渲染挥洒的天下，真实之义一向与诗意有违之嫌。劳伦斯前后也出了些诗人，标榜写真实，以扫靡靡诗风。然而这些人实际上又滑向写"事实"一端，在诗行间大量罗列每日生活的枝枝节节、是是非非，其结果可想而知，一首诗成为一篇流水帐，寡无味矣。如此写诗又何需写诗！劳伦斯作为一流的文学家当然深知文学真实是文学的生命。在小说中，他的现实主义也非常特别，不是迫不及待地堆砌和罗列生活里的瓶瓶罐罐、咿咿呀呀，而是以情为主线条，大笔勾勒，细笔精绘，以展示真实。在他的诗里，这就形成他所特有的"激情现实主义"。这并非说其他诗人的诗"无情"或"无真实"，而是说劳伦斯以"激情现实主义"作为一种诗歌创作手法、标树一种风格、甚至流派，这是前所未有的。他用"情"来处理"真实"，创新意象，开新意境，如此铸就的诗篇确实不同于其他辈的诗。这也是劳伦斯的诗的特别之处之所在。他往往在寻常的事物中发掘出深情大义，《看戏之后》（"After an Opera"）：

> 姑娘们走下石阶，
>
> 悲剧使她们睁大了眼；
>
> 以满面惊惧激烈之情，
>
> 看着我，我报以微笑。
>
> 女士们步下阶梯，
>
> 如小鸟移动鲜艳的尖脚爪，
>
> 一面急切地向前凝望，
>
> 似乎在盼望一条船来
>
> 将她们带出这堆残骸；
>
> 在戏散人群的残骸间
>
> 我站着、我微笑。
>
> 她们理解悲剧如此得体，
>
> 我真为此高兴哩。
>
> 但是当我看见
>
> 手臂细瘦的酒吧男招待
>
> 张着疲惫疼痛的红眼睛，
>
> 我宁愿回到原来的地方。

于此可见，他能最大限度地集中瞬间的激情于诗行之间，浓缩至寥寥数语，骤然击人心扉，令读者很难不为之动容。在《看戏之后》中，女士们为所观悲剧之感动，以及酒吧男招待的木然，形成强烈对比，反差之大如黑之于白、水之于火，于是激情由此而生。在《恋者曲》里，诗人的激情中有柔婉、直白间见真切：

> 她的乳间是我的家园，

她的乳间，四围之中，
三围予我空间和恐惧，
一围让我宁静与休息，
一座城市耸她乳间，
散发出力量和温暖。

我整天工作，忙碌而快活，
我不必胆颤心惊，
不担心恐惧相随，
我很坚强，工作乐陶陶。

我不必担心我的灵魂，
不必用祈祷欺骗恐惧，
我只须每晚回到家里，
看见亲爱的门己闩紧：
把自己关在里面，
把恐惧驱出门庭。

我只须每晚回到家里，
把脸深埋在她的乳间；
我心境的安宁可证明：
我今天所作所为所成。

而我的挫败、错失和愚行，
莫可名状地显现在她身上，
我一定羞愧结舌无言以对。

我希望我把脸埋在她乳间，
永远永远直到无穷无期限；
我静静的心里一片安全感，
我静静的手满握她的双乳。

在《失恋曲》（"Love Lost"）里，即使是写失恋也写得真情毕露，读之令人扼腕：

在我面前、在我四周，
世界的空间如此巨大；

如果我迅速转身四顾，
我惊骇于空间把我围困；
如孤身一人坐行在船上，
船下是非常清澈的深水，
空间令我惶惑、震惊。

我看见自己孤立于宇宙，
未知未卜何为我的前程。
我的手在天际挥动，
像尘埃在空间浮游。

我挺身坚持不自弃，
感到一阵大风吹来，
我如一介牛虻堕入尘埃，
未知身往何处、为何而往、
又如何归宿？

大千世界身外浩茫，
我身如此微不足道，
倘我竭尽微力以赴，
即使倾刻身化乌有，
那又何憾何叹何妨？

面对造化如此博大恢宏，
我怎敢自诩有所作为？
大风吹来我飘飘凌空，
我渺小至于无足轻重。

要而言之，劳伦斯的"激情现实主义"以写情感的真实为本、以惊人的意象、浓烈的情绪、平常之下见宏旨，在世界诗坛上竖起一面崭新的旗帜，留下一千余篇诗作的丰富遗产，对后世的启迪和昭示必将是深远而强劲的。他一生短暂如寄，然博大而多产。在过去，人们重其小说而有意无意间忽略了他在诗坛的建树，或者说他的小说过分轰动，以致掩抑了他的缪斯。显然，对劳伦斯的一生及其文学生涯的全面深刻的理解离不开对他的诗歌创作的重新认识与评价。事实上，通过对其诗的研究，我们可以加深对其小说的理解。作为一个文学家，劳伦斯实际上用了诗歌和小说两种形式对读者说话。在他的创作过程中，很多思想是先见之于诗而后伸发人小说的。所以如前文所论，他作为小说家和作为诗人是同时在创作上达到成熟的。英国是诗歌的沃土，在19世纪有过浪漫主义的伟大辉煌。生活于世纪之交的劳伦斯，以其45年的匆匆生命历程，在现代诗坛上留下永恒的篇章。所以吉思对他的评价是中肯的：在任何意义上，劳伦斯足堪称本世纪的伟大诗人之一。

别开生面的美国当代幽默家
加利生·凯勒

　　加利生·凯勒（Garrison Keillor, 1942-）的幽默文学是美国当代文学中的一个十分重要的现象，吹出了一股强劲的清新之风，标志着现实主义在美国的复苏。这是二次大战后的一次重要的复苏。更重要的是，美国文学的幽默传统因加利生·凯勒的出现而在当代得以继承并达到一个新的高峰。有些批评家甚至认为，凯勒是自马克·吐温（Mark Twain, 1835-1910）以来最伟大的幽默家，而他自己也承认受过马克·吐温的影响。这样的评价是否过分夸张可以商榷，但有一点是肯定的：他是当代幽默家，其影响是强烈而深远的，他在美国文学史上必将写下多姿多彩的一页。事实上在当今美国，加利生·凯勒的名字可谓妇孺皆知、有口皆碑，如此强烈的反响，的确令人刮目、也令人深思。在作家如林的美国，为何他独受读者（听众）的青睐？他走到哪里，就轰动到哪里。听众如堵，书也卖得快。人人都在谈论这个身高 6 英尺 4 英寸、衣着随便（他声称他只有一套米白色西装）、外表有点古怪的凯勒。他站在台上，不动声色讲出的笑话令人捧腹不止，同时在笑声中唤起人们对往事的回忆、怀望、甚至依恋之情。他的秘密在哪里？人人都需要笑，美国人更需要笑。凯勒能给人以笑。但这不是秘密的全部。他为什么创造湖城瓦柏岗（Lake Woebegon Days）？其用意何在？是怀念中小城市的纯朴生活方式？评论界和读者大都一致这样认为，然而凯勒对怀旧情绪断然否定。1982 年 10 月 31 日在接受《纽约时报》记者爱德华·费思克的采访时，加利生·凯勒曾明言："绝非为了怀念简朴纯净的乡村生活……。"他并不是要号召人们重返乡村、回归自然，而是意在告诉人们：超脱和对生活的肯定以及永恒的价值就近在你身边、就在你的家乡里，而不必舍近求远、到大学或大城市里去寻找。正如美国国家艺术基金会的广播电视协调员唐·德鲁克所说：

> 凯勒的意思是：人们并没有失去什么。像夏伍德·安德森这样的作家所说的那样，如果你想找腐败现象，你用不着到大城市去找。凯勒把这个说法颠倒过来：如果你要寻找超脱、对生活的肯定和永恒的价值，你不必到大学或大城市去找，你能够在你自己的家乡发现这些[1]。

可见，凯勒杜撰一个子虚乌有的湖城瓦柏岗是为了对生活进行肯定，而非号召人们回到过去、回归自然，也不是对于所谓"美好的往昔"的一般的怀旧之情。他所创造的瓦柏岗可以是任何人的家乡，具有一般家乡的所有特点；他还创造了一群家乡的典型人物，如一个未被选上议员而被人们称之为"议员"的政治家克奴特·索瓦得森、牧师英维斯特、市长克林特·邦森、埃米尔神父、纽特医生和他的妻子玛娃和本城自由诗桂冠诗人马格丽特·姐芭，还有那些在鲍勃银行存钱的镇民，在白沙宠物商店给猫买小水床的人们，在斯科龙廉价店"真地发现只卖五分钱的东西"的人们……这些普通而平凡的小城人以鲜明的色彩活跃在凯勒笔下，令人神往、又恍若隔世。在美国当今的现实生活中，这种淳朴的生活方式在现代文明的重压之下已经基本上消失了。而大多数人对此并不觉察；由此而失去的永恒的价值人们也了无所知。这正是凯勒创造湖城瓦柏岗及其人物群像的道德和精神原因。他要唤回的不是某种生活方式的形式而已，而是在更高的深层次上唤回某些永恒的价值。然而他进而发现这并非易事，当今美国人在物欲的追迫下、在快节奏生活的驱赶下，神经已趋于麻木，对于老一套的道德说教已经毫无兴趣、甚至反感。于是凯勒诉诸美国人所特有的幽默感，以平易近人的讲家乡的故事的方式来征服读者（听众）。再者，凯勒具备当今美国所罕见的幽默天赋，任何乏味的故事经他讲述出来立即引人入胜、为人喜闻乐见。于是，他的天生口才、语言才华和思想的敏锐这一切素质造就出一个当今不可多得的幽默家。他的文学事业起始于大众传播媒介中涉及面覆盖面最广远的广播电台，所以以一开始他的文学创作就带有强烈的大众色彩、面对的是成千上万的听众。谁也想不到这个当年在安纳科读中学时上课很难发言、十分腼腆的学生日后会在密里苏达公共广播电台上口若悬

1　*Stories about Modern American Writers*, August, 1985, p.29.

河、倾倒听众！

为了从本质上理解"凯勒现象"，我们有必要追寻一下凯勒进入文学之门的轨迹。

早在密里苏达大学英语系读本科时，凯勒就已倾心于文学创作，花了大量时间编辑一份名叫《象牙塔》(Ivory Tower)的校园文学杂志，并亲自为其撰稿。后来，又在大学广播电台兼职工作三年，直到1966年华业为止。后因求职未遂，回到密里苏达大学一边读文学硕士（最终未能竟其学业）、一边继续在大学广播电台兼职。在此期间，他潜心创作一部小说（这部小说的命运，如他自己所说，最后"以扔进拉圾箱而告终"），并间或写些幽默小品寄给《纽约人》(New Yorker)杂志，以期发表。这期间，因他没日没夜地坐在打字机前写稿，以至婚姻不谐而破裂。1974年，他同马莉·刚泽尔离婚；她是他的大学同学，结婚于1965年。然而，他终于以婚姻的失败换来了事业的成功：从1969年开始，美国最有影响的文学杂志、作家新人崛起的摇篮《纽约人》接受了凯勒的第一篇稿件予以发表。从此，他的文学途程正式开始了。当他同文友约翰·波德森谈起这段经历时，曾这样说："当你为《纽约人》写小说之时，你的感受同我当时一样：你决意成为一个精益求精的作家。我当时写作，初稿多得数不胜数；我字斟句酌，推敲、研究我写的每一个句子；我乐此不疲，但这也并非易事。"[2]事实上，凯勒对于《纽约人》心仪已久，1956年他在安纳科公共图书馆首次看见《纽约人》，便立即为之痴迷。在《幸会于此》(Happy to Be)的《前言》中，他回顾起这一经历：

> 我家里的人对文学兴趣不大，对炫耀财富，更是痛恨之至；所以，对于一本印制精美、其文章排列在钻石项链和法国白兰地插图之间的杂志，他们是不欢迎进家门的。而我却为之倾倒，对于我来说，《纽约人》是大开眼界的罕见之物，是驶离密里苏达海岸的一艘金光闪闪的巨轮；我爱读它，买了偷带回家，然而良心清白，因为我最着迷的不是杂志的豪华装潢和气派、而是某些作家的作品，特别是《纽约人》的本部作家的大手笔，如瑟伯、莱布林、帕尔曼和怀特之辈，是我心目中的英雄，敢于同美国文坛的霸主抗衡；我为他们叫好。我今天仍然为他们叫好……我至今依然认为，如果一个作家写三页尖锐有趣的鹅的故事都远胜于写三百页乏味的、死气沉

---

2 *Stories about Modern American Writers*, August, 1985, p.28.

沉的、大谈上帝或美国人的著作，既不愧对上帝、于我们人民也有
裨益[3]。

于此可见，凯勒从开始踏上文学之途就对语言技巧极为考究，不吝锤炼之工，必欲臻于完美而后快。这为他日后成长为幽默大师大有益助，因为幽默是一种语言艺术。

而湖城瓦柏岗的构思和创撰始于1968年，其时凯勒同密里苏达公共广播电台签约，主持三小时的早晨节目《开车时间古典音乐会》，每周四天，除了偶尔有短时中断，他一干就是14年。正是在主持这个音乐节目期间，凯勒杜撰了湖城瓦柏岗这个神秘兮兮的地方，作为臆想的节目赞助人所居住的城市。后来在谈到他为什么取这么一个地名时，他解释到："瓦柏岗这个名字听上去有点玄乎，还带一点印第安语的味道，像密里苏达州的许多城镇的名字那样。所以有一段时间这个子虚乌有的名字就这样传开了；后来我才让这个城镇住进了居民。"[4]这可以说为1974年5月出笼的轰动性节目"大草原归途伴侣"（"Prairie Home Companions"）准备好了场景和人物。重要的历史事件的发生都有契机和直接的动因。正当《大草原归途伴侣》在凯勒心中孕育已久、呼之欲出之时，《纽约人》于1974年3月派他去纳希维尔采写一篇文章，当地有两个乡村音乐博物馆，这令他回忆起他童年时代在广播中听到的乡村音乐。于是这样的想法在他头脑里成形：以湖城瓦柏岗作为广播节目之地，以一群乡村人物为核心，将可听性强的音乐、健康的笑料和老式的故事混合成一套休闲节目。这一想法立即得到密里苏达公共广播电台台长彼尔.京的全力支持，两个月后，《大草原归途伴侣》首次在美国中西部30家公共广播电台网上播出，立即引起广泛注意，听众反响激烈，听众数量激增，影响所及，令凯勒的名字几乎一夜之间家喻户晓。至1979年，《大草原归途伴侣》作为全美公共广播特别节目《美国的民间节日》之一部分首次在全美范围内播出，并立即赢得听众的好评；这一全国范围的成功激励凯勒和密里苏达公共广播电台的节目制作人决定于1980年通过卫星向全美播送这一节目。1981年，这一节目获皮博迪奖（Peabody Award）。随着《大草原归途伴侣》征服了越来越多的听众，凯勒也声名鹊起，他的幽默故事被认为是当今美国文学中最富于智慧的创作。1983年，这一节目在差不多周游了整个美国之后，最后来到美国的文化艺术中心——

3　*Stories about Modern American Writers*, August, 1985, p.27.
4　*Stories about Modern American Writers*, August, 1985, p.28.

—纽约市，在市政厅现场直播，这无异于向世人宣告：凯勒已经成为全国性的文化风云人物。因为纽约是一个全国性的、乃至世界性的文学艺术标准，能为纽约接受至少是美国作家和艺术家的殊荣和事业成功的里程碑。

凯勒的迅速崛起至少说明凯勒的幽默创作在当今美国社会投合了一般的也是最广大的听众（读者）的口味，拨动了他们心深之处沉寂已久的那根弦。对于中小城市的生活、对于那里的人们的价值标准，广而言之、大而言之，对于整个 20 世纪的现代文明，一部分美国人已开始予以审视。他们或许是哲学界的先知先觉、或许是宗教界的领袖、或许是政治上的开明派别。在文学界，二战之后的流派纷呈，其中最引人注目的当推存在主义、现代派和后现代派；这些流派也是对于现代文明作出的反应，总的来说是对人类的价值观进行审视、扬弃、重构或恢复、或兼而有之。而到了 70 和 80 年代，这一事关整个人类文明的去向的大问题并没有得到解决，或者说，人们经过长期的求索之后，发现自己又回到了原地。这并非坏事。至少使人们停下来反省以往慌慌忙忙走过的路，"欲顾所来径，苍苍横翠薇"。所以 80 年代的美国和世界其他地方经历了一个思想界比较平静沉寂的时期。

凯勒生于 1942 年，接受的是全新的教育，照理说受传统思想影响较小。然而当他决定从事文学之时，他选择了传统并借助了传统的力量。作为年轻的国家，美国的所谓传统并不久远。被尊为美国诗歌之父的惠特曼和小说之父的马克·吐温生活在上一世纪末和本世纪初，都不是遥远的过去，所以凯勒要借助传统并无大的困难。从他已经发表的作品《幸会于此》《湖城瓦柏岗纪事》和《离家》（*Leaving Home*）看，他显然深受以马克·吐温为代表的美国幽默文学传统的影响。相反，二战后各种新兴文学流派对他几乎毫无触动。事实上，无论在其思想意识或表现手法上都看不见一点现代文学流派的影子而是美国幽默文学传统的复活。正如《时代》（*Time*）周刊 1985 年 11 月号载文所说："现在有人认为另一位幽默大师正在这个国家的怕挠痒的中部地区脱颖而出；凯勒讲的故事几近马克·吐温的水平。"这一评价是符合事实的。马克·吐温的幽默被一般人认为是"纯幽默"，尽管这个美国的第一位幽默大师苦心孤诣地在他的所谓"吹大牛皮"的故事里隐含他的旨意，如对美国过去的怀念、对宗教的疑虑、对政治的和社会的改革的满腔热情等等。相比较而言，凯勒的故事夸张成份要少得多，更基于现实生活而不过分依赖自己的想象力。他出生在一个父辈爱讲故事的家庭。他的叔叔就是一个满肚皮故事的故事大王，他讲故事的风格是幽默中略带淡淡的愁绪，对生活的苦难或命运的不公则持幽默挪揄的态度，报之一笑或概不理会、自行其是。在《离家》的《前言》中，凯勒记述童年时代他的叔叔给他讲的家里遭火灾的往事：

> 我栩栩如生地记得多年以前我和他坐在前院坝的折叠椅上，一边吃着纸盘子里的热食物、一边听他凑近我说："我记得我们在爱荷华州查尔斯市的房子被烧的那一天是秋天的第一个冷天，我在读小学三年级，放学回家，躺在一张大床上肚子痛，一面看妈妈的相册，就看见烟火从炉子的风门里冒出来，我们两个什么也不顾地逃命；我把照片扔了，事后妈妈说，'没关系，没关系，没有照片我们照样过，我们人都还在嘛。'"但是她哭了，我难过极了；照片没有了，都是我的错。有些照片是妈妈家的和她的已故的几个老姑妈的照片——这是她所有的她们仅有的照片。我们站在那里看着我们的房子的废墟，爸爸扒开焦土找照片。妈妈说："啊，我们到天堂去见她们吧。"我站在那里嚎啕大哭……"他把这个故事讲得如此动情，以至于他自己又重新难过一次，不得不停下来，落下眼泪。"[5]

显然，凯勒后来的创作深受他这位爱讲故事的叔叔的影响，可以说留下了难以磨灭的烙印。从这位叔叔身上、他不仅承袭了幽默感，而且学到了讲故事的方法和技巧。可以这样说：凯勒从家庭传统里学到的东西比从美国文学传统里学到的还要多。在同一篇前言里，他这样说："这些故事不是关于我家的，然而我希望这些故事把我家讲故事和饭桌闲谈的传统传下去，即我们如何闲谈、谈些什么。我相信轮回之说的前提是我们能够通过我们的孩子而经历轮回；我相信我的父母在我身上认出了他们自己，正如我在这个正在楼上粉红色吉它上弹布鲁士忧郁曲的高个子年轻人身上看见了我自己一样；我希望我们的古老的广播节目活在一些人的家里——因为这些人认出了故事里的人们。我们在尚未到达我们梦寐以求的目的地之前就不得不停下来而指望其他人跨越阻挡过我们的那些高山并在那里建立我们过去力图想建立的家园。"[6]在已问

5　Garrison Keillor, *Leaving Home*, booklet compiled by John Fisher, 1986, p.20. 1985 年，张顺赴以交换学者（Exchange Scholar）身份赴美国戈申学院英语系（English Department, Goshen College）学习。1986 年 11 月，约翰·费希（John Fisher）讲授"美国文学阅读"（"American Literature Reading"），发放了一本自编内部英语教学资料，里面包括加利生·凯勒《离家》。本文所引用加利生·凯勒《离家》，均系张顺赴根据这本资料翻译而出。

6　Garrison Keillor, *Leaving Home*, booklet compiled by John Fisher, 1986, p.20.

世的这三部幽默作品里，凯勒比较全面地展示了美国小城镇的生活图景并借父辈之口对美国的往事进行回顾，其间渗透着作者对生活的各个方面的肯定或批判态度。为什么要回顾？因为在他看来，生活是复杂的，怯懦者无法领略；人生是经验的过程，事过之后需假以时日才可能领会其堂奥；而且人生在回顾中多后悔多憾事、多未成之业、多未竟之途；然而，人生必需在回顾中度过，因为"瞻前顾后"才可以审视人生的得失。在这个意义上，凯勒的幽默并非所谓"纯幽默"，而是寓旨喻世之作。当然，我们不能忽略其审美价值和娱乐性，这是凯勒赢得读者（听众）并迅速取得成功的重要因素。

凯勒在自述其如何做广播节目《大草原归途伴侣》时说：

> 我不知道是否有人已将广播置之死地或者它自己一命呜呼、成为一张照片而已，但13年前我有幸在广播中占一席之地，为实况广播这一古老的伟大尽绵薄之力。事实上本书的这些故事当初是为《大草原归途伴侣》这一广播节目写的，从独具风格的长停顿、句子拖着长长的尾音钻进草莓丛中[7]。

他总是歉意地以这句话开始他的独白式的故事："嗨，本周在我故乡湖城瓦柏岗一切风平浪静。"接着讲半小时来自瓦柏岗城的幽默故事：

> ……在第三个半小时，我阔步出台，像往常一样讲一个故事。我站在麦克风前、仰望着灯，开始滔滔不绝。如果人群不安起来，我就在一根凳子上坐下来以吸引他们的注意力；如果他们又坐不住了，我就站起来。20分钟后、或者当我的故事到了一个特别长的停顿之时，我的故事就讲完了，于是说："这就是湖城瓦柏岗的新闻；那里，所有女人都健壮、所有男人都漂亮、所有孩子都超凡。"然后我走下台去[8]。

关于瓦柏岗，凯勒似乎有无穷无尽的故事；13年来，他从未缺乏过故事，而且各个故事自有其特色、不雷同。听众每听（或读者读）他一个新故事都怀着一种对出其不意的幽默的忐忑的期待，而且每次都没失望过；岂止不失望，简直是大喜过望。凯勒的故事开头往往起于平淡，你简直不知道他的幽默会蓦然从什么地方进出来；你一直在悬念中期待着；但他不会让你等得太久；他懂得不能过度折磨你的耐心；10多分钟后，当你还在期待中左顾右盼之际，你

7　Garrison Keillor, *Leaving Home*, booklet compiled by John Fisher, 1986, p.16.
8　Garrison Keillor, *Leaving Home*, booklet compiled by John Fisher, 1986, p.16.

的笑声已在不知不觉之间爆发了。而此时面对台下前仰后合的听众，凯勒几乎不动声色，差不多以旁观者的冷静居高临下地俯视人们在笑他们自己。这就是凯勒式的幽默，是美国现代幽默，是不同于马克·吐温的幽默的幽默。马克·吐温的幽默夸张成份、想象成份太重，噱头过多，不属于现实主义范畴；在这方面，马克·吐温更像18世纪的英国讽刺作家兼幽默家乔纳森·斯威夫特。

凯勒的幽默首先是现实主义的，来自于真实的生活、特别是来自于普通人的生活。这些故事，有些是他亲身经历的、有些是他耳闻目睹的，当然，都经过他的艺术加工，而后灿然生辉。一个幽默家的基本素质就是对生活的深刻洞察力。幽默不是一般的笑话；幽默是对生活的透彻认识加上非凡的智颖、并出之以机智的语言而成。凯勒是一个扎根在现实生活的深厚土壤里的作家，对生活的敏感超过常人，其驾驭语言的能力也是杰出的。同样一个故事出自于他之口就焕然一新，既赋新意、又令人忍俊不禁。初看起来，凯勒的故事里无宏言大义、无喻世铭言、无大人物大事件；一切都平平常常、清清淡淡、甚至庸庸碌碌、枝枝节节；然而，这一个个故事在时间里如江河之水流过，在人们心底里留下的沉淀却时时耐人寻味、发人深思、挥之不去、若有所悟。

所以，我们似可称凯勒的幽默为"世俗幽默"而非"文人幽默"。"所谓世俗"有两方面所指，一是内容，深深根植在凡人的土壤里，更直接地干预生活；一是其风格，不故意挠首弄姿、作惊人之语、或耸人听闻、或一味猎奇，而是更趋自然、随和、大众化、通俗化。这是普通大众能欣赏的幽默，彻底脱出象牙塔的束缚的幽默。

《离家》是凯勒发表的第三部幽默作品，成书于1987年，收入35篇幽默故事，都是典型的凯勒式的幽默小品，内容到风格都具有代表性，析读之，或可窥其全貌。正是从这些广大的芸芸众生的日常琐事中产生了凯勒的幽默。在追溯凯勒的幽默为什么如此迅速征服如此广大的听众（据粗略统计，他的听众达200万人之多）时，《时代》周刊1985年11月号载文指出：

> 显而易见，凯勒之所以引起人们的共鸣，除了高超的幽默技巧，肯定还另有原因。也许听众是中西部移民，感情上希望小城镇依然存在；也许人们认为即使这个国家的边缘地区正在崩溃、无可救药，广大的内地仍巍然不动、坚不可摧。无论是哪种情况，而今作为一个中西部人或者认识某个中西部人一夜之间几乎成了时髦的事情[9]。

---

9 *Time*, November, 1985.

在当代美国，现代物质文明的高度发展使时时处在快节奏生活的重压下的人们突然怀念起简朴悠闲的小城镇生活方式；人们无忧无虑，宠辱皆忘，自由自在地过自己想过的生活。当然，即使在内地的小城镇，这种生活方式也不是完全可能的。这只是大城市居民的一种理想主义。

然而，凯勒从小城镇的生活现实中提取了一系列片段，或者从老人们的回忆中找回一些小城镇生活的片段，立即迎合、满足了人们的精神需求，于是反响强烈、人们趋之若鹜。值得指出的是，凯勒只是唤起人们对小城镇淳朴生活的回忆、对人本主义的价值标准的倡扬，但他并不号召人们回到过去、回归自然。这是他区别于以往某些简单地反抗物质文明、敦促人们返朴归真的作家的地方。他的幽默并不站在现代文明的对立面，而是在现代文明的背景下试图恢复某些被忘却或失去的价值标准。对于大多数美国人来说，这是完全可以接受的。

所以，凯勒通过幽默对美国现代生活的批判来得非常温和可爱、不知不觉。人们大笑之后很久，在现实生活中慢慢咀嚼其中可能的含义，或者有朝一日悟出点什么，或者它永远不过是个笑话让人口口相传。但重要的是，人们不会忘记他所讲的故事。凯勒的幽默作为美国当代文化的一部分，时刻以这种或那种方式影响着人们。这正是凯勒的幽默的最终意义所在。

在《十元钞票》（"A Ten Dollar Bill"）这篇故事里，凯勒挪揄了当代美国父子之间不同的金钱观：

> 所以议员克奴特·索瓦得森想早点回家。他给他的侄孙儿吉姆·泰尔弗森寄了一封信，告诉他要回来的消息，并寄了 100 元汇票作为吉姆的生日礼物，尽管吉姆的生日（他满 18 岁）在 7 月。议员在信中说："我现在就把生日礼物给您，我担心这条狗把我咬死在睡梦中，我就来不及了。"但他送吉姆钱的真正原因是，他知道吉姆的老爸是个大吝啬鬼。每次这孩子向老爸要零用钱时，老爸从一叠钞票中抽出一张 10 元的神态，好像这个世界上就这一张钞票了。还说："我不知道您认为钱这个东西是从哪里来的，但它肯定不是树子上长出来的，这您给我听清楚。"
>
> ……
>
> "爸，"吉姆说，"我需要些钱。"这是晚饭后，他老爸正在吃一碗冰淇淋。

"您要钱干什么？几个礼拜前我给过您钱。"

"我用了。"

"用来干什么啦？。"

"买东西。您知道。"

"不，我不知道。告诉我。"

他把头埋在餐桌上，清理盘子。"这，我同几个人出去，到了圣克劳德，看了一场电影、吃了意大利薄饼。"

"意大利薄饼！我买食物养这个家，而您要我给您钱出去吃馆子？"

"嘿，我们一共 10 个人，不好在家里吃饭嘛。"

"他们都是些什么人？"

"不过是学校的几个学生。"

"他们没有名字吗？您为您交的朋友感到羞耻吗？"

"不。"

"我弄不明白为什么每当您决定要钱的时侯，您就指望我给钱——"

吉姆同他的朋友斯坦朗德的女朋友苏珊一起去看了一场芭蕾舞、而不是看电影、吃意大利薄饼。

······

"我给您说话的时候您为什么不看着我？您有什么毛病？"

他看着他的父亲的额头。

"我在您这个年纪的时侯，我从不讨钱花，我告诉您为什么：我知道这个世界不欠我的。您懂这个吗？"

吉姆说，是的，我的确懂了，但他老爸不肯定他懂没有懂。他抽出一张 10 元钞票，又讲了许多有关责任感的话。一只小猫坐在侧边的椅子上，被那张 10 元钞票吸引住了；他老爸一边比划着大手势一边说："我的父亲连我所忍受您的一半都不会忍受，一分钟都不会忍受。"那张钞票如一只绿鸟在他手里扑动，那只猫蜷缩在椅子上[10]。

两代人对钱的观念无形之中形成一道鸿沟、即所谓"代沟"（generation gap）。凯勒在此对双方都有所揶揄：一方面，作父亲的把钱袋看得太紧，认为

---

10 Garrison Keillor, *Leaving Home*, booklet compiled by John Fisher, 1986, p.14.

家里有饭吃，就没有理由上馆子；另一方面，儿子不当家不知柴米贵，三朋四友吃喝玩乐，虽不说挥金如土，却也视之不甚惜。父亲想规劝儿子，儿子却满腹诽论和委屈。两代人之间的难免的观念碰撞，经凯勒一讲出来，亦庄亦谐，似有点石成金之妙、而无装腔作势、矫揉造作之嫌。

日常生活的常见场面是凯勒幽默故事的主流，其中所涉及的问题并不是惊天动地的大事，但却与普通人息息相关，是生活的经纬，不能或缺。

另一篇与钱有关的是《募捐》（"Donating"），但讲的角度与《十元钞票》不同；在这里，钱同宗教发生了关系、同一个人对上帝的崇拜和虔诚连在一起了。在克莱尔斯的心目中，钱这个在人间铜臭之物，刹时间披上了圣洁的光辉，恍忽捐的不是钱、而是别的什么高贵之物。但同时因慌乱之中把支票写错了数字而无可挽回，而立即在教堂之中、在捐款之际生出非常世俗的痛惜之情，于是这个虔诚教徒的崇高精神境界倾刻之间一落千丈：回落到尘世之中。《募捐》篇幅很短，却捕捉到现实生活中一个既精彩又微妙的镜头，鞭劈入里，幽默到了家，令人觉得克莱尔斯这个人既可气又可怜、甚至还有一点可爱。这其实是现实生活中人的普遍形象。

在《募捐》的开头，克莱尔斯于星期日早晨起床就不顺心，似为不祥之兆：

> 这一个礼拜湖城瓦柏岗平静无事。礼拜天早晨克莱尔斯走进浴室洗澡，拧开水龙头——水是冷的，但他是挪威人，他懂得知足者常乐——于是就站在那里等水热，正伸手去拿香皂，就分明感觉到自己心脏病犯了。他读过《读者文摘》上的一篇文章（题目是《我最难忘的经历》），一个男人谈他心脏病发作时的感受，他这时的感觉就像那个样子：胸部疼痛，如一条钢带越箍越紧。克莱尔斯一把抓住淋浴喷头，那个故事的其余部份在他眼前一一闪现：救护车疾驰、人们冲进急救室、当心脏病医生抢救时他完全失去知觉、又慢又长的恢复期以及随之而来的对生活的大彻大悟、发现了一整套全新的价值标准等等。但当他正在想象即将发生的事之时，心脏病发作缓解了。那个故事说心脏病发作像一头大象在你身上踩。他的感觉像一条大狗，然后什么人吹一声口哨，狗就跑开了。所以这不是心脏病发作，什么事也没有，克莱尔斯感觉好多了[11]。

尽管这次发作没要他的命，似乎有惊无险，实际上他的生活观已在不知不

---

11 Garrison Keillor, *Leaving Home*, booklet compiled by John Fisher, 1986, p.79.

觉中发生了变化。礼拜天该上教堂，这以往天经地义的事经死亡逼近之后竟然发生了微妙的变化：上教堂似乎变得不那么重要了，生活本身才是最重要的。一般情况下，人在经过生死之险之后对人生的认识会发生突变。凯勒借此表现人对宗教的态度的变化。洗完澡之后，克莱尔斯的行为的确有些反常：

> 他想，去教堂不如去散散步（于心脏有好处），在鸟语花香、灿烂阳光和青青绿草之中崇拜上帝；这是在密里苏达州，我们还没有这些东西。他想：人生短促，所以你应该做些不同一般的事情。他擦干他那老态龙钟的身体，穿上内衣内裤——也许，人生短促，你应该穿新内衣内裤，但是一个老头子除了穿橡筋腰的短内裤还能穿什么呢？不能穿你在商店里看见的比基尼到处走。如果一个强盗用枪指着你、逼你脱衣服（"嘿，你——老东西！——听着！我说，快脱！"），于是你就脱，一个穿粉红色小内裤的老家伙，强盗看你一眼（"嘿，老东西，你可笑"），砰一枪，你一命呜呼。死了，因为你因为人生短促而做了不同一般的事情。他站在梳妆台前找袜子（黑色的、棕色的、灰色的、黑灰色的、多色菱形图案的）。阿琳在楼下喊："快9点半了！"[12]

吃早餐的时侯，他的妻子有点发觉他反常，但挪威人永远的回答都是"没有问题"。在此，作者对挪威人的个性作了一个极端的概括，但不置褒贬，尽皆幽默，是难得的一段妙文：

> 他把平底锅放在炉子上去烧水冲麦片，阿琳手握铲子在一边看。"干吗？早餐做好了。我给您煮的鸡蛋。"很难解释：心脏病发作了半次。一颗心脏病尚未发作的心脏听到了草丛里的脚步声。也许只是枝节问题，也许是整棵大树倾倒在即。
>
> "今天早晨我不想吃腌肉和鸡蛋。"
>
> "好吧，我想我只有把它倒掉。"
>
> "是的……"
>
> "您舒服吗？您病啦？"
>
> 他是挪威人，他说："没有。我很好。"一个挪威人临死前的话："我很好。"在战场上，打得遍体鳞伤、血肉模糊、只剩下一张嘴说："我很好。"出了车祸，汽车摔得粉碎，一只血淋淋的手从车窗伸出

---

12 Garrison Keillor, *Leaving Home*, booklet compiled by John Fisher, 1986, p.80.

来，在地上写："没问题。"[13]

在教堂里，克莱尔斯心不在焉，到捐钱的时候，发现没有带现钱，于是别出心裁地当场开支票，慌乱之中，终于将 30 元写成了 300 元，而他的帐号上一共还不到 300 元。他捐资救人，到头来谁又来救助他?凯勒在此将这个幽默故事推向严肃，将宗教和金钱问题的关系提到人们面前，发人深省：

教堂里坐了一半的人、不很安静。牧师英维斯特的讲道很长。瓦尔·托弗森坐在他身后，给他的布道增添一点活跃气氛。礼拜天早晨在讲道开始前，瓦尔把电视机调到《明天的力量》这个从阿纳赫蒙的特奎伊斯教堂播发来的节目，瓦尔希望英维斯特牧师模仿拉·科斯特牧师眼睛里的那股亮光，讲话更加抑扬顿挫、声调大起大落，有时要喊叫，停顿长一些以增加讲道的庄严感。

克莱尔斯没听完英维斯特牧师的讲道就出来了。牧师讲的是那个关于葡萄园里的劳工的寓言：说的是晚来的劳工和早来的干一整天活的劳工得到一样的报酬。这个寓言向你暗示：你不必从头到尾仔细听他的讲道、而可以最后来、只听讲道的最后一两句话，就能知其寓意。另外，牧师讲道中长长的停顿有催眠之效。克莱尔斯心不在焉、飘忽到别的事情上去了，直到他被自己的沉重呼吸突然惊醒：他睁开眼，讲道还没完，这只是一个长的停顿。牧师的声调表示他快讲完了，接下去就是捐钱。克莱尔斯慢慢地从衣袋里拿出钱包，发现他没有带现金。他掏出一只钢笔、把支票本藏在《圣经》里（靠近《第 101 首赞美诗》之处），悄悄地开一张 30 元的支票，这比平常多，因为他差点心脏病发作、也因为他这样捐款被人认得出来。他偷偷摸摸地写；尽量把眼睛抬起来看着前面，因为他知道不能在教堂里开支票，教堂不是副食品商店。

他朝右边瞟一眼，发现瓦尔·托弗森夫人正瞪着他。她以为他在《圣经》里写什么。（在古代挪威的宗教集会上，你不能在《圣经》上写任何东西，即使是在空白上写诸如"好诗句"或"此妙语也，"之类的小评语也不行，因为《圣经》的每一个字都是真理，你不应该增加任何可能不是真理的东西，即使用铅笔也不行，那会损害《圣经》的权威性。）此时，讲道完结，英维斯特牧师开始祷告。克莱尔

13 Garrison Keillor, *Leaving Home*, booklet compiled by John Fisher, 1986, p.81.

斯力图从支票本上悄悄撕下支票。在教堂里没有什么声音比撕支票的声音更糟的了。他的支票悄悄扯不下来，撕第一个半英寸所发出的声音如从墙上扯下壁板，于是他等待牧师说一句热情有力的祷词以掩盖撕支票的声音，但英维斯特牧师此时停顿无规律，所以克莱尔斯弄不清楚何时扯支票安全，何时突然在他扯的时候出现万籁无声的圣洁的宁静。克莱尔斯把那张支票反复叠来叠去，直到支票几乎掉下来。托弗森夫人几乎要站起来从他手上抓走《圣经》。祷告近于尾声，人们为上帝祷告（"不要引我们入诱惑，而领我们出罪恶：因为您就是天国、力量与荣耀，永远永远。阿门。"），他慢慢把支票取出来，此时爱尔玛把募捐的篮子传过来，他把叠得整整齐齐的支票放进篮子里，低下头，突然意识到他把支票写成了300元。

　　他写支票的时候眼睛侧向一边的，知道他在短线上写了三个零、在长线上写了三个零。难道一个人在做完礼拜之后能溜到楼下去找到教堂执事说："老兄，出了个差错。我捐的钱比我真正想捐的多了些"？此时他今天第一次彻底活了、完全醒了，他把银行帐户上的全部钱都捐了，而且还要多一点。到月底之前他们一家人怎么活？也许他们只有成天吃豆子和麦片。怎么办？人得活命啊[14]。

凯勒的幽默关注的是现实生活中的真人真事，这一大特色使他的幽默既不同于现代派的所谓"黑色幽默"、也不同于以斯威夫特为代表的古典幽默。黑色幽默是一种失败者的愤世嫉俗、是大难临头之际的病态狂笑、是一种消极的人生态度。而凯勒的现实主义幽默一方面对现实生活持批评态度、指出其荒嘤、促人深省，另一方面，凯勒所触发的笑不是幸灾乐祸的笑、不是隔岸观火的笑、而是自省自悟的笑。在《10元钞票》和《募捐》中，人们看到了金钱在父子之间的销蚀作用、金钱与宗教之间的微妙关系。读者会问：对于克莱尔斯，金钱和宗教哪个更重要？推而广之，对于人们（或基督徒），哪个更重要？进而问：人们能兼而得之吗？父亲和儿子对金钱的不同态度，哪个更好？两代人的生活态度能达成一致吗？这一切问题都产生于人们大笑之后的思索里。凯勒希望读者自己找到各自的答案，所以他的幽默止于提出问题、而不试图解决问题。事实上，如果他试图去解决问题的话，幽默就不存在了。一般而论，幽默存在于问题的提出和解决之间；当你用价值的尺度去比量生活的荒谬之处

---

14 Garrison Keillor, *Leaving Home*, booklet compiled by John Fisher, 1986, p.83.

时，幽默就产生了。所以我们说幽默产生于问题的提出而非解决。因此，凯勒的幽默具有一种温柔的感染力量。读者一旦拿起他的书，就欲罢不能，非卒读不可。这中间除了笑料，还有作者对生活的认识。正如他在《离家》的《前言》中所说：

> 每当我读一本关于如何变得更精明、如何不悲哀、如何教孩子、如何寻欢作乐以及如何老而不失体统的书时，我就想："哎，我不会犯那些错误，我不会经受那些。"但是我们都必须经受那一切。他们所经受过的一切我们都将经受。生活是不能代理的经验。你领悟了生活，于是生活一朝置面于你。你准备去经受悲哀和损失、掌稳生活的航船，接着大浪袭来，打翻你的船。他们所经过的一切：孤独、悲哀、痛苦和眼泪——都将轮到我们头上，正如当我们小的时候这一切发生在他们身上一样……[15]。

可见，凯勒对生活的态度既是实际的又是积极的，而不是美化的、虚妄的。他要人们掌握实际的真实生活，不回避生活的阴暗面，而要积极面对、勇于经受。通过笑，他告诉人们点点滴滴的生活哲理，这远比说教更有说服力。

在这个意义上，可以说凯勒是一个教诲意识很强的幽默家，哪怕他的所谓"纯幽默"也有寓意，只不过寓意更深而已。因其"纯"，所以易为人所接受；因其易被接受，所以寓意能在读者心中潜移默化。在《大卫和安妮丝之恋》中，作者写道：

> 农民都是忧患者，即使今年是任何人记忆中最好的年景——燕麦和小麦的收成创记录，雨水恰到好处、每周下半英寸——然而，洛列仍说："我弄不懂，晚上这个时候这么凉。今年会不会出现早霜冻，对大豆肯定毫无好处。当然，燕麦和小麦确实不错，但价格下降了，你知道。再多一点雨，玉米就长得好些。"情况真的很好，但可能更好，因为，你知道，你绝对搞不清楚到底是怎么回事。是不是？"对，说得对，我知道你在讲什么。"[16]

凯勒在此所谈的忧患意识当然不仅限于农民，而是具有普遍意义。

从以上分析可见，凯勒作为当今美国新一代幽默家对美国当化文学产生了积极的影响，使现实主义精神重新回到美国文学之中，其重大意义正越来

---

15 Garrison Keillor, *Leaving Home*, booklet compiled by John Fisher, 1986, p.19.
16 Garrison Keillor, *Leaving Home*, booklet compiled by John Fisher, 1986, p.118.

昭著地显示出来，其作品在当代美国文学中独树一帜，独具魅力，乃通俗文学的典范，现实主义幽默的一座高峰，与以斯威夫特和马克·吐温为代表的英美文学中的古典幽默遥相呼应，脉络相承，迸发灿烂光辉。

约翰·厄普代克的小说风格浅论

在众多美国当代小说家中，约翰·厄普代克（John Updike, 1932-2009）是文誉显耀的一位，也是创作风格最为标新立异、招人注目者。他的笔下真实地再现了"此时此地的"一群群不满现状、不安现状、又无可奈何的美国中产阶级的男男女女之众生相。他们在精神、道德和性生活领域里不息地探索、摸索、求索，然而等待他们的总是挫折与失望，幻灭与沉沦。他们是飘忽的一群，是新的个人自由所产生的失意心态与扭曲人格的典型象征。因此可以说，约翰·厄普代克要刻意表现的实际上是一个更高层次上的宏观问题：现代文明对普遍人性所提出的严峻挑战以及人们在怎样面对这一挑战，同时以闪烁其辞预示他们的未来——一般说来是乐观的未来。厄普代克是一个紧贴现实、从现实中来又回到现实中去的作家；以大手笔泼墨浓彩画出他所认识、理解、审悟的当今美国经纬纵横繁复的社会现状。在 1983 年出版的文集《贴岸而行》（*Hugging the Shores*）里，他直截谈到他的艺术观："热切地接近现世是我的试金石。"在同一文集的另一处他反反复复对宗教问题大发议论，并一再强调在一种虚假大肆繁衍的文化里要赋予小说以严肃性是何等的困难！他的一部部小说组成卷帙浩繁的美国当代百科全书，包罗各种敏感而不可回避的问题诸如夫妻不忠、家庭肢解、通奸换妻、性变态——这一切弊端皆成他小说中剖析、暴露、钊砭的对象。他以一个全方位的作家，深切地关注着人类的现状和未来。读者和批评家对他的误解也正源于此：以为品尝色情和展露性变态是他为文的一大嗜好。所谓"满纸荒唐言，一把辛酸泪，都云作者痴，谁解其中味！"这几句《红楼梦》里的隔世之言地牵强附会地用在这个美国作家身上又显得何其合适！这是一个普遍真理：历来的作家，凡是把人性写真写深的最后大都逃不脱被甚至一般的善良读者加上一块"淫秽"的标签的，更何况那些并不会批评的批评家，更是大打出手、格杀勿论。曹雪芹的心悸之叹回音轰隆。厄普代克的命运当然要好得多。在 20 世纪 50-80 年代里他的小说毕竟纷纷出版面世、未遭封杀，而且人们静心一读，发觉厄普代克言人之所不敢言、不愿言。这是一个真实的作家，以精确、诗意的语言，旁征博引，从神话到圣徒之言、从《圣经》到"但丁"到巴赫的哲学以至萨特，一一融汇，终制宏篇。所以应该说大多数读者和批评家对厄普代克的作品是首肯的。从他 20 多岁发表第一个短篇小说《贫民院的集市》（*Poorhouse Fair*, 1959）至今，他拥有越来越多的美国乃至世界读者群，而且他日益为读者所理解、为批评家所推崇、为学者所研究，成为所谓"厄普代克现象"。1968 年，当长篇小说《夫妇们》（*Couples*）惊世而出之际，美国《时代》（*Time*）周刊所发表的评论最具代表性：

> 这些夫妇被桎梏于墓穴似的安乐窝里，轮番地将性作为他们的玩物、他们的纽带、他们的创伤、他们的治疗手段、他们的希望、他们的失望、他们的报复、他们的麻醉剂、他们的主要交流渠道、他们用以抗拒死亡意识的唯一而可怜的盾牌。通奸——厄普代克说——已经成为一种对于成功的享乐主义的"想象中的追求"，否则享乐主义将令人们的生活毫无意义……塔巴克斯城的夫妇们所生活的地方和时代似乎命中注定了他们从事这种追求[1]。

厄普代克以作家的敏锐的良知，倾注一般作家难以付出的满腔心血，数年来惨淡经营，研究人性在日益超高度发展的现代文明的挤压下如何保持、如何复苏这一高悬在全人类头上的巨大问题，其锐利的笔锋伸进人性的纵深处，其透辟其大胆，恐怕在当今世界级小说家中别无二人。他的这一努力终于为世所公认：1963 年他的新作《马人》（*The Centaur*, 1963）获得美国国家图书奖，在全美及世界文学界引起轰动。这部小说将当代生活与经典神话错杂交织一体，从人本主义的高度强调、重申个人生活在高度现代文明的阴影下的重要价值。有些批评家认为厄普代克在小说中引经据典、严肃庄重，而最终归结于一群凡人琐事，缺乏宏言大义，更无叱咤风云的大人物，因此认为这是他情感的误置或虚掷，是发于雄伟而流于琐碎，是一种败笔云云。这种误解把厄普代克缩小到一个一般的畅销小说家的平庸地位，根本不符合他的创作实践。在美国，一般的畅销小说是一种通俗文化现象，纯粹为了满足大众的阅读消遣需

1　*Time*, November 1968.

求，相当于舞台上的所谓"肥皂剧"（soap opera），在一定的模式中反复粗制滥造；读者对于这类小说也不认真对待，看完就扔，所以叫"平装书"（paperback）。厄普代克显然不是这样一个小说家。他的小说之所以畅销，不是因为他迎合了大众的口味，而恰恰是他不迎合大众的口味，甚至招人恨眼。1960 年，当他的《兔子，跑啊》（Rabbit, Run）问世之时，《新闻刊》（News Weekly）的一段评论很说明问题："《兔子，跑啊》以其独创、生动与无情将受到人们同样热烈的赞誉和憎恨。这本书不可能被忽略、不可能被人无动于衷地读——这本身就是对作者作为一个小说家的洞察力和博大才气的美赞。"厄普代克针砭时弊是一点都不留情的；在不少地方甚至近于自然主义风格。应当承认在美国社会中一些所谓"正人君子"是不喜欢他的小说的，因为他说了真话，把一个美国社会现状活生生画了出来，叫人看了毛骨悚然、心中不舒服。而这正是厄普代克之为厄普代克之处。从本质上说，他不是为了读者的消遣而创作。他是一个有目的有追求的作家。从 1959 年首发《贫民院的集市》到 1981 年的《兔子发财》（Rabbit Is Rich），综观他所走过的创作历程，不难发现他的小说风格的发展和形成大致脉络。

厄普代克小说的主要风格可以概括为：

第一、直露、直截的表现手法

第二、引经据典的背景烘托及氛围营造

第三、语汇精确、丰富，往往富有诗意

第四、烁烁生辉的人物群像

上列四大主要特色构成了厄普代克小说的风格，使他成为鹤立于当代美国小说家中的佼佼者。在评价《兔子，跑啊》时，文评家阿瑟·米日纳在《纽约时报》（New York Times）撰文指出："约翰·厄普代克是这一代作家中最赋天才的一位……。"《堪萨斯城市星报》（Kansas City Star）也同时盛赞："这是一个令人心碎的沮丧与追求的故事，以一种满荷情感但有节制而不流于滥殇的散文款款写将出来……。"有人甚至认为厄普代克的语言"太过华美"，以至写作的最终目的成了语言本身。诚然，厄普代克在小说创作中所显示出的语言财富似乎是取不尽用不竭的；其驾驭语言的能力在当代美国作家之林中确属罕见。然而厄普代克在写小说时并不搔首弄姿，故意卖弄他的文才；相反，他往往很节制，不以文夺质，而是力求文与质相得益彰。综而观之，他的奇文妙语并没有害"意"之嫌。评论家大卫·贝若夫在《全国观察家》（National Observer）

杂志撰文评价《马人》甚至有言："对于谁将继承海明威和福克纳这一问题，现在有了答案。"所以在研究厄普代克的小说风格时，这一点必须明确，即他的小说的社会意义远远超过他对小说语言的运用与追求及其成就。他的总体风格正建立在这块厚实的基础上。

一读厄普代克的小说，首先感受到的就是他的表现手法与众不同，即他摒弃了隐晦而诉诸直露直截，在语言和含义两个层面上皆是如此。厄普代克的语言罕见晦涩之笔，他用词奇而不歧；清新险峻，但不莫明其妙；描述挥洒，但不铺陈繁冗；刻画精细如雕如缕，但不堆砌。总的来说，他在写作中使用的是标准的当代美国英语，以其直露见长。且以《夫妇们》头一段为例：

"您觉得那对新来的夫妇如何？"

彼得和安吉娜正在宽衣解带。他们的卧室是一个低天花板的殖民时期风格的房间，木质部分漆成商业上称之为蛋壳色的米黄。一个春天的午夜紧贴在冷窗上。

"啊，"安吉娜含糊地回答，"他们看上去年轻。"她是一个白肤温柔、秀发棕黄的女人，34 岁，大腿、臀部和腰肢正日趋丰肥，而脚踝依然如姑娘一样紧致好看，动作也如姑娘一样踌踌躇躇、期期艾艾、试试探探，好像这片清纯的空气同她那一身碍手碍脚的衣服松散地搅在一起了。年龄仅仅在她下巴上和手上留下轻微的纹痕：手背有青筋、指尖发红而已[2]。

厄普代克的直露不仅仅为了展示现实的细节，而是意在表现现实的真实，从而增强文字的信任感，尽可能消除读者以小说为虚妄杜撰之言的印象，达到直接诉诸读者感官的目的。所以，他的直露是直接指向真实的。在描写动作方面，他的直露能产生很动态的效果：

安吉娜已经取下晚会戴的珠钻，正从头上褪下黑色的袒胸针织内衣。柔软的羊毛线挂在发针上，她努力挣脱，灯光射洒在她的胸衣上，曲折的光闪闪，静电使胸衣上的尼龙紧附在她身侧。胸衣终于掠起来，露出长统袜的上部和腰带。此刻她的头不见了，而她的整个身体丰满、甜蜜、实实在在、可触可摸地呈露出来[3]。

厄普代克行文直露取向于真实，因为他认为唯有真实能引发读者的共鸣；

2　John Updike, *Couples*, New York: Alfred A. Knopf, 1968, p.7.

3　John Updike, *The Centaur*, New York: Random House Trade Paperbacks, 1963, p.22.

唯有实现了共鸣，才有可能实现小说的社会功能。尽管他没有这样发表宣言，然而从他的创作实践中是不难看出这番用心的。须知，厄普代克不像有些小说家是出于"偶然"或"机缘"而入此道的，他一开始就自己选择以写小说为安身立命之业。1955 年当他在牛津大学罗斯金美术学院修业一年之后回到美国之际，就已经决定放弃"弗美尔"（弗美尔为 17 世纪荷兰大画家）之途而以"写作为生"；同年 8 月他即受聘于《纽约人》杂志，一干就是两年半。此后，他的写作生涯算是一路坦途，风光至今。然而他始终是一个严肃小说家，不同于一般意义上的所谓"畅销小说家"，因为，如前文所述，他的艺术观是"热切地接近现世"。在直露直截地干预生活、揭示生活方面，他可以说是一个现实主义作家。有人将他同海明威和福克纳相比，其实在暴露现实方面，他远比他的前辈直截了当、一针见血、合盘托出、令人震撼。他手中的"解剖刀"锋利无比，将一群群男女的灵肉一块块连血带肉割下来，当场示众，足令世人惊惧而后深思。他的很多小说都可以说是悲喜剧，是当代美国的《警世通言》。他的大多数小说都蓄意引有卷首语，以昭示作者的耿耿心机，如《马人》的卷首语引自卡尔·巴斯："对于人而言，天堂是不可思议的造物，人间是可思议的造物。而人自身则是天堂和人间交界的造物。"然而必须指出的是，厄普代克的直露的小说语言并非粗俗或猥邪语。应该说他的语言是反复提炼，远离俚俗的。如前所述，他的语汇不仅总是准确的，而且有时富有诗意、新意，甚至创意。既要直露直截，又要不失雅涵，这在语言上的确是一种奇险的选择。俗与雅之隔薄如一纸，用语的分寸极难掌握，往往过犹不及。可以说厄普代克创造了一种既能淋漓尽致地披露现实，又不失体面的小说语言。辱骂式的披露是容易的，但要达到高雅的境界，对语言的要求则是准确、雅驯，而非流于滥粗。由于厄普代克的直露的语言精巧地掌握在这些细微的平衡之间，所以他的直露直截不给读者以唐突、猥亵、粗鄙之感，而且为读者所接受。在《夫妇们》中，他如此直笔而不失态地描摹一个女人怀孕的感觉：

> 四月是她怀孕的第二个月，她希望初始的恶心感会有所减退。内心的踌躇和责难之感令她不快。她早就想怀孕的，对于她丈夫没完没了的学业而造成的深谋远虑的拖延，她深为反感；现在她已 28 岁，想起来如果一个女人年轻一点怀孕，身体就不会受如此煎熬。她原来想象的怀孕如花之不可阻挡的开放，如一朵番红花从雪里绽开蓓蕾[4]。

---

4 John Updike, *Couples*, New York: Alfred A. Knopf, 1968, p.11.

这是对怀孕这一忌讳之题的可谓诗意的写实。在接触这些敏感题材时，厄普代克的语言天赋表现得尤其出色：直而不粗、露而避俗。下面一段文字出自同一小说，抒写哈罗德与玛色尔的夫妻私生活，直截中洋溢着诗意：

> 她近来的确显得更富于创新、更有所渴求。由于他们拆除了那间旧的小别墅，他们的宅地正好同一条摇摇晃晃的木板路相连。这条木板路每年春天都需修补，通向一条随潮涨潮退的小河。河面太窄，多数汽船不能通行。两岸长着高高的芦苇，河水比海滩边的海水温暖，他们和他们的朋友以及朋友的孩子们可以在此游泳。今年夏天的夜里，当潮水正好，孩手们入睡之时，玛色尔爱约哈罗德一个人在睡前同她一起裸泳。每当此时，他们就会在月光下穿过毒长春藤和剪短的漆树林，脚步谨慎，走过常被修补的木板路，那上面各种木质的板条像一台巨大的钢琴的琴键；然后来到裂痕累累的柔软的码头上，脱掉衣服，夫妻二人赤课而立，身上起鸡皮疙瘩，鼓足刹那间的勇气，从满孕期待的夏夜空气里，纵身跳进芦苇夹岸而充满生机的黑森森的水里。在他身边，她的丝丝黑发飘散在她的翻浮的乳房上、弯曲的双臂上和上仰的脸上，于白色的水沫间和飞溅的光滑的水波下沉浮。水以百万条经纬从他的神经末梢吸去城市的斑班污秽。人类的第一爱、对自然之爱，恢复了他最年轻的自我。……然后他们——哈罗德与玛色尔——互相擦干身体；她甚至用毛巾擦他那正在笨拙地滴水的生殖器，一边想：看上去这是他身上多么纯洁无邪的部分啊，根本不是粗俗的突兀在他身体上的寄生的第二生命。当她将衣服抱在乳房上沿着木板路在前面跑的时候，她的屁股在明亮的月光下如舞如蹈，丰肥晃荡。如果他们带着一身咸味和湿润的头发在床上做爱，她会对他的如火烈情大加爱赞："如此疯狂"，而且技巧娴熟；"啊，您太理解我了！"[5]

有人认为，从 1968 年厄普代克发表《夫妇们》之后，他以与日俱增的公开性将性作为其小说的主要表现重心之一，因而时受非议。在文学作品中写性并非始于斯人，为何对他不容忍？这就是因为他的语言的直露、不回避现实生活中存在的东西；而且，他写性写得颠之倒之，评家们的评语是"如玩杂技一般"，又如"人体解剖"，一一陈列，然而没有传达出性生活的乐趣、更在不同

5　John Updike, *Couples*, New York: Alfred A. Knopf, 1968, p.30.

程度上表现出厌女癖……。在表面上看，这一切确是如此。不幸这只是肤浅之见。其实厄普代克对这种误解早有预防，不止一次公开表示过他写性的目的不是刺激读者兴奋，不是意在挑逗，而是在披露，最终的目标在于追寻人类的精神。然而他不能不从他身边的现实出发以开始他的追求；他当然不能从幻想的虚空开始其追求。为达到震撼人类心灵的效果、令人读后能从肉体升华至精神，他宁可采用最易为人误解的直露直截的语言。须知，凡成功的艺术品皆具有一定程度的极端性，所以才能打动人，引人共鸣。也是这样的作品最易引起争议。回头看古今中外的文学艺术史实，这决非妄议。厄普代克意在以直露到无以复加的语言将现实中人们敢做而不敢言的事情写透写穿让人们从另一个视角看得清清楚楚，而后顿悟、醒悟生命之大道所在。正如一位评家所言：为了标举精神，厄普代克对肉体发起反复冲击。他的成年时代大部分在新英格兰度过，可以说是清教主义和超验主义信徒的激进的后裔，痛感现实生活中精神支柱的崩毁和传统道德的沦丧，因而以极端的面目出现为此呼吁、呐喊。这样说并非把他拔高成现代道德家，然而一个作家对社会的作用往往是他自己都不能控制或逆料的。他或许成就了他原来并不想成就的功德。通俗小说或畅销小说是当代读者最易接受的一种文学形式，所以厄普代克就利用了它。然而正如前文所论，他决非一般意义上的所谓"畅销小说家"，因而他的作品也不能按一般畅销小说的程式来理解。

　　人物对话是厄普代克小说的重要组成部分，语言和含义的直露也是其特色之一。这些汲取于现实生活的人物语言，经他的熔炼，化为精粹，直切人物个性，历历在目，呼之欲出。在《夫妇们》中有这样一段对话：

　　　　在爱的刺激下，他责备她，"您同我一起时不快活。"

　　　　……

　　　　"我怎么可能？"她反问，"您同看见的每一个女人调情。"

　　　　"看见的每一个？我是这样吗？"

　　　　"当然，您就是这个样子。您自己知道。不管大的小的、老的少的，您恨不得把她们都吞下去。连贝娜德特这样的黄种女人也不放过。连可怜兮兮、已经痛苦不堪的小女人碧依也不放过。"

　　　　"刚才您看上去够快活的，同弗雷德畅谈了整整一晚上。"

　　　　"彼得，我们不能老是这样背对背地去参加晚会。一回到家里我就感到恶心。我讨厌，讨厌我们的生活方式。"

　　"您愿意我们肚贴肚地去吗？告诉我，您同弗雷德一连几个小时找些什么话来说？你们蜷在角落里像小孩子在玩抛石子游戏哩。"

　　……

　　"他是个笨蛋，"她不经意地谈到弗雷德。"但是他谈的东西女人感兴趣，食物啦，心理学啦，小孩子的牙齿啦。"

　　"心理学他说些什么？"

　　"今天晚上他谈的是我们在相互身上看见些什么。"

　　"谁？"

　　"这您知道。我们。夫妇。"

　　"弗雷德在我身上看见的是免费饮料。他在您身上看见的是一个妙不可言的肥屁股。"[6]

　　在《马人》中，乔治作为一个中学自然课教师，其语言特色显然不同于这些夫妇们，但与传统的教师腔相去甚远。当乔治读到学监兹麦曼有关他的教学报告时，同他的儿子彼得有一段对话，可见一斑：

　　　　当我读报告之时，我的父亲将窗帘拉下来，房间里立刻一片昏暗。"得啦，"我说，"他认为您能干嘛。"

　　　　"这难道不是有史以来写得最坏的遭天杀的报告吗？他肯定彻夜不眠炮制这份杰作。如果校董事会拿到它，我就完了——完了，不管聘期到不到。"

　　　　"您打的那个孩子是谁？"我问。

　　　　"戴芬道夫。大卫丝那条母狗把那可怜的杂种搞得激动得不得了。"

　　　　"他有什么可怜的？他把我们的别克车的档杆打烂，现在又要搞得您被解雇。两分钟前他在这儿，您还对他讲您的生活经历。"

　　　　"他智力低下，彼得。我为他难过。同病相怜。"

　　　　我强忍满腔嫉妒说，"爸爸，这份报告并不那么坏。"

　　　　"不可能再坏了，"他说，手里握着窗帘钩大步穿过过道。"这是谋害。我活该。教了15年书，就这个下场。受15年的罪。"他从书橱里拿一块抹布，走出门去。"[7]

6　John Updike, *Couples*, New York: Alfred A. Knopf, 1968, p.132.

7　John Updike, *Couples*, New York: Alfred A. Knopf, 1968, p.12.

厄普代克的小说人物对话在后期作品中越来越精彩，在作品中的地位也越来越重要，有时读起来像在读剧本台词，戏剧性很强，有利于更直截地揭示人物个性和内心世界。尽管厄普代克对小说中人物的语言进行了精粹的加工提炼，然而并未失去语言的自然风貌；他雕琢的原则是尽可能地再现和存留自然所拥有的语言精华。人物对话可以说对小说的叙述部分起到内涵强化和画龙点睛的作用，同时也是他的直露风格体现最突出之处。《夫妇们》整部小说都是厄普代克的成熟风格的代表作，是他自己风格成形的里程碑，而人物语言则是其中的重头戏，是《夫妇们》大获成功的关键之笔。众多美国中产阶级人物在各种场合对内容广泛的话题发表了各自独特的见解，从而在深远的社会层次上直接反映当代美国社会现实诸多方面，像一个万花筒透视出高度现代物质文明始料未及地带来的世纪病态心理，不容回避地提出这样一个世界性的问题：高度物质文明的发展难道必须以传统道德的崩溃为前提为代价？如果要建立新道德，又该从哪里着手？厄普代克试图通过他笔下形形色色的男男女女们的一言一行来回答这个问题。

下面一段对话摘自《夫妇们》，具有典型的厄普代克风格：

> 在他们驱车回家的路上，夜晚令她复活了。空气是凉冽的，夜空如一巨浪倾覆，天顶缀满繁星。他们的汽车前灯所照之处，但见邮筒、篱笆、水沟上的积雪一晃而过。凯恩的莫里斯跑车沿着蜿蜒的海滩路行驶，每遇拐弯车身就倾斜。他问她，"您醉死啦？"
>
> "现在好多了。刚才在餐桌边，我以为我过不了关。"
>
> "太可怕了。"
>
> "他们凑在一块，看来好兴奋。"
>
> "这些人真好玩。"似乎心有疲意，他又说，"可怜的福克斯，挺起个大肚子坐在那里连打呵欠。"
>
> "我是不是太傻？我对碧依讲了。"
>
> "我的天哪，那是为什么？"
>
> "我当时想要杯假马丁尼酒。您为我怀孕感到羞耻吗？"
>
> "不是羞耻不羞耻的问题，何必大肆张扬哩。很快就看得出来了。"
>
> "她不会告诉任何人。"
>
> "那倒无所谓。"

那对您倒无所谓，福克斯想。

……

她说，"我们必须找一个承包人。我们该不该叫汉因曼这个人给我们搞个预算？"

"桑恩说这个人专拧屁股。"

"那叫设计。"

"简丽特告诉我他差点自己买下那幢房子。他的妻子显然喜欢周围的风景。"

简丽特？

福克斯说，"您注意到弗兰克和小斯密思之间的对立吗？"

"他们两个好像都在做股票，是不是？可能在竞争。"

"凯恩，您一心只在工作上。我觉得这同性有关。"

"同简丽特？"

"咳，她肯定想凭她的那个胸脯弄出点名堂来。"

他咯咯直笑。别笑，她想，又不是您。"是两点，"他说。

"我就知道您会说这话，"她说[8]。

这样的对话在厄普代克的小说里俯拾皆是。作为一位语言大师，他的确把为小说语言推进一个新天地作出了很大贡献。厄普代克小说风格中的另一个触目的特色是背景的烘托和氛围的营造，以暗示或指向作者的某种旨意或人物性格中的内涵，或渲染一个神话的或宗教的大背景，或诱导读者去寻求或自悟某一答案，从而增强作品的感化力和潜移默化作用。1963 年问世的《马人》即是典型之作。这部小说被评论界誉为"当代经典""现代文学的里程碑"，如此盛赞，在当代文学中是很少见的；究其原因，是作者将现实同神话成功地融合在小说里，从而产生亦真亦幻、虚实相因的艺术效果。现实中的乔治·科德威尔影射着希腊神话中的半人半马神——喀戎，暗示出这个中学自然教师的悲剧命运。在《马人》这部小说的扉页上，厄普代克引用了这段神话故事作卷首语：

但是仍然有必要用一条生命来抵偿那一古老的罪过——窃取天火。时逢马人（半人半马者）之中的最高贵者喀戎正带着不幸而身受的伤痛到处漫游。那是在色萨利城的纳皮特人的某次婚宴上，骚动的马人之中有一个企图窃走

8　John Updike, *The Centaur*, New York: Random House Trade Paperbacks, 1963, p.86.

新娘。于是发生一场惊心动魄的斗殴。在一片混乱中，不幸喀戎却被一只毒箭误伤。从此他一直被伤痛折磨，治愈无望，以致于不死的喀戎唯望一死了之，请求以他之死为普罗米修斯赎罪。众天神听到他的求告，遂除去他的痛苦和不死之命。最后他像一个精疲力尽的凡人一样死去；宙斯将他作为人马星座置于群星之中。

　　这样的卷首语为小说人物的命运定下了基调，埋下一个伏笔，令读者在是似而非的企盼中随人物命运的跌宕一起走向或是所料的或是大出所料的终局。而在整个情节发展过程中，作者在必要之时又不断回到这一基调上，以强化这一氛围。这当然不是简单的回复，而是内涵的深化；事出偶然，却又必然；前事之因，后事之果。乔治成了当代的"马人"，被社会所误伤，成为现代文明的祭品。然而，人类今日之文明始于当初普罗米修斯冒死窃来的天火，所以乔治的死为此赎罪，在这种意义上是值得的，可谓"死得其所"。于是在《马人》的结尾作者写道："喀戎接受了死。"在小说的《尾声》中，作者回应《卷首语》氛围：

　　宙斯爱他的老友，于是将他高举天上，置于群星之中，称之为人马星座。在黄道带里，时在地平线上，时在地平线下，他主管我们的命运轮回，尽管在如今的后世岁月里，世间极少有人将目光敬重地投向天空，更少有人研究星宿。

　　《尾声》不仅仅是简单地回应，而是进一步强化了小说的整个氛围，暗示出当代人必须为文明付出巨大代价这一主题。由于有了强烈的氛围，读者被潜移默化了，站在同作者同一个理解层面上，所以不因其神话而置疑，相反，正因是神话而强化了"赎罪"这一意念，并使主题更显庄严宏大、令人信服。在此，作者借用了希腊神话本身的经典性和感召力以服务于现代题材，即古典神话与现实的交融，从中引出某种教益以警世醒世。但《马人》并非传统的寓言小说，也不是现代神话，它本身仍是一部现实主义小说，讲述乔治一生的悲壮结局。在这一点上，《马人》同其他现代小说无异。关键在于厄普代克恰如其分地用希腊神话营造了这样一个氛围，烘托出这样一个广阔的背景，并成功地将读者引进去感受、体验小说人物所感受、体验的一切。《马人》是这样开始的：

　　科德威尔转过身去，就在他转身之际，他的脚踝中了一箭。全班轰堂大笑。疼痛钻进他瘦细的小腿肚、盘旋而至复杂的膝盖、愈益广烈，直袭五脏六腑。他两眼被迫向上望着黑板，那上面有他用粉笔写的一个数字 50 亿，这是宇宙的可能年龄。全班的笑声始于惊讶的尖叫、演进为故意的轰嘘，似乎要逼挤他、将他如此渴望的隐私压得粉碎：在这隐私里，他可以独自疼痛、衡量疼痛的程度、估计疼痛的长短、分析疼痛的由来。疼痛将触角延伸进他的脑袋，沿着他的胸腔的四壁张开湿润的翅膀，于是在突来的猩红色的失明状态中，他感到他自己变成一只睡梦初醒的大鸟[9]。

古代神话同现实的糅合、给现实赋予作者所特定的寓意，同时为神话披上现实的外衣——这种手法从一开始就将读者置于徘徊于神与人之间的地位，令读者始终介乎于信与不信之间；时而以虚为实，时而以实为虚；如梦如幻，上天入地，五彩缤纷，令人目不暇接。

作者让科德威尔不断往返于神界与天界之间：上天则为喀戎（马人），下地则为科德威尔（现代文明的牺牲品）。厄普代克认为，人间的问题天上依然存在，而天上的问题依然要在人间解决。所以，尽管《马人》这部小说读起来很玄乎，扑溯迷离，不知所云，实质上是非常现实主义的，作者的一切寓意最后都落实在人间，因为科德威尔的儿子彼得始终充当一个清醒的旁观者的角色，而且还成了父亲的代言人。

在厄普代克笔下，现实与神话的融合是很自然的，可谓天衣无缝。下引一节科德威尔在学校自助餐厅和女浴室的遭遇，即是一例：

> 在自助餐厅里，身穿绿衣的女人们正在忙碌，摆出 8 美分一盒的巧克力牛奶，排出一盘盘包在蜡纸里的夹心面包，搅动着大锅里的汤。今天是蕃茄汤，恶心的气味从地砖色的汤的表面发出，轰轰然袭人。西拉尔大妈，身体肥壮，她的儿子是牙医，她的围裙因靠在炉子上而齐胸脯下黑乎乎的，向他挥舞着一个搅拌棒。科德威尔像一个被招呼的孩子咧着嘴笑，也对她招手。在学校这些围着炉子转的勤杂工和厨师中间，他一向觉得更有安全感。这些人使他想起真实的人、他童年时代新泽西州帕塞克城的那些人。他的父亲曾是当地一所穷教堂的穷牧师。沿街的邻居们人人都有一个能清清楚楚叫出名字的行当——奶工啦、焊工啦、印刷工啦、泥瓦工啦——在他眼里，那一排房子每一所都因其独具个性的窗户、窗帘和花盆而

9　John Updike, *Couples*, New York: Alfred A. Knopf, 1968, p.42.

具有独特的外观。身为一个谦恭的人，科德威尔处在这所中学的下层人士之中可谓如鱼得水、自在极了。此处最感温暖；蒸汽管道在唱歌；人们言之有物。

这幢大楼是对称的。他爬了几级台阶离开了自助餐厅，经过了女更衣间。禁地；但他从男更衣间里传来的一片混乱声中知道此时在上男生体操课，没有误入圣地的危险。圣地空空如也。那道半开半掩的绿色的厚门，露出一片水泥地面、部分棕色长凳、高高的毛玻璃窗下的紧闭的更衣室的顶部。

止步！

就在这里，他的脚步久久停驻在粗糙的水泥地面上同一个地方，疲惫不堪，两眼因在锅炉房里批改卷子而困乏，大楼里一片黑暗，学生们在逃蹿，所有空屋子里的钟齐声嘀嗒走动，他沿阶梯朝他的房间爬去，却吓了薇娜·哈蒙尔一大跳，就在这同一道绿色半开的门里，她裹在蒸汽里站在他面前，一条蓝色的浴巾优雅地从她身上拉开，她的淡黄色的阴部蒙在水珠里，显得一片白。

"为什么我的兄弟喀戎像萨泰一样目瞪口呆站着？神对于他来说见惯不惊嘛。"

"维纳斯大人。"他低下他那灿烂的头颅鞠躬道。"您的美色一时间叫我陶醉得忘记了我的兄弟身份。"

她笑了，从一侧肩头向前甩动着她那淡黄色的长发，一边用浴巾慵懒地抚拭头发。"兄弟身份，也许您的高傲不屑于承认哩。父亲喀若罗斯同菲利拉以马之身形和完美的健康生养了您；而在生我的时侯，他将被割下的乌拉若斯的阴茎扔进海里，弃若草芥。"她一转头，又甩动一次懒于梳理的绳索似的头发，跌落的水珠顿时顺锁骨流下。衬托着一朵湿润的红云，她的喉部的侧面显得晶莹别透；她近处的头发如奔马之鬃飞动。她眼朝下看，现出了全身的轮廓。这个姿态令喀戎神魂颠倒；他色胆雀跃。她公然道出了对于自己野蛮出生的遗憾尽管显然缺乏诚意，这也使他为她寻找安慰之词时语无伦次。

"但是我的母亲自己也是俄刻阿若斯的女儿啊，"他说，并且立即意识到在他为她的轻微的自卑自贬作出一个如此严肃的回答时，他已经语涉放肆、胆大妄言了[10]。

在这段情节里，科德威尔由人间的自助餐厅进入天界的圣地的有形通道就是女更衣间的那道"半开半掩的绿色的厚门"。在人间、在科德威尔的现实生活里，这一圣地对于他是禁地、是不可逾越的，而只有在神界，他才能获得自由。当他昏昏噩噩闯入绿门时，看见的却是薇娜·哈蒙尔：她是阿尔·哈蒙尔的年轻的妻子，一头红发，是奥林吉中学的女子体育教师。阿尔是邻近这所学校的一个汽车修理店的修理工，曾经是校董事会的董事，在30年代大萧条期为科德威尔在该校谋一教席起过关键的作用，有恩于他。而且这次阿尔又为他从脚踝上取出学生射的箭（在此，神话里射中喀戎的毒箭同现实中科德威尔所中的箭相溶混了），更令他感激不尽。于是他在天界（现实中的女更衣间）里看见了正在沐浴的薇娜，而这个薇娜成了维纳斯女神，成了他的妹妹，他就是哥哥喀戎，她美丽的身体一时间竟迷惑了他，使他忘记他的兄长身份。至此，厄普代克的故事完全进入了神话境界，现实中的科德威尔完全消失了，喀戎的所作所为影射着他。这一幕直到薇娜要喀戎同她做爱、并且事实上也做了爱才告结束：科德威尔才回到现实中，或者说才从现实中再现。下面一幕写神人之间的转换，在厄普代克笔下这似乎易如反掌：

> 一阵大风吹乱她的头发，在秀发如羽的头顶，水已经干了。她转过身，半秘密半公开地将那朵花放在唇边，长发依然湿润，卷曲地垂在她那白嫩的肌肤上，谐美之极；她的肉体之白之美如传说中所谓的"奥林巴斯之壤"——雪一样晶莹。她的两瓣屁股呈粉红色、略露粗糙之痕；在她的大腿后侧，有花粉留下的金色印记。她吻一下花，扔下花，转过身来，脸上的表情焕然一新：颤抖着、满颊红晕、芳心忐忑、羞颜难当。"喀戎，"她命令道，"对我做爱。"

> 他那颗伟大的心顶撞着肋骨；他颤抖的手抚摸着她的背。"但是我的小姐，齐腰以下我完全是个动物啊。"

> 她喜滋滋的，踩着地上的紫罗兰向前跨了一步。浴巾掉下来。她的乳房已经欲念蓬勃。"您认为您将把我压倒？您认为我们女人如此微不足道？我们臂力弱，但我们大腿强。我们的大腿必须强；整

---

10 John Updike, *The Centaur*, New York: Random House Trade Paperbacks, 1963, p.9. 萨泰是一种羊身人首之神，十分好色。喀若罗斯是乌拉若斯之子。菲利拉是俄刻阿若与海神底希斯所生之女。乌拉若斯是希腊神话中的天神。俄刻阿若斯是众河神之父。

个世界的根在其间。"

"可是,一个是女神,一个是马人——"

······

他的声音微弱,喉咙紧缩焦渴。

"这是乱伦。"

"从来如此;我们皆从混沌而来。"

"天亮了。"

"正好,诸神都睡了。难道爱情如此可憎以至必须藏身黑暗里?因为我是个荡妇,您鄙视我吗?但是作为学者,您知道我每次沐浴之后就恢复了贞操。快,喀戎,来破我的贞操,它妨碍我走路。"

与其说有力不如说没精打采,状如一个人绝望地拥抱一个发烧的孩子,他将双臂抱住这个全身直摇晃的姑娘;她的身体是滑腻腻的、软绵绵的,曲意承欢,浪冶无度。······从她身上立刻发出一股刺鼻的花香,各色各样的花被揉碎搅合在散发着他自身的马的气息的泥土里。他闭住眼睛,飘游在一片无形无状的长满红树的温暖之乡。

但是他的关节是僵硬的。他记起了轰隆声。兹麦曼可能还在大楼里;他从不回家。马人侧耳听楼上的隆隆声,而就在他听的这一瞬间,一切都改变了。那姑娘从他的脖子周围掉下来。维纳斯连头也不回,便消失在树丛之中。她所经之处一千个绿色的花瓣随即合拢。爱情自有其伦理标准,深思熟虑的意志无可挽回地要违反。彼时如此时,科德威尔独自站在水泥地面上的那一处,迷惑不解,而此时如彼时,他爬上楼梯,痛苦而混噩不解的是他不知怎么得罪了一刻不停地注视着他的上帝[11]。

可见,使科德威尔回到现实的是学监兹麦曼。在现实生活里,兹麦曼是他的克星,总同他过不去,但是他认为兹麦曼是一个"聪明人",同时他又同意阿尔的看法:兹麦曼身上缺失了什么东西。在神界,兹麦曼就是主神宙斯,无所不能;科德威尔就是喀戎,代人受过;薇娜就是维纳斯,是喀戎的安慰。然而在小说的《尾声》里,作者写道:"宙斯爱他的老友,于是将他高举天上、置于群星之中,称之为人马星座。"[12]可见厄普代克最终要通过《马人》这部

---

11 John Updike, The *Centaur*, New York: Random House Trade Paperbacks, 1963, p.9.

12 John Updike, The *Centaur*, New York: Random House Trade Paperbacks, 1963, pp.27-29.

小说传达给读者的主题是：同天界上一样，人间的恩怨的解决最终都要靠宽恕之道。

在《马人》这部小说中，氛围和神话背景的联想起着至关重要的作用，因为小说的情节非常、甚至可以说过分简单，活动的主要人物也只有两个：科德威尔和他的儿子彼德。为了渲染气氛，小说的第三章和第九章即结尾的一章完全是关于喀戎的神话。尽管如此，作者蓄意在这些神话情节里不时加入一些与科德威尔的现实生活有若明若暗的关系的插曲，使神话富有意义，使现实的丑恶不太突兀。

在厄普代克的其它小说中，同样有类似的氛围营造和背景烘托，但都比较零散，更多的是对历史事件、政治问题、社会现象等的直接或间接的涉及。宗教更是他暗示因果报应的一种手段。总之，这一切都要归结到厄普代克自己对于当今面临人类文明何去何从这一大问题的思考，但他却不给、或不能给读者以结论。例如在《马人》里，作者说喀戎（科德威尔）接受了死。为什么他要接受死？这个"为什么"就是作者解答不了的。他把它留给了读者。当然，为社会问题或其他问题给答案不是作家的责任，作家最多能提出一点暗示。在这方面，厄普代克可以说是做得非常出色的一个作家。

总括地说，厄普代克的小说风格是多姿多彩的。前文主要从宏观的表现手法和氛围、背景的层次上对他的风格做了初步的探讨，下面主要对语言层次上的特点略陈己见。

一个作家的风格在很大程度上取决于语言表达的独特程度，这可以称之为微观风格。就英语而言，知名作家的作品不署名而能为读者所辨认的例子比比皆是，这就是因为知名作家有独特风格。而且这种辨认主要表现在读者对某一作家的特别的语言形式的不可混淆的认同。厄普代克正是这样一位小说家。试将他的一段小说不署名置诸其他文字之中，很少有人辨认不出来的。

前文已经提到过，厄普代克的语言特色表现在三方面：精确、丰富、诗意。这三个特色在他较成熟的作品里随处可见，是读他的作品必然能感受得到的。

先谈他的语言的精确性。

厄普代克作为一个一流的作家，将语言的精确性置于极为重要的地位。他深知，准确而达意的语言是作品成功的第一需要；夸张和准确是统一的；夸张本身也有一个精确与否的问题。他的小说有深度、力度、烈度然而他从不滥施夸张；他总是致力于把每一个概念表达准确、把每一个形象刻画精确、把每一个事物再现得恰如其分，把每一个事件陈述得恰到好处。从准确中，他找到了深度和力量。他的语言之所以给人以深沉之感，主要得益于遣词的准确，往往一语中的，而不顾左右而言他，玩弄字眼，堆砌词藻，把含义淹没在一片嚣嚣的浮词的深潭里。

　　首先，在对人物敏锐的观察的基础上，厄普代克能选择精当的词汇将人物的外观形象勾绘得惟妙惟肖、跃然纸上。下面一节引自小说《兔子，跑啊》，描摹在绰号叫"兔子"的安斯特朗的眼里他的怀孕的妻子简尼丝的形象：

　　　　她是个身材瘦小的女人，黑皮肤紧绷绷的，似乎有什么东西在她小巧的身体里面膨胀。在他眼里，似乎就在昨天她的美丽倏然告终。她的嘴角新添两条短皱纹，嘴就变得贪婪了；她的头发稀疏了，于是他老是在想她那稀疏的头发之下的头盖骨。但是他心怀希望：明天她将重新还原成他的女人[13]。

　　在这段文字里，作者以精确的选词将一个身材本来就瘦小的女人怀孕时的身体状况再现出来，如睹其人。在通常情况下，厄普代克不以堆砌的辞藻来描绘复杂的事物，而是最大限度地追求用语的精确性，以少胜多，以简代繁。在描写人物形象时，他给读者提供的是一幅幅逼真的肖像，而非浓彩的油画。这样的结果是他的文字免却了不必要的枝蔓，令人感到很精粹，轮廓和主线条很明晰。下面一段很精彩地勾勒出一个牧师的形象：

　　　　这位牧师大概同他年纪相当或略长一点，个子比他矮得多。但块头不小；黑色的外衣难掩一身毫无必要的发达肌肉。他微欠着胸，紧张地站在那里。他的长眉毛略带红色，在鼻梁上挤压出一道悲天悯人的皱纹来，他的下巴状如一个苍白的小圆球，蜷缩在嘴巴下面。尽管他外表显得不耐烦，却使人感到他的友善和憨实之处[14]。

　　应该指出，译成汉语之后，很难完全传达出厄普代克遣词造句的精确性，这其中还包括用词的干净利落。例如，在原文里作者选用"run"（奔跑）这一动词来表达这位本该给人以纤弱形象的牧师身上的肌肉如何的发达爆绽；"cup"一词用作动词时指双手捧或掬的动作，亦可指物之成杯状，厄普代克此处用以状写这位牧师不是挺胸昂首，而是略微收欠着胸部站着，这其中更带一点揶揄况味，因为在当代英语中"cup"又可指女人的乳罩。另外，作者用

---

13 John Updike, *Rabbit, Run*, New York: Random House Trade Paperbacks, 1960, p.10.
14 John Updike, *Rabbit, Run*, New York: Random House Trade Paperbacks, 1960, p.36.

"push"（推、挤）这个动词来状写牧师鼻梁上的那道皱纹是上面的长而浓的红眉毛给挤压出来的，也是非常贴切之语。从以上引文可见，厄普代克具有一个作家的两种能力：一是对所见所感的敏锐的悟性，一是对语言的熟练驾驭。他很少用偏词怪词，而力求用大众化的语汇。然而，这些普通的词汇一经召唤在他的笔端纸端便立刻卓然生辉，产生读者原先未曾预料的触动效果。点石成金，可以说是厄普代克最独到的语言本领。从他先后发表的小说中可以清楚地发现作为一个作家他如何在语言功夫上不断地锤炼、进取，以臻其精。综观他迄今为止的整个创作历程，我认为他在语言上的进步远胜他在内容上的发掘；或者说，成熟的语言使他将原先的内容表现推向一个新的高度，从而展现出原来被掩隐的深邃内涵。当然，有些评家由此认为厄普代克写作的终极目的就是写作本身，这显然是偏颇之见。事实上他是一个社会感和使命感很强的作家，其写作目的是影响社会，并以此希望重铸现代文明下的人类道德。正因为此，他在写作中特别讲究用词的精确性，以免被人误解或混淆良莠，误人子弟。

还应当指出的是，厄普代克的文字精确，但并非枯燥的，或说教的，或数学式的精确，而是富有艺术趣味的精确。下面将原文同译文相对照，以见其用语精确性之妙处所在：

> With this Ruth, Rabbit enters the street. On his right, away from the mountain, the heart of the city shines: a shuffle of lights, a neon outline of a boot, of a peanut, of a top hat, of an enormous sunflower erected, the stem of green neon six stories high, along one building to symbolize Sunflower Beer, the yellow center a second moon, the shuffling headlights glowworms in the grass. One block down, a monotone bell tolls hurriedly, and as long as knives the red - tipped railroad - crossing gates descend, slicing through the soft mass of neon, and the traffic slows, halts[15].

> 兔子同这个露丝一起进入街道。在他的右边，远离高山，市中区一片灿烂：灯光交相辉映之中，但见霓虹灯画出一只靴子的轮廓，还有一颗花生、一顶礼帽和一朵巨大的葵花，绿的霓虹灯花茎耸立达六层楼之高，凌空而踞一整幢楼上，象征着"葵花牌啤酒"，黄色的花心如天上的第二个月亮，汽车车灯扫洒在草坪上，如萤火虫成群飞舞。过了一个街区，单调的汽笛疾鸣，顶端染红的铁路道口的

---

15 John Updike, *Rabbit, Run*, New York: Random House Trade Paperbacks, 1960, p.63.

门降下来，如长长的刀子，将一片柔和的霓虹灯光切得七零八落，

于是车辆减速，停下来。

在这段文字里，作者精确而不失情趣地描述城市霓虹灯巨型广告的现代文明大观，他用"shuffle"（混和、搅和）一词非常贴切地再现出色彩斑斓的霓虹灯在城市上空闪耀的壮景：葵花的花心在五彩缤纷的夜空成了第二个月亮（a second moon）；来往汽车的车灯照在路边的草坪上，同辉煌璀璨的霓虹灯相比如萤火虫（glowworm）在草丛中飞舞。他用"slice"（切割成薄片）一词来形容如长刀的铁路道口的栅门横穿霓虹灯光封住道口的情景。

在文字准确性的基础之上，厄普代克构筑他的丰富而饶有诗意的语言。他本来就写了不少诗，秉赋中具有诗人气质，至少算半个诗人，所以在小说语言中时时有诗意闪烁。这一特色也是使厄普代克的小说尽管列为畅销小说却又大不同于一般畅销小说的地方，或者说是他的小说"脱俗"之处。尤其在他的后期作品中，如《夫妇们》，诗意的语言点缀之下，令他的文字很宜人可读。《夫妇们》因其写性的直露直截而为一些评论家和读者所诟病，然而当您实际读这本书之时，您的感觉同读一般的性感小说却大相径庭，其原因就是文字间的那股浓浓的诗意软化柔化了性的刺激锋芒，使之变得可以接受或可以容忍，甚至具有一定的审美价值。这正是文字的魅力。事实上有魅力的文字都是有诗意的。

而厄普代克的小说语言的诗意化却遵照一个原则，即不与小说的整体情景氛围相拗，或曰"自然的原则"，下面正是一个典型的例证：

他俩各自站立在一道壁橱的门前；这两个壁橱对立于一个久废不用的壁炉的两边，而壁炉镶嵌在松木壁板和天蓝色墙面里。这幢房舍古色古香，是18世纪的农宅风格，有八个房间。还有一个谷仓、一个大小合适的院坝和高高的紫丁香围篱。原来的住户家有男孩，所以在谷仓的一侧安了一个篮圈，铺了一个小小的沥青球场。在这两英亩宅地的另一端，簇立着一片弧形林木，与邻居的果园相接。再过去，则是一个奶牛场。沿公路前行7英里，可见一座小城，唤'尼姑湾'；再往北20英里，就到了波士顿。彼德以建筑为业，对干净利落的直角形物体情有独钟；对这幢房子，他也爱之甚笃：爱它的长方形的低矮房间，爱它的手工成形的、雕有饰珠的墙裙板和椅子扶手、爱它的纤细窗格子和点渍着长方形气泡、发出薰衣草香

气的古老的玻璃，还有那风蚀的壁炉炉膛的砖，那炉膛有如向上进
入黑乎乎的时间核心的入口；还有那他用银色绝缘纸裱糊过的阁楼，
现在看起来像一个拱顶的首饰盒或阿拉丁的洞穴；还有那新铺地面
的地下室；5 年前他们刚搬来之时，这还是一个土面的地窖。他爱这
幢房子随季节的流转将柠檬色的长菱形阳光迎进屋来，而阳光的缓
缓流逝又随天日而尽，如蜿转河流之行舟。天下的房子、包括房子
里包容的一切，彼德都喜欢，但是他的荷兰人的谦卑意识知道他被
允许在这个世界上所取并拥有的为几何，所以这块离公路两百英尺、
距市中心一英里、去大海四英里的平坦土地令他大为满足了[16]。

"自然而有诗意"正是厄普代克在小说语言中所潜心追求的境界。应该说
在多数情况下他是达到了这一境界的。他往往有眼光在若干个可供选择的词
汇中间拣出那个在某一特定的上下文中最富有诗意的词汇，令人读之朗朗、思
之切切、入目栩栩；具有诗人气质的厄普代克也许有时自己也不知道他是在写
小说或是在写诗，或者说有时对于他来说这两者的界线至少是模糊的。在读他
的小说的过程中您会发现这样一个事实，即他不时从散文滑进诗句，然后又从
诗句里返回到散文。我认为他这样做往往是无意识的，因为细心的读者会发现
他在散文和诗这两界之间往返并不留下不自然的痕迹。在他的思维的高度的
连贯性之中，这一切都来去自然，似乎他的思想自赋其形，或散文或诗，作者
并不强求一律，而是任其变幻，各得其所。这当然是一种高层次的创作境界。
我认为在厄普代克成功的篇章之中他正是处于这样一种高层次创作境界的巅
峰，笔下涌流出来的东西可以说亦诗亦文，用一般的传统的文艺标准是很难予
以评判的。

下面一节摘自《夫妇们》，可以说是诗句联成的散文：

这对新夫妇，他们自尊自贵自爱，如唐菖蒲。剑桥的移植花木，
高大而优良。新来者令彼德心烦。此地土壤并不那么肥沃，太拥挤。
泰德·凯恩。匆匆咧嘴一笑，然而阴郁且倦怠，对正确与否，甚至
无嘲讽之意。科学上的问题，而非如昂格一样的数学问题或如舒尔
兹一样的微缩问题。生物化学。爸爸不相信无机肥，用卡车从养鸡
场运鸡粪。她的名字古怪，叫"狡猾如狐"，是娘家姓？美狐，弗吉
利娅？她身上有股南方韵味。高身材，橡树，蜂蜜一样的头发，常

---

16 John Updike, *Couples*, New York: Alfred A. Knopf, 1968, p.18.

红的脸颊如风吹过或发烧。她似乎内心烦乱，到楼上卫生间里去过两次，呆了很长时间。她第二次下楼来时，她将长统袜的顶部露给彼德看，彼德在她下面像玩杂技一样倾斜着身体。黄褐带灰色的边缘在向上的铃铛状的阴影里。她看见他在偷看，向下瞪他一眼。这样的棕色眼睛。那种被梳理过的皮毛后面再衬托金色的棕色的眼睛[17]。

顺理成章的问题是：为什么厄普代克要在小说中有意识或无意识地追求语言的诗意？仅仅为了文字不朽？传之后世？甚至卖弄文采？都不是。答案并不难寻。任何作品，唯有上升到诗的高度才会引起读者的重视，进而认同，以至感化。诗像悲剧一样能净化人的心灵。作家不能个个成诗人，但作家至少可以借诗以布道、以言志、以传情。另一方面，诗的语言的凝炼与强烈，也使之较一般文字传播久远广大，征服人心。我在前面论述过，厄普代克不是一个一般意义上的"畅销小说家"，而是一个立意要以文布道的严肃作家。因此他认为他有必要给他的作品赋予某种诗意、从而达到使读者接受他的旨意的目的。由于他本人富有诗人气质，所以他能在语言上显得驾轻就熟，潇洒从事，而一般不露斧凿之迹或力不从心的窘态。这就是我所谓的"自然而有诗意"的语言。众所周知，散文的诗意弄不好就会非常别扭，显得咬文嚼字，诗意不足而做作有余，庶几乎顺口溜一类的文字，何诗可言！有能力给小说赋予诗意的作家属罕见之例，否则勉强为之，其结果必然是画虎不成反类犬。纵观古今中外文学史，可见富有诗人气质的作家寥寥。厄普代克在这方面虽不说完全成功，至少接近成功，尽管我们可能有时在他的作品中发现"别扭"的诗意或曰弄巧成拙。然而在整体上，语言的诗意化作为他的小说风格的一大特色应该说是成功的、可以为人所接受的。

与词汇诗意化相联的另一个特色是厄普代克所勾画的惟妙惟肖的人物群像，其音容笑貌、行为举止往往长留读者印象之中。在《夫妇们》中，数十个人物被置于复杂的人际关系间沉浮往返；作者以诗意盎然的语言描述他们，各自的形象令读者一见难忘。《马人》的人物很少，但个个鲜明，从语言到行为，人人自有个性，不容混淆。在《兔子，跑啊》中，"兔子"安斯特朗的形象自小说问世以来风靡美国，几乎成为"不安于现状但又无所是从的当代美国中产阶级"的代名词，可谓不胫而走、家喻户晓。这就是形象的力量。

---

17 John Updike, *Couples*, New York: Alfred A. Knopf, 1968, p.9.

下引一节将玛西尔、弗兰克和哈罗德三人的个性写照得异常鲜明，尤其是玛西尔欲火中烧，一心要同弗兰克（简丽特的丈夫）调情的声音貌态更是栩栩如生，跃然纸上：

> 玛西尔娘家姓贝恩罕，一个医生的女儿，祖父是一位主教。一开始她就独具慧眼，识出弗兰克身上有一种阳刚之美，但她在另一对夫妇面前只表现出一种纯真的愉快而已，在周末无聚会安排时，只显出恰如其份的闷闷不乐，尽管她通常都要打电话给简丽特，至少安排一块喝喝饮料或带上他们的男孩乘弗兰克的独桅船玩玩。她的充满占有欲和探寻欲的爱意同他们之间以往的友谊几乎没有什么区别，虽然在舞会或聚会上他们一起跳舞时，她确实感到自己愿意投入弗兰克的怀抱。他从来就跳不好舞，玛西尔被他紧搂着，跌跌撞撞随他跳，感到脚被他踩了，她的擦过护肤霜的手，凉爽爽的，消失在被他紧捏住的湿润的大手里；他的带酒味的气息不断呼在她的光脖子上，如小孩呼在玻璃窗上的一团白雾；有时她嫉妒地看着她的丈夫同简丽特或凯萝尔在屋子阴暗的边缘跳华尔兹，从一端舞到另一端，而她和弗兰克却永远占据明亮的屋子正中间。哈罗德跳得灵巧，甚至华而不实；有时在同弗兰克跳了很久之后，她会叫他带她跳一圈，以放松颈部的痉挛和由于手臂伸得太高而引起的肩胛骨的疼痛。但是弗兰克身上有一种哈罗德所缺乏的实在感。哈罗德从不吃苦；他一味躲避。在火车上，哈罗德看的书是《贵族》杂志或弗莱明的小说；弗兰克读的是莎士比亚[18]。

厄普代克能以寥寥数语点画出一个眉目清晰的人物形象，除了语言的杰出之外，是他能从人物的外貌到内心抓住他们各自不同之处，并且把他们安排在某种特定的复杂人际关系之间加以揭示。因为厄普代克知道，在通常情况下，人物的个性往往是隐伏的、潜在的，只有一事当前，人物才有条件显示个性。这就是批评家所谓的"立体人物形象"，而非"平面人物形象"。厄普代克塑造人物形象特别注重其立体感。他从多角度、多方位、多层次去探索一个人物；从生理、心理、情感等诸方面并进，直至人物的音容笑貌、行为举止、内心世界、情感波澜，通通昭然若揭，令读者一睹为快。

厄普代克所塑造的人物形象之所以光彩照人、历久常新，主要得益于他的

---

18 John Updike, *Couples*, New York: Alfred A. Knopf, 1968, p.119.

语言的生动性、对细节观察入微、表现透里。语言是文学的载体，是主题的媒介。一个作家的语言修养的高低决定了其作品的最终水平的杰出或平庸。然而如果说厄普代克追求语言的完美以至走了极端，堕入了以文损质的泥淖，这显然是某些批评家的过激之词。如前所述，语言在他手中始终是手段而非目的。

恕我再引一段文字以说明厄普代克语言的生动入微：

但是风流韵事易于外泄，好事难藏，自然要与他人分享其乐。任何行为都不可能隐秘到不求他人赞赏的程度。在公开场合，弗兰克几乎难以掩饰以玛西尔为荣、以护卫玛西尔为己任的豪情。在晚会结束时他替玛西尔披上外衣的姿态之不同于他帮乔治娅·桑恩穿外衣的神态，有如同主人见面之不同于吃餐前小吃。这一简单的社交行为的所有抑扬顿挫和寻寻觅觅全都充满神奇：他的手指在理她的领时摸触到她的后颈窝；她的手在压平她自己的翻领时恍惚是他的手在搂抱她的双乳；她的两眼在谨慎地顾盼；而这场穿衣的无邪哑剧的枝枝节节唤起的是对于他俩双双赤裸情景的记忆犹新。他们的头脑不得不稳重，嘴巴言不由衷，而他们的肉体急不可待地要爆发、渲泄、变异。最后，小斯密思和哈罗德醉醺醺地从灯火辉煌的门廊里一头撞进夜色中，嘴里絮絮不休；这时，玛西尔投来告别的一瞥，黑眼珠如冬寒冻杀的一朵玫瑰——门终于关了。简丽特问弗兰克，"您同玛西尔有私情吗？"

"您问得出奇。"

"不要管问得如何。回答我。"

"显而易见，没这回事。"

"您听起来没有说服力。说服我。请说服我。"

他耸耸肩。"我对这些事没有时间或兴趣。她不是我喜欢的类型。她个子小、心神不安的样子、又没有大奶奶。最后一点，您是我的妻子，您多漂亮。罕见的埃及型美人！您一穿戴出来，连神圣的牧师也要为您祝福。我们睡觉吧。"

"我们得先把碟子放进洗碟机。总之，不要以为您出卖了我。她怎么突然之间对莎士比亚知道那么多？"

"我想她在读莎士比亚吧。以便讨您喜欢。以便设法对付我。"

"那怎么会来对付您呢？"

　　"她知道我从不读书。"

　　"但是您在溪流里找到了知识，在石头里悟出了真理，在万事万物里发现了德行。"

　　"哈哈。那个忙乎乎的小母狗，她一再告诉我她有一个秘密哩。"

　　"她这样说的？"

　　"她的眼睛这样说的。她的屁股也这样说。我以往一直认为她坚强、有知识，但是近来她把屁股都快扭掉了。"

　　"也许她同弗雷德·桑恩有染。"[19]

　　我认为厄普代克的语言风格的成熟在发表于 1968 年的《夫妇们》中表现得最为突出，这也是本文引用这部小说最多的原因。其中的人物对话可以说精彩纷呈，对于揭示人物个性起着不可取代的作用，形成《夫妇们》的一大特色。美国当代中产阶级的语言风格在这部小说中再现得淋漓尽致、惟妙惟肖；对于人物语言的提炼，他备下功夫，达到传神写意的境界：人物的对话简洁浓缩，不时迸发智慧的妙语镜言，令人耳目一新。在此前问世的小说《马人》和《兔子，跑啊》中，人物对话的特色已略见端倪，但以《夫妇们》为最集中、最成熟。

　　厄普代克小说的风格在总体上是独创的、个性化的。他不模仿任何人，总是在独辟蹊径，革旧创新；就风格而言，在总体一致的前提下，各部小说之间亦大有相异之处，值得各别研究。以上简论的四个方面大体概括了厄普代克小说风格的主要特质，对于阅读他的小说或许有所益助，对于研究者，算是引玉之砖。研究当代美国文学，重要作家不少，厄普代克以其可圈可点的建树，乃重中之重，值得深入探讨，或于当代中国文学之发展有可资借鉴之处。

19　John Updike, *Couples*, New York: Alfred A. Knopf, 1968, p.124.

艾米莉·狄金森诗歌简朴的深义

美国诗人艾米莉·狄金森（Emily Dickinson, 1830-1886）生前发表的作品不过 7 首。在她去世后 4 年的 1890 年，第一个诗集才得以问世。这第一本诗集重印数次，而其他选本便接踵而至，分别于 1892 年、1896 年、1914 年、1924 年、1929 年、1936 年和 1945 年相继编成出版。读者和评论家们发现她的诗作的重要性则始于 20 世纪 20 年代，将她同瓦尔特·惠特曼（Walt Whitman, 1819-1892）相提并论，被隆誉为现代诗的先驱。

艾米莉遗世的诗达 1700 余首，这还不包括她可能不满意而自毁的诗稿，然而生前所获知音寥寥，几乎只有评论家兼作家和编辑的托马斯·赫金斯（Thomas Higgins）一人识得，而且被这个女子的罕见诗才所打动，极表赞誉，遂互有书简往来，成为艾米莉离群索居的那个小天地里的唯一文字之交。尽管赫金斯觉得她这些小诗"面目怪异""不合韵律""标点奇特"，然而他一读之下便感觉到这些诗行间激烈搏动的生命力和创造力；赫金斯当时是一个文誉颇盛的作家兼批评家，因此可以毫不夸张地说赫金斯的励勉之词是她此后写出风格独特数量不菲的诗篇的直接外界因素。赫金斯的慧眼的确在芸芸众生之中识出了一颗诗界珠钻，使之免于湮没红尘而见弃。

如果从艾米莉致信赫金斯之时的 1862 年算起，她埋名没姓写诗的时间长达 20 余年。在 1862 年和 1863 年期间她的创作力达到高潮，几乎是每天写一首诗；可见她对缪斯钟情之深浓。实际上写诗是她原因不明的隐居生活的唯一寄托、是她的日常工作、是她的人生使命。这种情况下写出的诗具有独特的个人风格。评论家们在研究艾米莉的诗的风格时极力要发现她的在世界文学的大背景中的可能的师承关系，但是她谁也不像。在想像活跃丰富、思维机敏方面，有人认为她有点像 17 世纪的英国玄学派诗人约翰·邓恩（John Donne, 1572-1631），然而她决非幼稚蹩脚的效尤者；又有人说她深受与她同时代的大诗人惠特曼的诗风的影响，然而她自己却说她从未拜读过他的大作；批评家柏西·波因登（Percy Boinde）更进而指出她同超验派大师拉尔夫·瓦尔多·爱默生（Ralph Waldo Emerson, 1803-1882）之间在诗的风格的某些细节上酷似以致令人难辨彼此的程度。柏西举出下列 8 行诗为证：

> 无手者不得以而
>
> 摇鼓其舌；
>
> 狐狸狡猾
>
> 因其肢体不强壮。
>
> 纵然地老天荒
>
> 顽石化尘埃，
>
> 思想源泉不绝
>
> 辉煌如殿堂[1]。

这 8 句诗出自爱默生，然而太似艾米莉的手笔，文词和哲理几难分伯仲。她受爱默生的影响是必然的，但正如柏西所指出的，"爱默生的影响最多不过强化了这位后来者原本就具有的东西罢了。"这一看法是合乎事实的。任何一个人的单独影响，无论其何等伟大、强烈，显然都不可能造就这样一个独特的艾米莉。除了受过良好的高等教育，她还是一个博览群书的善读者，读过拉尔夫·瓦尔多·爱默生、亨利·戴维·梭罗（Henry David Thoreau, 1817-1862）、约翰·济慈（John Keats, 1795-1821）、罗伯特·勃朗宁（Robert Browning, 1812-1889）、约翰·罗斯金（John Ruskin, 1819-1900）等的诗；她深入研究过威廉·莎士比亚（William Shakespeare, 1564-1616），认为既然有了莎士比亚，其他的书大可不必写了。她从人格到风格都是一个个性极强的人，不可能去模仿。独创是她的旗帜，但她的独创性并未脱离本土和时代。人们认为她是新英格兰全盛时期最具代表性的最后一朵令人惊诧莫名的奇花——一朵绽放在 11 月的美洲金缕梅。所以，她的强烈独创性打上了她身处的时代的深深烙印。后世批评家

1　本文所引拉尔夫·沃尔多·爱默生诗歌，均系本文作者张顺赴翻译，翻译所据版本是：Ralph Waldo Emerson, ed. C. B. Harol, *Collected poems and translations*, New York: Library of America, 1994.

们对于艾米莉的评价尽管见仁见智,而较一致的看法是,以下 3 个特点总汇在她的诗风里:

其一,艾米莉诗中反映出她自己耳濡目染其中的新英格兰清教徒传统;她的家教甚严;其父爱德华·狄金森(Edward Dickinson, 1803-1874)是律师,是一个相当刻板的卡尔文教徒。加之艾米莉先后在埃蒙赫斯特学院(Amherst College)[2]和蒙特荷立约克学院(Mount Holyoke College)[3]受过正统的学校教育。所以在宗教信仰上,她不可能免于清教派的熏染。

其二,艾米莉诗中洋溢着典型的出自新英格兰本土的幽默感;在广义上,这是美国式的幽默,是对于压制性环境的一种积极向上的乐观生活态度。她生性活泼、且博览群书,因此,尽管她足难逾户却眼界开阔、心胸博大。新英格兰本来就有源远流长的幽默传统,这是同清教主义传统相对应而生成发展的传统。在压抑的环境中,幽默是人性寻求自我解脱与保护的一条出路、是乐观主义的基础。由几代文人陶养出来的这样一种敢作敢为的乐观生活态度正是所谓美国式幽默的内核。在艾米莉的诗行间这是一股永远激荡的畅流。

其三,艾米莉诗中贯穿着一种躁动的、永难满足、不安份的向上精神。这种精神无时无地不在向传统与习俗挑战,融化着清教主义的冰霜。这正是艾米莉离经叛道之处。

上述三方面特点或气质决定了、构成了她的诗风:既源于本土,又独树一帜。

我认为,艾米莉诗的最突出的特色是简朴中寓奇的深义。她的短诗,寥寥数行,藏深纳厚,曲曲皆是对自然或人生的凝重思绪。如第 67 首诗:

> 对未获成功的人
>
> 成功之味最甜美。
>
> 领略天上的甘霖
>
> 需先尝人间艰辛。
>
> 今日在朝的王公贵族
>
> 有哪一个又说得清楚
>
> 何以谓胜利
>
> 胜利为何物

---

2 Amherst College: 或译阿默斯特学院。
3 Mount Holyoke College: 或译曼荷莲学院。

待到败沦为阶下囚——

人之将死

耳闻远处胜利号角

其苦何堪[4]！

艾米莉之所以能于简朴之中化出深文大义，是因为对于她，字词具有一种神秘的力量。在她的笔下，字词如获新的生命，她似乎在重新创造它们。这主要表现在她对词的选择非常苛严、反复推敲、上下求索、追求极至。在幸存的手稿中，研究者们发现她择词的范围非常的深广；有些她考虑选择的词只有细微的意义差别，有些则意义大相径庭，可见她在决定孰用孰不用之际是何等的投入神思、字斟句酌、权衡备至、不敢稍有怠疏，因为她深晓字词的力量，一字误则全诗毁。在第 1333 首诗的手稿上第 5 行便是一例：

美好的绿色《启示录》

完整的

灰色的

稍纵即逝的

甘美的

匆促的

完整的

这完整的绿色《启示录》——

经验

震惊

边缘

实验

疯狂的实验

经过缜密思量、义和词的定位，比较再三，最后这行诗定稿为"这完整的绿色的实验"，其间看得出诗人构思时思绪的飘移、对于一个恰当贴切的词的孜孜求索。全诗仅有 6 行，展示出对于春天的辉煌壮丽的祈祷：

即便对于国王

春天的一点疯狂何妨，

---

4 本文所引艾米莉·狄金森诗歌，均系本文作者张顺赴翻译，翻译所据版本是：Emily Dickinson, *The Complete Poems of Emily Dickinson*, ed. Thomas H. Johnson, Boston: Little, Brown and Company, 1960.

　　但是上帝与农夫同在——

　　农夫面对这壮观沉思——

　　这完整的绿色的实验——

　　似乎出自他自己之手！

　　在艾米莉诗中，语言变中有不变、既创新又保留本色。对于她，一切都不是现成的，一切都必须重新发现、创造。但是这种创新的主旨在于追求以简朴的语言形式表达深邃的内涵，创造绝无仅有的意境——艾米莉式的意境。这就要求字字有力、一字千钧；务去雕饰、豪华落尽，展露一种深厚的简朴美。第258首写诗人在黄昏来临之际的感受，可谓力透纸背、笔触震憾：

　　一线斜光，

　　冬日迟暮——

　　压抑如教堂

　　乐曲的重音——

　　上天伤害我们——

　　看不见的疤痕，

　　留下内心不平，

　　其旨意何在呢——

　　无人可指破迷津——

　　无任何教诲——

　　这是无名的绝望——

　　天谴的灾殃——

　　它来时，山川俯听——

　　阴影——屏住声息——

　　它去时，如死神

　　踏上远去的历程——

　　对于词所具有的"神秘力量"，艾米莉深有感触。她在致友人约瑟夫·利马（Joseph Bardwell Lyman, 1829-1872）的信中坦言：

　　　约瑟夫，我们过去——当我还是一个未谙世事的姑娘，而您学
　　识如此渊博的时候——以为词是不足轻重、脆弱无力的东西。而今
　　我不知道有任何其他东西具有如此的伟力。有些词如王子一样鹤立

在同类之上，我对他们脱帽致敬。有时我写下一个词，看着他的轮

廓直到他如蓝宝石一般闪闪发光[5]。

可见她对词的神秘力量到了崇拜的程度。这种对词的深刻认识和倚重可以说是人类迄今为止的文学史上所绝无仅有的。一般而论，任何作家和诗人对词都看重，都要推敲、择用；然而艾米莉视词为神物，全力以赴发掘潜藏在其中的神力，将其巨大能量释放出来，注入诗中——这就是艾米莉作诗的信条。她的诗之所以散发出一股神秘的气息，正是因为在她的笔下词被再发现、再创造、再赋义。第 1755 首诗写大草原，仅 5 行，胜过多少篇章！

造一个大草原，

一草一蜂足矣，

再加上遐思。

只有遐思也行，

如果蜂也寥寥。

在寓深义于简朴的努力中，艾米莉的另一种能力特别引人注目：她能挥洒自如地将抽象的概念具体化、形象化，使之栩栩如生、跃然纸上。在这方面她甚至强过她的前辈邓恩和爱默生。在诗中表达概念或发议论历来是难事，既乏味又破坏意境，为诗家所忌。然而，形象能补语言之不足，亦能节约语言，寓繁于简。为使概念具体化，不是单纯的语言问题，而是在更高的层次上要求超凡的想象力，上天入地，纵横恣肆，进入一种出神入化的境界。在下面 4 行诗中她将"不祥的预感"写得如此具体，如可触可摸的实体：

预感——是那长长的阴影——

落在草坪上——表明太阳

西沉——通知惊吓的草

黑暗——即将路过此地——

通过"长长的阴影""惊吓的草"和"黑暗即将路过此地"等具体事物的形象，诗人心中的"预感"是凶是吉就彻彻底底地表现出来。何谓具体？具体必须形象鲜明，有流畅的线条、有富丽的色彩、有独特的意象。在艾米莉的诗才禀赋中，缪斯赐予她的二种才气最突出：其一，如前文所述，是她对词的神

5　本文作者张顺夫翻译，原文见：Richard B. Sewall, "The Lyman Letters: New Light on Emily Dickinson and Her Family", *The Massachusetts Review*, vol. 6, no. 4, Amherst: University of Massachusetts Press, 1965, pp. 693-780.

秘力量的深刻洞察；其二，则是她的驰骋不羁的想象力。著有艾米莉专论《这是一个诗人》（*This Was a Poet: A Critical Biography of Emily Dickinson*）一书的乔治·弗里斯比·威奇尔（George Frisbie Whicher, 1889-1954）教授在谈到艾米莉的飞驰想象力时曾举下面一诗为例，认为这是她写得最好的一首自然诗，其间蜂鸟的动态触目、声色具备，强烈地诉诸读者的感官、给人以亲临感。这就是想象的力量：

> 消失之途
> 如一转轮——
> 翠绿回声——
> 姻红奔去——
> 花从中每一朵
> 被扰的花
> 重整容颜——
> 也许是
> 突尼斯来飞鸿
> 晨驰一路顺风——

　　"蜂鸟飞去了"被形象化为轮之一转，但去之之迅，竟留下"翠绿的回声"，姻脂红一闪而奔去，这些绚丽的动态色彩倾刻消失，留下一片空虚，而花的摆动更强化了这片空虚。最后一句联想更为奇远：诗人想象这疾促的蜂鸟肯定是给突尼斯传书带信吧。这里，"突尼斯"用以泛指遇远之地。

　　在第 1540 首诗里，艾米莉唤起多个形象以精微的笔墨况味出夏天消逝于不知不觉之中的哀然之情，其蕴意叹息着人世的变迁和死之必然，然而结束之处又归于乐观主义：

> 如哀愁几难觉察
> 夏天蹰跎而去——
> 最终是太难觉察
> 而说不上是背叛
> 当夕照久久低垂
> 大自然诀别黄昏
> 孤身独处之际
> 一片纯粹的静——

暮色早至——

窗外晨光——

一种殷勤而

消磨人的优雅

如宾客之将去——

不需鼓翼

不需轻舟

我们的夏天去也

轻快地化为美丽。

读罢这首短诗很令人想起托马斯·格雷（Thomas Gray, 1716-1771）的名诗《墓园哀曲》（"Elegy Written in a Country Churchyard"）。当然，艾米莉的情绪要比格雷轻松得多，只有一抹隐隐的哀愁，叫人说不出来，"欲说还休"。

有些人认为艾米莉的诗意蕴神秘，其实她的大多数诗形式上很简朴而涵义显豁，并不需要去东猜西疑。如第 1422 首，同样写夏天：

夏天有两个开端——

六月一次——

十月再次

动人而来——

也许繁茂不足

但刻意于优雅——

一个姿态胜过

一张不变的脸——

而后离去——

永远——永远——

直到五月——

除非对于死者而言——

这只是暂时的永远——

在以简朴求深刻的风格中，艾米莉还采用了其他修辞手段，如寓言、双关语等，从而使这朵从新英格兰本土里长出的诗歌之花终于达到了独创的境界。

列夫·托尔斯泰思想的矛盾性

俄罗斯的列夫·托尔斯泰（Лев Николаевич Толстой, 1828-1910）是一个享誉全球的批判现实主义作家，其作品已经影响和启发了无数对人生问题进行艰苦探索的青年。罗曼·罗兰（Romain Rolland, 1866-1944）曾在《名人传》（*Vie de Beethoven, Vie de Michel-Ange, La Vie de Tolstoï*）中将托尔斯泰评价为"俄罗斯的伟大的心魂，百年前在大地上发着光焰的，对于我的一代，曾经是照耀我青春时代的最精纯的光彩"[1]。一个多世纪以来，关于托尔斯泰的研究著述可谓层出不穷，浩若烟海。但是，对于托尔斯泰的研究主要集中在了其作品和托尔斯泰主义上，少有对其思想的矛盾性及产生这种矛盾的时代原因、思想矛盾性的发展及变化和这种矛盾性在其作品中的体现进行论述的文章，更不用说这方面的著作了。因此本文拟通过对比分析托尔斯泰作品与时代之间的关系和托尔斯泰三部经典著作《战争与和平》（*Война и мир*）、《安娜·卡列尼娜》（*Анна Каренина*）、《复活》（*Воскресение*）思想内核的内在联系，对托尔斯泰思想的矛盾性及其变化进行揭示。

一、战争与和平的矛盾

1828 年，列夫·托尔斯泰诞生在了图拉省的一座贵族庄园。从此，俄罗斯文坛迎来了最耀眼的一颗明星，俄国文学的爱好者亦共同拥有了一片圣地。就是在这座庄园里，托尔斯泰完成了他的经典著作《战争与和平》《安娜·卡列尼娜》及许多中短篇小说的创作，赋予了这个庄园以不朽的生命力。在他的

1　［法国］罗曼·罗兰，《名人传》，傅雷译，长春：时代文艺出版社，2020，第 201 页。

众多作品当中，形形色色的人物和情景都取材于此，这里是是托尔斯泰笔下人物的共同家园。托尔斯泰自己曾这样说过："没有雅斯那亚·波利亚纳，我很难想象俄罗斯。"

然而，仅仅依靠想象而"创造出的"俄罗斯，是远远够不上托尔斯泰在作品中所表现出来的那般深刻而广大，他也无法得到全世界广大读者的尊崇喜爱。毛泽东在《在延安文艺座谈会上的讲话》中指出："在群众面前把你的资格摆得越老，越像个'英雄'，越要出卖这一套，群众就越不买你的账。你要群众了解你，你要和群众打成一片，就得下决心，经过长期的甚至是痛苦的磨练。"[2]事实正是如此。丰富的阅历使托尔斯泰得以更好的体会整个俄罗斯社会：幼时即丧父丧母，随家中亲戚长大的托尔斯泰在一八四五年进入喀山大学学习后，受姑妈影响，迷恋上流社会的生活以致成绩不够理想，在经历了反思与忏悔后，为摆脱这种生活而加入了军队，并参与了俄国军队的军事行动。从上流社会到军旅生涯的这段转变对托尔斯泰来说意义重大，这既是为他之后所产生的对下层人民的深切同情与托尔斯泰主义埋下了伏笔，也为他早期的创作奠定了坚实的实践基础。正是在这一时期，托尔斯泰开始了笔耕之路，并逐步形成了自己的战争与和平观。

战争与和平是一对意义极为宏大的词汇，它们共同概括了人类历史上的重大活动，人类在战争与和平之间的微妙平衡中走到了今天。绝对的战争代表着反人类的法西斯，绝对的和平也只是宋襄公式的迂腐仁义。而在战争与和平二间的夹缝中，人们逐步形成自己对世界的观念。托尔斯泰与当时的普通人相比，既受到过良好的教育，又拥有着职业军人的身份。这使他对战争与和平的感悟必然要比常人深刻得多，复杂得多。因此，分析托尔斯泰的战争与和平观也就具有了一定的价值。

在对托尔斯泰所表现出来的战争与和平观进行分析之前，需要对托尔斯泰所经历过的三场战争进行简单的了解：一是俄法战争，此系拿破仑·波拿巴（Napoléon Bonaparte, 1769-1821）为实现其获得整个欧洲霸权所发动的一场针对俄国的战争。此役初期俄军在巴尔克莱·德·托利（Michail Bogdanovich Barclay de Tolly, 1761-1818）的指挥下节节败退，引起俄罗斯社会的强烈不满，遂更换为米哈伊尔·伊拉里奥诺维奇·格列尼谢夫-库图佐夫（Михаил

2　毛泽东，《在延安文艺座谈会上的讲话》，《毛泽东选集》第三卷，北京：人民出版社，2009，第 851 页。

Илларио́нович Голени́щев-Куту́зов, 1745-1813）代替指挥。在库图佐夫的指挥下，俄军主动放弃莫斯科，并实施坚壁清野的策略，致使法军在饥寒交迫的困境下丧失了原有战斗力，最终大败而归，仅剩三万余名士兵返回法国国境。二是高加索战争，由沙俄政府发动，实质为沙俄政权为达到其殖民政策的目的而进行的一场非正义的战争。在战争伊始即遭遇高加索人民的顽强抵抗，持续三十多年。最终以高加索被征服、沙俄获得胜利而告终。三是克里米亚战争，又称东方战争，因主要战场位于俄罗斯的克里米亚半岛而得名，这是俄国为争夺国家在波罗的海、地中海权益而与土耳其和欧洲所进行的一场战争，结局是俄国战败，这成为了十月革命的间接性诱因。纵观这三场战争，其实质都是欧洲几个大国在进入到帝国主义时代后为争夺殖民地霸权和资源所发动的非正义战争。弗拉基米尔·伊里奇·乌里扬诺夫·列宁（Влади́мир Ильи́ч Улья́нов Ле́нин, 1870-1924）曾说："战争是政治通过另一种手段的继续。任何战争都是同产生它的政治制度分不开的。某个国家，这个国家的某个阶级在战前长期推行的政治，这个阶级在战时必然地和不可避免地会继续加以推行，只是变换了行动方式而已。"[3]由此便可推断出，俄国沙皇作为帝国主义政权的代表，其不仅仅对其他国家的人民凶残暴虐，继而穷兵黩武抢占利益，对待本国人民也是一样的残忍。因此，对于一个爱好和平并对人民大众饱含深情的作家而言，这种性质的战争只有英勇反抗，浴血奋战的人民才是值得歌颂的，而高高在上的法国皇帝拿破仑或是俄国沙皇，则都被看作是高傲自大，穷兵黩武的化身。这在他的作品中便有所体现。

托尔斯泰的众多战争小说中，影响力最为深远的当属《战争与和平》。作品以俄罗斯的显赫贵族博尔孔斯基、别祖霍夫、罗斯托夫和库拉金四大家族的经历为整个故事的主要线索，通过安德烈·博尔孔斯基、皮埃尔·别祖霍夫等主要人物形象的塑造，描绘了一幅波澜壮阔的俄罗斯卫国战争史诗。在这部小说中，作者除了对反抗侵略的俄罗斯人民进行歌颂和赞美外，也表现出了对俄罗斯的对立面——拿破仑所率领的法军的厌恶。最突出的特点，就是对法军主帅拿破仑，用以"欲抑先扬"的手法，讽刺这个攻无不克所向披靡的战神。他先是在作品的开头，通过一场宴会上的激烈辩论，借皮埃尔之口对拿破仑进行了诸如"处死昂吉安公爵，对国家有其必要性。拿破仑不怕由他一个人负全责，

3　[苏联]列宁，《列宁军事文集》，北京：中国人民解放军出版社，1981，第335页。

我认为这正是他精神伟大之处。"[4] "是因为波旁王朝逃避革命,使人民陷入无政府状态。只有拿破仑善于理解革命,战胜革命,因此,为了全体的利益,他不可能因可惜一个人的生命而赵趄不前。"[5]此类的夸赞,将拿破仑塑造成了一个代表人民,代表先进力量,精明能干而又勇于担责的伟大革命者形象。但随着战争的不断深入,拿破仑逐渐暴露出了自己侵略者的贪婪本性,对他的描写也就变成了罗斯托夫眼中的"骑马的姿势很难看"[6]、"脸上堆出一副令人不愉快的做作的笑容。"[7]尤其在作品的尾声,托尔斯泰轻蔑地指出十八世纪末西方各民族的骚动和他们的东进,是拿破仑的生活远远不够说明的。彻底否定了这个不可一世的法国皇帝,并对人民的作用予以充分的肯定。这样的思想是带有唯物史观色彩的,也侧面印证了列宁将托尔斯泰称为"俄国革命的镜子"的原因:人民是社会变革的决定性力量。

更为可贵的是,托尔斯泰对侵略战争的厌恶超越了民族和国家的概念,是一种全人类的对和平的希冀与向往。他所反对的不止是某一场战争的侵略者,而是战争本身。在托尔斯泰之前,诸如莱蒙托夫、马尔林斯基等俄国文坛的知名作家对战争的描写都是带有浓烈浪漫主义色彩的,他们笔下的战场千篇一律,由雄壮的骏马、威武的俄罗斯战士、擦得雪亮的军刀和败亡的敌人这类二元对立的事物所构成。这样的战场失去了它的真实性,变成了炫耀俄罗斯武力的平台。而托尔斯泰则敢于撕破"中世纪的罩衫",将战场上的血腥、死亡和恐惧的原貌展现出来,从而深刻而鲜明地表达了他对战争的谴责。在《战争与和平》中,关于战场细节的描写总能让人感受到绝望的气息——"有两个士兵架着一个满头流血、没有戴帽子的伤员。他喉咙里呼呼噜噜直响,不住地吐血。"[8]这样的描写没有了辉煌与荣耀,只是叹息和悲哀。作者便是用这样深刻含蓄的描写,在《战争与和平》一书中表现他对侵略战争的厌恶。

---

4 [俄国]列夫·托尔斯泰,《战争与和平》第一册,刘辽逸译,北京:人民文学出版社,2004,第20页。

5 [俄国]列夫·托尔斯泰,《战争与和平》第一册,刘辽逸译,北京:人民文学出版社,2004,第20页。

6 [俄国]列夫·托尔斯泰,《战争与和平》第二册,刘辽逸译,北京:人民文学出版社,2004,第459页。

7 [俄国]列夫·托尔斯泰,《战争与和平》第二册,刘辽逸译,北京:人民文学出版社,2004,第459页。

8 [俄国]列夫·托尔斯泰,《战争与和平》第一册,刘辽逸译,北京:人民文学出版社,2004,第202页。

不过，对战争的厌恶并没有影响作者对战争的判断和客观评价。从作者的笔下我们可以看出，他肯定战争对一个人具有磨砺和重塑的作用。例如全书的主人公皮埃尔·别祖霍夫。在故事的开端，皮埃尔并不是一个讨人喜欢的角色，他是老公爵的私生子，常口出狂言且不通世故，在贵族宴会上大谈俄罗斯的敌人拿破仑的好处，显得放肆失礼。并且他酗酒成性，时常用酒精以麻醉自己的精神。即使在对过往的放纵生活表现出忏悔而加入共济会后，也不能恪守教规，放下手中的酒杯。此外，他并不是一个脚踏实地的人，而是一个空想主义者，他试图去改善农民的生活时，所做的也不过只是与友人畅谈理想。更不要提他的胡思乱想更是使他认为自己是被历史赋予了特殊使命，要去完成刺杀拿破仑，拯救整个俄罗斯民族的英雄。不过，在这次刺杀行动失败后，皮埃尔终于得以接触到真实的战场以及他尝试去改变的俄罗斯底层民众，方才开始了真正的觉醒。他意识到了从前的自己是何等荒谬，并在与农民的对话中明白了自己生命的意义，最终完成了自我救赎。

除皮埃尔之外，另一个主人公安德烈·博尔孔斯基身上也体现了托尔斯泰对战争的肯定，不过这是一种"负面的肯定"。安德烈本身是一个拿破仑的崇拜者，他最为热切的愿望就是在战场击败他的偶像。但是，奥斯特里茨的惨败使他被法军俘虏，并狼狈地与拿破仑进行了面对面的接触。在伤愈归来后，他对自己过往的价值观进行了反思，并对战争深痛恶绝，成为了一名反对者。并在故事的最后以重伤而死的结局，完成了他反对战争的使命与信念。安德烈的牺牲一方面可以被当作是托尔斯泰对战争磨砺人的肯定，但另一方面也是对战争的讽刺：狂热的战争爱好者否定了战争存在的合理性，并最终为反对战争而死。

总体来看，托尔斯泰对战争呈反对态度，但并非全盘推倒。这样的态度也使托尔斯泰对待战争的观念上显现出了矛盾，也影响了他之后的创作。

19 世纪可谓是俄国文学作品迎来大爆发的一个时期。从亚历山大·谢尔盖耶维奇·普希金（Александр Сергеевич Пушкин, 1799-1837）开始，再到尼古拉·瓦西里耶维奇·果戈理-亚诺夫斯基（Никола́й Васи́льевич Гоголь-Яновский, 1809-1852）[9]的"自然派"，继而发展至陀思妥耶夫斯基和托尔斯泰

---

9 Никола́й Васи́льевич Гоголь-Яновский: 英译 Nikolai Vasilievich Gogol-Anovskii，中译尼古拉·瓦西里耶维奇·果戈理-亚诺夫斯基。笔名 Гоголь，英译 Gogol，中译果戈理。

两座高峰。与此同时，随着文学作品一同壮大的还有俄国的现实主义文学理论。当维萨里昂·格里戈里耶维奇·别林斯基（Виссарион Григорьевич Белинский, 1811-1848）那篇产生了重大反响的《一八四七年俄国文学一瞥》一文在评价果戈里提出了"使小说更靠近现实，使之称为现实底一面镜子"的观点后，车尔尼雪夫斯基和杜勃罗留波夫又从生活与艺术的关系、人民性等角度发展了俄国的现实主义文学理论。而到了托尔斯泰这里，他在《艺术论》中明确地表示作家的创作要顺应时代，反映时代，符合现实。可以说，托尔斯泰在创作战争小说，宣扬其战争与和平观时践行了他的观点。《战争与和平》中曾提出过这样一个观点："谁是谁非？无所谓是非。活着，就活下去：也许明天就死掉，就像一小时前我可能死掉一样。生命较之永恒只是一刹那，犯得上自寻烦恼吗？"[10]一个未曾经历过战争的人绝不会写下这样的文字，得到这种对生命和勇敢的独特认识，这是战场上的亲身经历给他带来的深邃思考。就像同时代的俄罗斯作家陀思妥耶夫斯基一样，没有经历过刑场上与死神的擦肩而过，对生死的描写与剖析就不会那么深刻。托尔斯泰完美地展示了那一代战争中成长起来的年轻人共同的新路历程：都渴望战争，了解战争，通过战争来考验自己是否已经成了一个勇敢的男人。但又在经历了一系列的残酷斗争后怀疑自己的思想，最终对战争呈现去和以往截然不同的观点。

同时，战争也催生了托尔斯泰对人性和欲望的思考。而这也是《战争与和平》一书和之后的《安娜·卡列尼娜》之间的内在联系。《战争与和平》中的俄罗斯贵族们各有各的生活，或是对政局变化担忧而对自己的产业采取某些保护措施，或是担忧国家前途命运而跨马提刀保卫祖国；或是不顾国家和民族，一心放荡享乐。而《安娜·卡列尼娜》中的和平年代的贵族们只是过着千篇一律的看戏、闲谈、男人工作女人养家的机械式生活。毫无波澜的生活压抑了安娜的天性，人们不能再向战争年代那样时刻顾虑着生活甚至身家性命。于是个人欲望开始对社会的道德准则和道德规范进行挑战与质疑。而战争，作为纯粹的暴力的行为，实质上是一种欲望的宣泄和挥洒，是力量的充分展示。战争结束，欲望的倾泻也就再一次地被规则所限制，如何发泄及不合理的发泄所导致的后果，便成为了作者所关注的重点。对战争过后怎样的思考，一定程度上催生了《安娜·卡列尼娜》的诞生。从这一点来看，《安娜·卡列尼娜》与

---

10 ［俄国］列夫·托尔斯泰，《战争与和平》第二册，刘辽逸译，北京：人民文学出版社，2004，第354页。

法国作家福楼拜笔下的《包法利夫人》有着异曲同工之妙——它们都诞生于一个英雄主义落寞的时代，男人们逐渐变得冷漠机械。而在追求狂欢享乐的人性本质的催动下，和平年代里最终酿出了欲望的苦酒。

托尔斯泰对战争的厌恶不可否定，但他也不断地从战争中获得对生命的新解释和新思考，从而促成了托尔斯泰整个世界观和价值观的形成。而战争过后，一切恢复了正常，欲望与社会道德之间的矛盾，开始成为托尔斯泰思想的主题。

二、个人欲望与社会道德的矛盾

在《战争与和平》全卷出版八年后，托尔斯泰完成了他的第二部巨著《安娜·卡列尼娜》。与《战争与和平》相比，作者在《安娜·卡列尼娜》中将视角从广阔的欧洲大陆转移到了俄罗斯的贵族家庭上面。这代表着托尔斯泰的思想变得更为深化和具体，从宏大的社会与国家层面转移到了具体的生产生活层面。整部小说包含了两条主线：一条是安娜与卡列宁、渥伦斯基三人之间的情感纠葛；一条是地主阶级改革家列文与吉娣之间的爱情故事和列文在村庄进行的改革。这两条主线看似平行，实则是一种思想的两个方面。一方面，两条线索的主人公安娜和列文都有着对爱情的渴望和对自由的向往；另一方面，二者的境遇和选择却是完全不同的——安娜在丈夫卡列宁，一个机器般的冷漠官僚的精神压力下，与在车站偶遇的年轻贵族渥伦斯基之间发生了不洁的关系。看似安娜打破了社会道德的约束，勇敢的追求自己的幸福。但随着时间的推移，安娜方才发现她与渥伦斯基的爱情距离她的理想相差甚远。最终，在违背了社会道德与失去了精神支柱后，失措地选择了卧轨的方式，结束了自己的一生。而同样追求爱情的列文，则是通过在乡村实行各种各样的改革措施，在与大自然的拥抱中不断地完善自我灵魂，并不懈地以合乎社会道德的方式追求心上人，终获爱情的果实。同样的追求，换来的却是不同的结果。截然相反的结局当中，蕴藏着托尔斯泰个人欲望与社会道德观念的深刻矛盾性，并借助人物表现了出来。

（一）从头到尾的矛盾

"伸冤在我，我必报应"[11]，这是托尔斯泰《安娜·卡列尼娜》一书的扉

---

11 ［俄国］列夫·托尔斯泰，《安娜·卡列尼娜》，周扬、谢素台译，北京：人民文学
出版社，1989，第 1 页。

页所引用《圣经》中的一句话，大意是指只有上帝有权利去裁判人间的罪恶，而生活在世俗当中的人则没有评论的资格。作为一个虔诚的宗教信仰者，托尔斯泰在自己的作品中引用神学典籍中的话语并不罕见。但在书籍的扉页引用这段话，像是在为读者床底这样一个隐藏的信息：虽然我创造了安娜·卡列尼娜这个形象，但对安娜的行为我无法做出任何评价，安娜最终的结局也并非我刻意为之，而是上帝的旨意。从这里也可以有一个大胆的推断，即托尔斯泰在安娜身上赋予了一种同情而不愿其死亡，但在写作时因社会与现实问题，存在，安娜不得不香消玉殒。这样，我们便可以看出托尔斯泰思想上的矛盾性。

首先，作者在作品中不止一次地借书中人物之口，表示安娜的行为是一种违背了社会道德的行为。很明显，虽然安娜是循着人的本能欲望行事，而所做的事情也是在受到了思想上，精神上的压迫后一种宣泄苦闷的行为。但作者依旧认为这是违背了社会道德的。可是，作者并没有像在《战争与和平》中那样以画外音的方式对安娜的行为进行任何评价，而是客观陈述了一个悲剧故事。这是托尔斯泰的一种抉择：固然违反了社会道德，但这样的行为却是符合人性本能的。究竟应该采用何等的评判方式？安娜的行为究竟可不可以被原谅？作者并没有给出答案，而是将问题留给了读者。

其次，安娜的爱情悲剧，很大程度上是她的丈夫卡列宁一手造成的。作为一个政府部门中的高官，卡列宁看似为人正派，关心爱护妻子，注意维持家庭和谐。但他对待安娜的态度始终是冷漠无情的，安娜像是同一个只会处理公务的机器生活在一起一样，品尝不到任何的快乐与幸福，唯一的精神支柱就是自己的儿子。可卡列宁又对和安娜的关系表现出了忠贞不二的态度，多次原谅了安娜的不洁行为。他同样是一个充满了矛盾的人物，他的任何行为放在世俗标准上来衡量都是合情合理的，可他又是安娜悲剧的起点。从塑造卡列宁这一形象的角度来看，托尔斯泰对社会道德也有所怀疑：既然一切都合乎道德，那么安娜又怎会因此而经历一系列动荡最终卧轨自杀？卡列宁冷漠、虚伪，但又是贵族们眼中的模范，那么社会道德是否有什么不合理的地方？最终，借助安娜和卡列宁这对儿身上充满了矛盾的夫妻，托尔斯泰在个人欲望和社会道德观中的内部矛盾便浮现了出来：个人欲望和社会道德之间的关系一旦失控，就会导致悲剧的发生。安娜的死正是对这一矛盾调和失败的结果，是矛盾运动的必然选择。

在安娜的悲剧中，托尔斯泰展示了这对矛盾的不可调和。但依照辩证法的原理看待，矛盾双方如果运用得当的方法并非不可调和。而这对矛盾的调和性，托尔斯泰通过列文的故事展现了出来。

（二）安娜的反面

与安娜的悲惨命运相比，全书的另一条主线的主要人物列文生活要幸运得多，结局要光明得多。根据托尔斯泰在青年时期曾尝试对自家庄园进行改革，以改善农民生活的真实经历来看，列文的身上有着托尔斯泰的影子。不同的是，托尔斯泰在现实中的改革以失败而告终，而列文的改革却相当成功。这也更可以印证作家对这一人物形象所寄予的厚望和喜爱。而列文本身，也是托尔斯泰思想中，关于个人欲望和社会道德之间矛盾调和的产物。他和安娜作为小说的两条主线，实质就是托尔斯泰思想矛盾的两个方面。

首先，从列文的思想入手，来探究这种调和性的根源。与小说中的其他贵族不同，列文生活在莫斯科的郊外，不时会进到城中与自己的老朋友或是哥哥柯兹尼雪夫面见谈天。这样的生活环境，使列文始终对俄罗斯的农民和乡村生活抱有一种深厚的情感，并尝试着为他热爱的这些事物做些微薄的贡献。这样的情感与以他的哥哥为代表的一批城中贵族不同——对列文来说，乡村是他生活的地方，在这里他付诸了情感，实施了行动，与农民们一道进行了各种生产活动。而对他的哥哥来说，乡村只是个供他消遣和休养的地方，是净化都市腐败堕落影响的消毒剂。这样的思想上的差别，颇类似于中国古代盛唐时期的山水田园派诗歌的两位代表人物王维和孟浩然。作为一个朝廷官员，信仰佛教的王维把所游历的山水和闲居的村庄当做是洗退官场浮华，追求隐逸思想，达到人与自然和谐共生境界的"桃花源"，故而王维笔下的乡村生活都是极富有美感的风景画。而对于一生布衣，不曾踏入仕途的孟浩然来说，他要在乡村生老病死，度过一生。虽有致仕之心但总没有机会，便纵情于山水和农人之间。这也使他的诗歌呈现出了一种语言古朴自然，清新流畅，带有一种叙事性色彩的独特风格。

不同的思想，造就不同的命运，与莫斯科社交圈显得格格不入的列文在之后的故事中将大部分时间都花费在了土地上。在托尔斯泰看来，这种对农村进行有效改革的个人理想（这也是列文心中的一种欲望），是完全符合社会道德的。此时的俄国在经历了俄法战争、农奴制改革和西欧派与斯拉夫派的论战后，已开始将视角转移到了农民身上，越来越多的文学作品开始书写农民的生活。这对于本就对农民有着深厚情感的作家来说更是一种内在的鼓励，在这种鼓励的推动下，列文最终实现了自己的理想，完成了改革。这不仅仅是列文的成功，也是托尔斯泰调和自己思想中的矛盾的成功。

其次，就是在列文的爱情生活中，托尔斯泰也展示了他思想中个人欲望与社会道德之间的矛盾的调和。列文的爱情不如安娜那般热烈激荡，但却是一波三折的。他的爱人吉娣与他并不是一见钟情的，相反，吉娣在面对列文的第一次求婚时还拒绝了列文，而是选择了渥伦斯基。这样的挫败感困扰了列文很长时间，他在乡村中继续着实干，期待着"有朝一日"。而吉娣也在病后疗养中通过与瓦伦加小姐的接触，经历了心理上的波折后，意识到了理想中的爱情不一定要与现实相符合，最终接受了列文。二人在奥布朗斯基家中的互诉衷肠，也使他们的爱情故事达到了高潮。这样的爱情并非是安娜的那种一人拼命地、固执地追求所谓理想爱情而忘掉了现实，而是男女双方都在成长和逐渐变得现实、深刻。他们的爱情没有狂热之后的冷淡（例如安娜与渥伦斯基），也没有为宗教问题困扰（吉娣在认清现实后，摆脱了瓦伦加小姐的虚伪宗教观念），只是纯粹的爱情。不仅恋爱双方得到了欲望上的满足，他们的结合也未对生活与社会秩序和社会道德造成任何的不良影响。列文在爱情上的成功恰可以说明，托尔斯泰支持这种形式的爱情，这样的爱情，才是真正实现了个人欲望与社会道德的统一的爱情。

可见，这个时期的托尔斯泰思想体系中，不仅能够提出与人生相密切联系的问题，同时也能提出一定的解决方案，矛盾不再是要么战争，要么和平的对立与斗争，而是可以相互结合，带有同一的属性。

那么，作为托尔斯泰三部巨作中的第二部，《安娜·卡列尼娜》也可以说是最"接地气"的一部，它没有上一部《战争与和平》那样波澜壮阔，笔触一直延伸至整个欧洲社会；也没有像后一部《复活》那样充满了哲学与神学色彩。《安娜·卡列尼娜》在开头即用那句著名的"幸福的家庭都是相似的，不幸的家庭各有各的不幸。"[12]论断点明了小说所要探讨的事物是家庭，是生活少有波澜，甚至单调枯燥的大多数人。

但是，作者写人的目的不止是写人，而是作者观照整个社会和对自己的人生进行思考。首先从社会角度来看，安娜作为一个违反了社会道德，并因无法控制自己的欲望而自杀的女性形象，在问世之后并没有收到人们的批判和指

12　[俄国] 列夫·托尔斯泰，《安娜·卡列尼娜》，周扬、谢素台译，北京：人民文学
　　出版社，1989，第3页。

责，而多是同情和惋惜。她的结局也激起了人性的共鸣，多年来激发学者去探究个人欲望和社会道德之间的矛盾。其次，从作者对自己人生的思考的角度来看，与安娜相比，另一位主要人物列文，这个作品的实干家反倒在现实中只是一个虚幻的影子——直到逝世，托尔斯泰也没有完成和列文一样的壮举，书中列文的圆满结局始终不曾在现实中出现过。这是一种具有讽刺性的对比，也是托尔斯泰以自己生命的终结来宣告他思想中对个人欲望和社会道德之间矛盾可调和性思考的破产。

鲁迅先生在《再论雷峰塔的倒掉》一文中曾说："悲剧将人生的有价值的东西毁灭给人看，喜剧将那无价值的撕破给人看。"[13]由此可见，安娜的悲剧结局备受广泛同情的背后，恰是大众普遍对个人欲望价值的肯定和对社会道德不能完美地与个人欲望相适应的遗憾。而安娜的例子在现实生活或是文学作品中将会不断地重复，可列文只能是这个列文，一个完全理想化的人物。

大众对于安娜和列文的反映，也是托尔斯泰进行更为深入地思考的动力，如何使人与社会之间的关系长期和谐？如何才能让人类走向完美？无疑，列文的相对被冷落间接的说明了"列文模式"是行不通的。而如果人人都像安娜这般追逐爱情却又无法控制欲望，距离托尔斯泰的目标只会渐行渐远。因此，从之后的第三部巨著《复活》中，读者将看到一个开始对人类的意识形态方面进行思考，并尝试通过宗教手段来达到其思想目标的托尔斯泰。在人生的后期，托尔斯泰将目光转移到了一些形而上的事物上，并由此产生了不少思想成果，在这些思想成果中，又包含了极深刻的矛盾性。

总而言之，托尔斯泰三部巨著，就是托尔斯泰思想体系中矛盾运动的不断变化发展的具体体现。从最初宽泛的社会理念到最终的意识和信仰，连接起他们的是个人欲望和社会道德，作者在《安娜·卡列尼娜》一书中集中表现了这种矛盾性，并启发了自己之后的思想。无论是对比之前的作品还是之后的作品，《安娜·卡列尼娜》所表现的思想都无疑是托尔斯泰最为世俗化的思想，这也必将使这部作品在全世界读者的心中都占据着崇高的地位，并不断演化出更多新的解释。

三、世俗与宗教信仰的矛盾

随着对俄罗斯社会问题及人生问题研究的深入，托尔斯泰将解决问题的

---

13 《鲁迅全集》第一卷，北京：人民文学出版社，1981，第 192-193 页。

良法寄希望于宗教身上。同时，他的作品也开始充满了浓厚的宗教色彩和神学观念。其中，最能体现托尔斯泰世俗与宗教信仰观的一部作品，当属他的三部巨著当中的最后一部《复活》。与前两部长篇作品相比，此时的托尔斯泰将写作对象设置到了更小的范围当中，着重刻画的人物形象只有男主人公聂赫留朵夫和女主人公玛斯洛娃，但是在深度上来看，《复活》触及到了人的精神深处，开始尝试用宗教的办法去解决世俗问题，并以聂赫留朵夫和玛斯洛娃都得以"复活"的光明结局指出了这种方法的可行性。在这基础上，一个关于"拯救与被拯救"的命题得以徐徐展开。而托尔斯泰的世俗与宗教信仰观念思想当中的矛盾性，则要通过他的作品和他的现实生活相结合对比方能体现出来。

（一）宗教与人生

关于宗教拯救人生的故事在欧美文学中并不鲜见，尤其是在大多数民众虔诚信仰东正教的俄罗斯，宗教在文学当中占据了特殊而重要的地位。因此在俄国文学当中，有很多个人物形象在经历了波折或罪恶后最终都皈依宗教，祈求得以沐浴上帝的圣光，比如陀思妥耶夫斯基笔下的拉斯柯尔尼科夫。但是相比较于其他的俄罗斯作家，托尔斯泰的宗教观念并不完全符合东正教的教义，这从他因《复活》的发表而被教会以不信宗教的名义被革除教籍的现实经历便可得知，他所信奉的，是他自我的宗教。最为明显的，便是托尔斯泰在《复活》一书中对神职人员不端行为的揭露与描写，这足以见得他并不认可东正教。他通过聂赫留朵夫在城市和乡村中的见闻与经历，对教会及世俗机构进行了无情的批判。但这种对教会的批判并不代表他彻底否定宗教，相反，聂赫留朵夫的人生经历正是一个"精神复活"的过程，从最初对待玛斯洛娃的随意亵渎到最后的忠实忏悔，他与宗教之间是越来越紧密的。但归根结底还是托尔斯泰自己的宗教。

何为托尔斯泰自己的宗教？在书中的表现就是在激烈的批判当中宣扬道德。托尔斯泰借聂赫留朵夫对于各种社会丑态都进行了批判和讽刺，但他并没有号召人民去推翻这一切，相反则是提倡非暴力和博爱，并最终完成精神复活。这样的思想实质上是一种不符合社会现实的倒退，他在揭露业已进入资本主义时代的俄国所存在的弊端时，所思考的并不是如何改良，而是倒退回大规模信仰宗教的时代，未免迂腐。而以非暴力的思想解决当时俄国的问题更是天方夜谭，否则也不会爆发后来的十月革命，建立苏俄这个世界上第一号社会主义国家。

由此，便可以清晰地看出：托尔斯泰此时的思想矛盾并不是自己内部两种不同思想的斗争，而是与当时的时代潮流相悖，是与时代大潮的对抗。这不得不说是一种托尔斯泰思想的局限性。

（二）遗憾的结局

《复活》的结局是令人失望的，以宗教是绝不能解决当时俄国社会所存在的尖锐矛盾和问题的。但托尔斯泰还是给出了一个美好的结局，此时的作家虽依旧保有着对底层人民的深切同情，但却与时代脱节。可以说，托尔斯泰的离家出走，应当也是在认识到这一点后，思想陷入了迷途，为了找到出路而做出的决定。而在一个小车站中逝世的结局也令人叹息，不止是《复活》，托尔斯泰的人生结局，同样令人遗憾。这种看似美好却不符事实的结局在当代文学作品当中依旧可以见到。如我国科幻小说作家刘慈欣的代表作《三体》三部曲，通过唯一一个成功的"面壁者"罗辑在"冬眠"百年醒来时，亲眼目睹人类太空军被三体文明的一个小小的探测器"水滴"以最原始的撞击方式全歼后，揭露了人类终将被毁灭的原因不是弱小，而是傲慢。但刘慈欣并未以此作为结局，而是又分出亚洲太空军政委章北海，隐藏在四个面壁者之外的第五个面壁者这条线索，讲述了他在等待了二百年后，终于得到了所有新世纪人类军方的信任，在登上太空舰队后以一己之力带领"自然选择号"逃跑，最终为人类保留下最后一点火种的故事。这样一个心理冷静到夸张地步的人，在《三体》一书的世界观中仅此一位，因此也使这一形象些许失真，只能成为一种幻想式的英雄存在。

这种结局在文学意义上来说是一种与前文逻辑不符合的失败，但却符合了人类追求美好和安宁的心理。因此这种结局也是有存在价值的，代表了人类的良善一面。同时，托尔斯泰赋予《复活》的这个结局也更坚定了他的读者们邪不胜正、知错就改，善莫大焉的信念，对于今天的社会主义和谐社会的构建是有帮助的。

本文对于托尔斯泰思想的矛盾性的研究到此为止，权因才疏学浅，只能遗憾止步。总而言之，作为享誉世界的伟大的文学家、思想家。托尔斯泰在他的作品中向读者展示了他深刻的思想。可以说，托尔斯泰是一个坦诚的，真挚的作家。他把一切他所认为是光明的，能够引领人类社会不断进步的信条熔铸进了他的文字当中，成为世界文学史上永恒不朽的经典。面对托尔斯泰的深邃思想，我们要真正做到批判继承，为我所用。而我们对于托尔斯泰思想的矛盾性的一切分析，都是为了将这种精神力量转化为物质力量，推动我们的社会继续前进。对于托尔斯泰思想中爱好和平、尊重人性本能、提倡开明的社会道德、劝人行善的一面，我们要继续发扬；而对于托尔斯泰思想中异化扭曲的宗教信仰观念，必须为我们所摒弃。托尔斯泰是伟大的，但不是完美的，因此这就需要我们不断地持续探索托尔斯泰思想当中的矛盾性，让这位受众广泛，影响深远的作家为越来越多的人所喜爱。托尔斯泰深邃的思想是一个取之不尽，用之不竭的精神宝库，除矛盾性外，托尔斯泰的思想还具有很多特性。再次为笔者学识不深，难以继续挖掘其思想千分之一而遗憾，望日后学有所成，得以更为深入的探究和得到托尔斯泰留给我们的精神宝藏。

谢尔盖·卢基扬年科《创世草案》中的莫斯科——彼得堡隐喻

一、引言

  谢尔盖·卢基扬年科（Sergey Lukianenko, 1968-）被评价为当代俄罗斯科幻第一人，2023 成都"世界科幻大会"特约嘉宾。他的代表作有《四十岛骑士》（*Рыцари Сорока Островов*）《星星是冰冷的玩具》（*Звёзды-холодные игрушки*）。他的小说《创世草案》（*Черновик*）首个中文译本于 2021 年由新星出版社推出，译者郑永旺、宋红。该书情节惊险刺激，一经问世就受到了俄罗斯科幻文学界的好评，被俄罗斯《幻想世界》杂志创始人尼古拉·佩加索夫认为是卢式小说的典型代表，并获得"2005 年俄罗斯年度最佳原创科幻小说奖"。

  《创世草案》主要讲述了主人公基里尔突然发现自己正在被不可抗力排挤出正常的生活轨道——在一个星期之内，他的爱犬腰果突然不认主人；他房产证上的名字变成了其他人；他最要好的朋友逐渐想不起他究竟是谁；甚至连他的父母都不知道自己原来生过一个儿子。基里尔感觉自己落入了一场阴谋，但理不出任何头绪。在万念俱灰之际，基里尔却在看不到的指引者的提醒下，知晓他已经成为了平行世界之间的"执事"，拥有了不死之身、穿梭时空、精通格斗术等超能力，管理着从莫斯科到金吉、涅槃等地平行世界的海关渡口。虽然物质生活有了极大的改观，但基里尔并不喜欢这种被他人掌控的生活，他始终想调查清楚究竟是何种力量改变了自己的命运。在一次和政客的交谈中，基里尔逐渐揭露了这场阴谋，他回到了代表前苏联的那个平行世界，并在情人的帮助下一路从其他几个平行世界追查元凶，最终摧毁了这场阴谋。在小说末尾，基里尔自豪地宣布：即使邪恶的奇迹时代来临，我也应该鼓足勇气，坚守善良之本性。"[1]

《创世草案》书写的平行世界并不是科幻小说的新颖题材，但它的独特之处在于，作者借助莫斯科和其他几个平行世界情况的描写，延续了俄罗斯文学中关于"莫斯科还是彼得堡"的讨论。卢基扬年科以一种科幻、隐喻的方式，通过"在莫斯科—离开莫斯科—回到（拯救）莫斯科"的结构曲折地表达了自己"回归莫斯科"的想法，并通过金吉、涅槃等平行世界中糜烂生活的描写，表达了对"彼得堡"的厌恶之情。在小说之外，作家本人针对俄罗斯的对外问题，时常在社交媒体上发表鹰派言论，他对俄罗斯本土持一种偏执的狂热态度。这一特性确是俄罗斯作家的一脉相承。在社会科学的角度上看，莫斯科与彼得堡之争，实质上是俄罗斯现代性问题的一个缩影。因此，对《创世草案》中"莫斯科—彼得堡"之争隐喻的探索也可为俄罗斯现代性问题的研究提供一些参考。

二、莫斯科与彼得堡的"双城之战"

英国的历史学家奥兰多·费吉斯（Orlando Figes, 1959-）曾在《娜塔莎之舞：俄罗斯文化史》（*Natasha's Dance: A Cultural History of Russia*）一书中指出，俄罗斯国家的艺术活力几乎都体现在了对自身民族身份的探求上。广袤的国土使俄罗斯的文学家时常陷入到"东还是西""欧还是亚"的思想矛盾中。这种矛盾也为俄罗斯民族的文化图腾"双头鹰"赋予了多重意义："这个'双头鹰'图腾含有深刻的文化内涵，它是俄罗斯民族文化结构的整体象征，是俄罗斯民族集体无意识的具象模型，是俄罗斯民族属性的形象概括。这只双头鹰左顾右盼，东张西望，具有国家地理位置上的象征意义；与此同时，它一身两首，顾此失彼，也是一种双重人格、分裂人格的具象化，是俄国社会构成的一种形象体现。"[2]从 19 世纪至今，俄罗斯民族始终沉浸在这种迷思中，并诞生了多部经典文学作品。"莫斯科故事""彼得堡故事"正是这些作品中常出现的题材。

（一）沙皇的欧化帝国

莫斯科和彼得堡的争斗起源于彼得大帝。他诞生于欧陆各国科学技术、文

1　[俄罗斯]谢尔盖·卢基扬年科，《创世草案》，郑永旺、宋红译，北京：新星出版社，2022，第 398 页。
2　刘文飞，《俄国文学讲演录》，北京：商务印书馆，2017，第 536 页。

明程度狂飙突进的 17 世纪中后期，生性潇洒，精力充沛。1689 年，艾萨克·牛顿（Isaac Newton, 1643-1727）巨著《自然科学的哲学原理》（*The Principia: Mathematical Principles of Natural Philosophy*）首次出版，更代表了人类在自然科学领域的长足进步。但是，彼时的俄罗斯却还处于贫穷落后、愚昧黑暗的"中世纪"。全国各处依旧盛行农奴制，自然科学和社会科学无人问津。1697-1698 年间，彼得前往西欧进行了一次长途旅行，在强烈的对比下，回到国内的彼得便依照西欧的先进经验，进行了大刀阔斧的改革。在政治领域，他加强中央集权统治，设立参议院、划分行政区域、设文武官员等级制度；在经济领域，他鼓励工商业发展，振兴俄国的资产阶级；在文化领域，彼得对东正教进行了改组，创办非宗教学校，鼓励科学发展；在军事和外交领域，彼得采取了积极扩张的政策，与土耳其、瑞典交战。俄罗斯在与瑞典的战争中取得了丰硕成果，吞并了大体上包括爱沙尼亚、拉脱维亚和芬兰附近的一片重要领土。这片土地成为俄罗斯提供了波罗的海上的一个出口，使俄罗斯有了瞭望欧洲的窗口。彼得就在这片土地上建立了以他命名的城市：彼得堡。这座城市横跨涅瓦河两岸，"宽阔的河流蜿蜒流入大海的景象，对于内陆国家俄罗斯而言充满了希望和前途。当他们来到岸边的时候，他下了马，用随身佩戴的刺刀割下两块泥炭，并将它们在沼泽地上摆成了十字形。接着彼得说："这里应该建一座城。"[3]

　　虽然在涅瓦河的侵蚀下，这片充满沼泽的三角洲地带并不适合人类居住，但彼得堡还是在牺牲了大量劳工的基础上兴建起来，并成为俄罗斯的新首都。它是一个纯粹的欧化人造城市，建筑群整齐划一，全城以一套标准构建，到处充斥着笔直的线条。法国作家斯塔尔夫人认为这座城市有一种不同寻常的做作之美，像一个巨大的舞台；俄国作家陀思妥耶夫斯基认为彼得堡是最有意为之的城市；它同样也被一些评论家认为是西方风格的复制品，完全看不出一点俄罗斯的特点。但毫无疑问，这座和俄罗斯传统风格格格不入的城市集中体现了彼得的野心：他要彻底否定莫斯科公国，把俄罗斯人重塑为欧洲人，使俄罗斯走进现代化的世界。

　　但是，尽管彼得锐意进取，建造了这座代表着秩序、文明和进步的城市。但辉煌的彼得堡背后也隐藏了严重的问题。这座违反自然法则，没有地基的城市代表着虚幻、飘渺；涅瓦河的洪水也仿佛预示这座城市将走向末日，并且，

3　［英国］奥兰多·费吉斯，《娜塔莎之舞：俄罗斯文化史》，曾小楚、郭丹杰译，成都：四川人民出版社，2018，第 16 页。

彼得堡对传统文化的背离使这座城市存在的合法性遭到了质疑：这座城市究竟属不属于俄罗斯？众多文学作品围绕这些主题进行写作，彼得堡也在作家的笔下被塑造成了一个挤满了幽灵或疯子的陌生王国——普希金的《青铜骑士》中，一场特大洪灾摧毁了小市民叶甫根尼的生活，光鲜的彼得大帝塑像和洪灾后的惨状形成了鲜明的对比；陀思妥耶夫斯基的《罪与罚》中，拉斯科尔尼科夫在"超人理论"的影响下成立杀人犯，精神恍惚。果戈理的《彼得堡故事集》一书中更是集中展现了彼得堡中的生活以及人们对彼得堡现代性，俄罗斯民族身份的焦虑。他在《涅瓦大街》中发出警告："涅瓦大街每一天的每时每刻都在骗人……"[4]总而言之，代表着进步的彼得堡（乃至俄罗斯帝国）其走向并不像彼得所想象的那样光明，俄罗斯人的民族身份问题也在彼得堡的兴建中更显迷茫。面对青铜骑士像，人们不禁思考：彼得究竟是意气风发，纵马扬鞭，还是在危险的边缘试图悬崖勒马？

（二）莫斯科"大农村"

莫斯科的历史底蕴远比彼得堡深厚，它在俄罗斯人心中的地位也远超彼得堡。几乎每一个俄罗斯人都把莫斯科视为了母亲一般的存在。14 世纪，随着古罗斯首都基辅（今乌克兰首都基辅）陷落于蒙古人之手，莫斯科大公与蒙古可汗合作，积累了大量的财富。随着克里姆林宫平地而起，莫斯科也迈上了崛起之路。它是俄罗斯民族反抗蒙古战争的指挥核心，随着蒙古人的败退，莫斯科又逐步转变为俄罗斯的政治中心，文化中心。

在宗教的角度上，莫斯科承载了更深刻的意义。为纪念对蒙古人的战争胜利，伊凡雷帝在莫斯科红场建造了圣瓦西里大教堂（原名圣母代祷教堂），象征着东正教传统的胜利。在这座教堂的石壁上，镌刻着"莫斯科是第三罗马"的教义。莫斯科将自己视为君士坦丁堡陷落后，世界仅存的东正教中心，他们将接过罗马、拜占庭帝国的衣钵，承担救世的使命，是人类的最终拯救者。凡与莫斯科作对，就是基督教的敌人。这种视自己为世界中心的观点既赋予了莫斯科以神圣的性质，也使莫斯科进入了腐朽的"闭关锁国"境地。谨遵东正教传统的旧礼仪派视改革为异端，拒绝一切进步。他们对彼得堡的建立有一种莫大的憎恨，有许多关于彼得堡的灭世传说都从他们这里流出。显然，这是彼得厌恶莫斯科的一个重要原因。在陈腐观念的把持下，莫斯科城内遍布教士、修

4　［英国］奥兰多·费吉斯，《娜塔莎之舞：俄罗斯文化史》，曾小楚、郭丹杰译，成都：四川人民出版社，2018，第 204 页。

道院、木头房子、马厩和肮脏的小巷，这一切与新兴的彼得堡形成了鲜明的对比。莫斯科也由此有了一个保留至今的绰号"大农村"。

但是，这个"大农村"并未如旧礼仪派希望的那样一成不变。像是为了和彼得堡洪水灭世传说的故事作对一般，莫斯科几经大火，并在大火之后涅槃重生。最著名的一次发生在1812年，为抵御拿破仑军队的进攻，人们烧光了这座城市。在重建的过程，规划者们并没有盲目地选取欧式风格，而是将西方特色与自身传统结合，散发出东西方交汇的从容魅力，保留了大量的"俄罗斯性"。正是这种俄罗斯性使莫斯科成为了斯拉夫主义者眼中的俄罗斯生活中心，它作为一个"俄国"城市，与彼得堡这个"外国"城市有着明确的对立关系。在作家们的笔下，没有地基的彼得堡是一个虚幻的城市，而莫斯科正好相反，它脚踏实地，在莫斯科的俄罗斯人更能感受到自己是俄罗斯人。在这里，人们可以开怀痛饮、放肆吃喝。

莫斯科和彼得堡是在西欧派与斯拉夫本土派论争的焦点。关于二者孰轻孰重的问题，果戈理有一套精辟的言论：

> 彼得堡是一个精确、守时的人，是一个完美的德国人，他做任何事情均考虑周到。在举办宴会之前，他会先看看自己剩下的钱有多少。莫斯科则是一个俄罗斯的贵族，如果他想玩乐的话，他会痛痛快快地玩到倒下，根本不在乎自己口袋里还剩多少钱。莫斯科做事不喜欢半途而废……彼得堡喜欢取笑莫斯科的笨拙和没有品位。莫斯科反过来谴责彼得堡不会说俄语……俄罗斯需要莫斯科，彼得堡需要俄罗斯[5]。

即使是西化的俄国精英们，也会把莫斯科视为母亲、家园。在民族身份问题上，莫斯科被公认是俄罗斯性最为集中的地方，这种母亲莫斯科的思想也深刻影响着果戈理之后的俄罗斯文学家。即使是遭受了猛烈攻击的帕斯捷尔纳克也写下过"莫斯科最为午夜的居民和睡梦者所珍惜。这里是他们的家乡，一切的源泉。有了它，本世纪将会繁荣昌盛。"[6]的诗句。

同样，有着强烈民族意识的科幻作家卢基扬年科也继承了俄罗斯文学家的这一特性，并借助平行世界的书写加入到了莫斯科还是彼得堡的讨论，毫无

5　[英国]奥兰多·费吉斯，《娜塔莎之舞：俄罗斯文化史》，曾小楚、郭丹杰译，成都：四川人民出版社，2018，第205页。

6　[英国]奥兰多·费吉斯，《娜塔莎之舞：俄罗斯文化史》，曾小楚、郭丹杰译，成都：四川人民出版社，2018，第299页。

疑问，他也是一位视莫斯科为母亲的作家。

三、《创世草案》中的莫斯科与彼得堡

平行世界的观念最早来自于量子力学研究领域，又名平行宇宙。指从某个宇宙中分离出来，与原宇宙平行存在着的既相似又不同的其他宇宙。尽管目前并没有明确的证据表面平行世界的存在，但在科幻文学领域，平行世界早已发展成为一个常见的题材，代表作品有艾萨克·阿西莫夫（Isaak Judah Ozimov, 1920-1992）《神们自己》（*The Gods Themselves*）、刘慈欣《纤维》等。

谢尔盖·卢基扬年科（Сергей Васильевич Лукьяненко, 1968-）是俄罗斯科幻作家中最会描写平行世界的一位。在其笔耕生涯早期，就凭借平行世界类长篇科幻小说《四十岛骑士》获 1995 年俄罗斯"鲁玛塔之剑"奖。与中美等国的科幻作家不同，卢基扬年科的平行世界很少讨论科技进步、人类未来等命题，而是专注于挖掘俄罗斯民族深层次的思想矛盾，具有浓厚的俄式风格。在他的小说中，少有先进科学技术的展示或对某一物理学理论的假想，但经常能看到宗教思辨、圣女救赎、借食物进行隐喻等俄罗斯文学传统的痕迹，这使他的作品被普遍划入到了"软科幻"甚至奇幻小说的研究范畴。

《创世草案》主要讨论俄罗斯传统的莫斯科-彼得堡问题。正如费吉斯所言，"在西化主义者和斯拉夫主义者关于俄罗斯文化使命的意识形态论争中，最根本的一点就是彼得堡和莫斯科的对立。西化主义者认为彼得堡是俄罗斯人以欧洲为标杆的模范，而斯拉夫主义者则将莫斯科理想化，认为它是俄罗斯传统生活方式的中心。"[7]彼得堡的建立象征着俄罗斯民族渴望成为欧洲国家的野望，但全盘的欧化则意味着把莫斯科母亲抛于脑后，这为众多俄罗斯人所不能接受。在卢基扬年科的笔下，莫斯科就是莫斯科，而彼得堡则通过金吉、涅槃等平行世界来表现。作家像一个科幻届的果戈理，给每一个新的平行世界都赋予了初见时吸引主人公，却在深入了解后露出獠牙的特征，体现出他鲜明的斯拉夫主义者态度。

（一）《创世草案》中的莫斯科

《创世草案》的开头和结尾都设置在莫斯科，主人公基里尔是一家电脑公司的显卡销售经理。他的人生平凡普通，在城里面有一个装着廉价防盗门的小

7　［英国］奥兰多·费吉斯，《娜塔莎之舞：俄罗斯文化史》，曾小楚、郭丹杰译，成都：四川人民出版社，2018，第 197 页。

屋，每天过着上班勤勤恳恳干活，下班以宠物和伏特加为伴，经常装病请假休息的生活。基里尔有一个写黄色小说的朋友科佳，一到空闲时间他们就会在混在一起，他还有退休后喜欢到处去度假的父母，但没有"在美国的多金叔叔"[8]。在一天下班后，基里尔的屋子被一个叫娜塔莉亚的丑女人（她的真实身份是平行世界海关的高级执事）占领，随后他的生活开始发生天翻地覆的变化，见识了多个平行世界。但在基里尔的心中，他始终热爱的只有莫斯科，这也是驱使他不断寻找阴谋源头的动力。

对于基里尔来说，莫斯科是一个懒惰、低俗的乐园。他的生活被酒精、美食和黄色小说包围。在莫斯科的短暂时间里，他做过最多的事情就是饮酒。或是独自喝闷酒，或是与朋友科佳同饮。拜科佳的职业所赐，基里尔总能以"女士"、"娘们儿"和"婊子"为话题作下酒菜，在酒精的催动下，基里尔显得乐观开朗，他把房子被人抢占的事情当成了冒险小说的情节，在宿醉后燃起了想与女孩疯狂的欲望和立刻去与娜塔莉亚战斗的激情。他也会自嘲自己的遭遇："莫名其妙把房子丢了，再去找朋友借酒消愁，这才是俄罗斯故事的发展套路，要是发生些其他事儿才叫奇怪。"[9]此外，基里尔在走投无路时会愧疚地想起自己还是个东正教徒。当他发现连父母都记不得他是谁后，他就开始在心里向上帝祷告，但他的态度依旧是懒散的，在祈祷时他坚信："让上帝帮忙，程序很复杂，他不会为这点儿屁事单独接见我的。"[10]而除基里尔外，莫斯科城中还有许多和他一样漫不经心的人。基里尔曾经的老太婆邻居好管闲事，每日靠肥皂剧度日；基里尔前去求助的科幻作家麦尔尼科夫每次聊天都要扯上半天前苏联的科幻作品，废话连篇；基里尔接触的警官、同事、通讯公司工作人员等亦无不如此。

卢基扬年科笔下的莫斯科仿佛一个不思进取的中年男人，但也正是这种氛围使主人公流连忘返。作家借助基里尔在莫斯科的慵懒生活，委婉地展示了自己的态度，并与后文在基里尔成为海关执事后的"彼得堡"生活形成了鲜明对比。

8　[俄罗斯]谢尔盖·卢基扬年科，《创世草案》，郑永旺、宋红译，北京：新星出版社，2022，第2页。

9　[俄罗斯]谢尔盖·卢基扬年科，《创世草案》，郑永旺、宋红译，北京：新星出版社，2022，第19页。

10　[俄罗斯]谢尔盖·卢基扬年科，《创世草案》，郑永旺、宋红译，北京：新星出版社，2022，第43页。

（二）《创世草案》中的彼得堡

卢基扬年科在文本中描写的并非实际存在的彼得堡，甚至在全书中都找不到彼得堡这个地名。但在卢基扬年科之前的普希金、果戈理等俄罗斯作家，他们所做的工作并非描绘一个完全真实的彼得堡，而是借助这一外壳来表先现代性浪潮带来的忧虑内核。因此表达了同样主题的各平行世界也可以当作彼得堡的虚影看待。

基里尔游历平行世界的故事发生于他被"驱逐"出莫斯科，但获得执事的超能力后。他到达的第一个平行世界名为金吉，面对这个新鲜奇特的地方，此时的基里尔仿佛 18 世纪从外省来到彼得堡的乡巴佬，对看到的所有事物都感到不可思议。当他第一次用超能力解决了一起恶性案件后，被执掌餐厅的执事菲尼克斯带去参加金吉的宴会。在这场宴会上，基里尔发现了自己与金吉格格不入。

首先，那里体现了古典主义的美感："圆形的柱子、水晶吊灯、裸体女孩雕像、浆的很硬的白色桌布、穿白衬衫黑礼服目空一切同时又彬彬有礼的服务生。"[11] 但它们同样是庸俗的，因为这里的水晶、白银等物过犹不及，造成了相反的效果："奢华的尽头是粗鄙和俗不可耐。"[12] 在饭店里狂欢的金吉贵族们醉酒后也逐渐露出小混混的丑态，他们和莫斯科醉汉的唯一区别是喝的酒更贵一些。

其次，基里尔被菲尼克斯告知，成为执事之后他将拥有不死之身，而这场无终止的生命历程唯一的目的是认真履行自己的职责。但基里尔认为，在他的生活中，平凡和庸俗才是本质。这里也为后文基里尔与执事们的决裂做了铺垫；此外，基里尔在金吉之后又发现了第二个平行世界地球 17 号，这这里，他意识到平行世界并不意味着崭新、光明，它的内部同样充满了肮脏的交易。地球 17 号是一片阳光明媚的宜居海滩，普通人不知道它的存在，但高层政客、著名喜剧演员和富家小姐却可以任意运用莫斯科等地的海关，随时随地到地球 17 号度假，而基里尔的工作就是利用执事权能为这些特权者开后门。

金吉和地球 17 号是一个暗喻了"彼得堡"新世界是一个肮脏、虚伪的场所。从基里尔莫名其妙成为执事开始，他就被不知名的力量裹挟，完全失去了

11　［俄罗斯］谢尔盖·卢基扬年科，《创世草案》，郑永旺、宋红译，北京：新星出版社，2022，第 151 页。

12　［俄罗斯］谢尔盖·卢基扬年科，《创世草案》，郑永旺、宋红译，北京：新星出版社，2022，第 149 页。

自己的意愿。并且，他的和其他执事的超能力只用于服务权贵阶层，也讽刺了新世界的美好只对贵族阶级展现的本质。

基里尔到达的第三个世界是涅槃。这里看似是一个世外桃源，居住在这里的人们脸上都挂满和蔼的笑容。但在基里尔和当地的执事聊天后才得知，涅槃世界中存在着一种神秘气体，闻到这种气体后的居民会慢慢变得懒散，久而久之只喜欢趴在地上打盹，靠吃手能够得到的食物为生，精神极度萎靡。涅槃世界的神秘气体自然暗示了现实社会中存在的毒品问题，在毒品的催化下，人们所见到的美好只是幻象。吸食越多，就越不愿清醒过来面对现实世界，久而久之成为行尸走肉。所谓的世外桃源中人只是一群被麻痹的小白鼠，这让涅槃这一称呼极具荒谬感。

最令基里尔感到愤怒的则是他见到的最后一个平行世界地球 1 号阿尔坎。他对阿尔坎的探索来自于一位莫斯科高级政客的请求。据这位政客所知，阿尔坎是一个比基里尔从前所在的地球先进了整整 30 年的世界，但此前没有一位执事踏足此处。政客希望基里尔打通前往阿尔坎的路径，学习先进经验。始终热爱莫斯科的基里尔答应了这一请求，却在了解了阿尔坎的真相后大跌眼镜。阿尔坎的先进来源于试验，它们是地球 1 号，在其他地球上开展社会制度试验，其他地球对于阿尔坎而言只是一个可以随时勾画的"草案"，它们一方面借助其他地球进行试验，完善制度；另一方面又对其他地球出现的杰出人物进行暗杀，防止其他地球觉醒。例如 1918 年的列宁遇刺事件就是阿尔坎精心谋划的阴谋。到此，基里尔对平行世界的幻想彻底破灭，他认识到了自己和自己曾经生活过的地方在更高层次的平行世界看来只是小白鼠和试验场，是"美好世界"的垫脚石。

作家通过基里尔的视角，从几个不同的视角批判了平行世界。象征着美好的"彼得堡"只是徒有光鲜外表，这样的事实导致始终心怀莫斯科的基里尔下决心要拜托执事的职责，回到原来的生活。

（三）《创世草案》回到莫斯科的结局

同样是书写莫斯科-彼得堡问题的小说，但卢基扬年科并没有让主人公基里尔在"彼得堡"迷失、绝望。究其原因，是基里尔身上不可磨灭的俄罗斯性。在成为执事后，基里尔并没有被眼前的超能力和花花世界迷住眼睛。相反，他对莫斯科念念不忘：

"黎明的花瓣飘向四方，装点着克里姆林宫城墙！"我扯着嗓子快乐地哼着一首老歌的片断。哼着哼着我突然停住了，是"花瓣"
还是"曙光"？哼，有什么区别吗？重要的是，一扫阴郁心情的阳
光和无一丝纤尘的碧空属于我们的莫斯科，而非舒适的金吉[13]。

那个原本懒惰的乐园才是基里尔清醒的心之所向，这是他和其他彼得堡
文本中的悲剧小人物之间最大的区别——相比较于所谓"先进""文明"的地
方，他对俄罗斯母亲抱有最大的希望。

在故事的最后，基里尔挫败阴谋，成功回到了莫斯科。他接到了父母担忧
的来电，听着出租车司机对莫斯科糟糕路况的抱怨，兴奋地告诉司机："一切
都会有的。"[14]回到莫斯科的基里尔重新收获了快乐，这其中也隐含了作家想
要表达的意愿：只有在莫斯科，在俄罗斯传统中，俄罗斯人才能寻到真正的归
宿。

四、结语

谢尔盖·卢基扬年科的《创世草案》是一部意蕴深厚，充满奇思妙想的优
秀俄式科幻小说。本文对这部小说的剖析尚停留在一个较为粗浅的境地，欠缺
深入挖掘。尚有诸多不足。望于日后学有所获，可做到对书中探讨的问题进行
更为深入的思考，亦可做到从更多角度挖掘此书的精妙之处。

---

13 ［俄罗斯］谢尔盖·卢基扬年科，《创世草案》，郑永旺、宋红译，北京：新星出版
社，2022，第 166 页。

14 ［俄罗斯］谢尔盖·卢基扬年科，《创世草案》，郑永旺、宋红译，北京：新星出版
社，2022，第 398 页。

偷食禁果神话背后的
刻意过失情节及其延伸

　　过失，不论被赋予何种意义，它在本质上都意味着"错误"，是实施者破坏其所处环境内规律、秩序的行为。因此也决定了过失的结果必然是失败，否则便不存在所谓的过失，而是"成功"或"锦上添花"。文学作品中的过失可以分为两类：一类可以被称为"无心之过"，即现代汉语意义上的过失[1]。实施者在失败结果显露前并不知晓他的行动将造成过失，他在过失面前的状态完全是被动的。如《雷雨》中的周冲并不知道自己冲出家门后会触电身亡。还有一类则可以被称为"刻意过失"，即实施者知道自己的行为会导致过失的发生，但并没有停止行动。如欧内斯特·海明威（Ernest Miller Hemingway, 1899-1961）的《老人与海》（*The Old Man and the Sea*）中拒绝了男孩邀请，独自出海捕鱼最终一无所获的老人；还有罗贯中的《三国演义》中六出祁山的诸葛亮。"刻意过失"形象在中外文学中都有显例，且这类形象的失败或毁灭常常会引起读者强烈的共鸣。在神话故事中，也可以找到这类形象的踪迹，并可以通过弗洛伊德过失心理学的介入来深入发掘这种有趣的文学现象。

一、刻意过失情节的起源

　　西格蒙德·施洛莫·弗洛伊德（Sigismund Schlomo Freud, 1856-1939）在《精神分析引论》（*Introductory Lectures on Psycho-Analysis*）中通过几个舌误

---

1 过失：因疏忽而犯的错误。详见：中国社会科学院语言研究所词典编辑室编，《现代汉语词典》，北京：商务印书馆，2002，第487页。

的例子形象地说明，过失的结果本身可被看作是一种有目的的心理过程，是一种有内容和有意义的表示[2]。它能够在一定程度上表现出人潜意识中的真实想法，同时也可以被当作一种手法运用到文学创作中。弗洛伊德就曾以席勒的戏剧《华伦斯坦》作为一个过失实例进行分析，从而揭示了过失在文本内的意义。

而相较于作家在创作时刻意在言语上赋予人物的过失，人物本身实施的"刻意过失"情节更具有感染性和代表性。这种情节最早可以追溯到神话时代。以《圣经·创世纪》中的一则故事为例：

> 耶和华上帝所造的，惟有蛇比田野一切的活物更狡猾。蛇对女人说，上帝岂是真说，不许你们吃园中所有树上的果子么。女人对蛇说，园中树上的果子我们可以吃，惟有园当中那棵树上的果子，上帝曾说，你们不可吃，也不可摸，免得你们死。蛇对女人说，你们不一定死，因为上帝知道，你们吃的日子眼睛就明亮了，你们便如上帝能知道善恶。于是女人见那棵树的果子好作食物，也悦人的眼目，且是可喜爱的，能使人有智慧，就摘下果子来，吃了。又给他丈夫，他丈夫也吃了[3]。

一方面，女人（即夏娃）禁不住蛇的诱惑偷食禁果，犯下了极大的过失，导致上帝发怒而把人类驱逐出伊甸园。但另一方面，上帝是以死为威胁对女人进行了警告，因此女人是知道偷食禁果要承担多大的后果，可她还是选择了听从蛇，吃下禁果。因此女人的行为本质上是一场刻意过失。在此之后，上帝让人类承担了失去乐园的痛苦，但同时人类也获得了一次解放："亚当给他妻子起名叫夏娃，因为她是众生之母。"[4]从《圣经》创世纪的故事当中我们可以得知，人类是上帝根据自己的形象而创造，因此他是人类天生的主。最初的人类只有亚当一个，夏娃是上帝在亚当沉睡时取下一根肋骨创造的。但夏娃最初没有名字，只是可以称为女人。"夏娃"这个名字的历史是从上帝决定将人类驱逐出伊甸园后开始的，是人类自己为人类进行的一次冠名。我们通常以名字作为人与人之间最基本的区分方式之一，同时也会根据自我认知对某物进行定

2　［奥地利］西格蒙德·弗洛伊德，《精神分析引论》，高觉敷译，北京：商务印书馆，2019，第 19 页。

3　《圣经》，上海：中国基督教三自爱国运动委员会、中国基督教协会，2017，第 2 页。

4　《圣经》，上海：中国基督教三自爱国运动委员会、中国基督教协会，2017，第 3 页。

义，从而区分大千世界。这是一次人类主观能动性的飞跃，是尝试摆脱上帝的话语而对自我有一个定义的开始。并且，人类在被逐出伊甸园后，也开始用自己的手去维持生活，以劳动的方式求生存，虽然会被劳苦所困，但终究脱离了上帝而独立。

而文学上的大多数"刻意过失"，同样也可以理解为明知不可为而为。如夏娃这一形象与《圣经》"创世纪"一章中其他形象最大的区别在于她并非上帝的直接造物，而是从最初的人类中分化出的人，这本身是一种从神到人的进步；而之后夏娃在前有上帝警告的情况下依旧选择了相信蛇的话语，虽然这是人类幼稚期的一种轻信，但依旧不能掩盖人类冒着死亡的危险，开始尝试摆脱上帝控制的壮举。这种壮举的来源是夏娃，或是说人潜意识中的"刻意过失"心理。

回到弗洛伊德的过失心理学，他指出，过失是两种不同意向互相牵制的结果。而"刻意过失"就是主观介入到了这种牵制当中，主动地选择了某一意向。因此偷食禁果不仅是人摆脱上帝的一次尝试，也是发挥能动性做出决断，实现人对人本身控制的一次胜利。灵智并非禁果赋予的，而是人在决断中实现的。

综上可以推断，"刻意过失"首先具有主动反抗（不顾上帝）的象征意义。但这并不足以使它成为独立的原型，且简单的主动反抗意义并不能凸显"刻意过失"甚至所有类型的过失的特殊性。它必须是失败的，才能被称为过失。而进一步的，"刻意过失"区别于其他类型过失的标志是其主动性，即人物自己选择犯下过失，因此这一过失不可弥补，是一场不可弥补的失败。用一个例子来概括，就好比有两个人同时落入水中（过失），有轻生念头的人是自己主动跳进去的，且不会呼救（刻意过失）；而没有轻生念头的人可能出于一时疏忽或其他原因滑落（其他类型过失）那么他就会用力扑腾、大声呼救，以期弥补。

亚当夏娃的行为所表现出的，恰恰和上文中有轻生念头的人相似。他们在违背上帝后并没有祈求原谅，而是选择接受劳动之苦和怀胎之难。被触怒的上帝也降下更为严重的惩罚：阻拦人类前往生命树的道路，从此断绝人类永生的可能。从失去永生可能的角度看，亚当夏娃付出了很大的代价，人类从此不得不陷入终身苦累，却只能得到暂时生存的境地，并且是后世万代都将困于此轮回中。这是一出人在与神的斗争中惨败的悲剧。

人类在上帝的庇护下可以无忧无虑地在伊甸园内永生，但一切事情都要听从上帝的旨意；如果摆脱上帝的完全控制，那就要使自己必须把大量时间花费在维持生存上而无暇顾及其他。《圣经》中的"刻意过失"情节本质上体现出的就是人类对这种生存困境问题的思考和表达。这是人类永远绕不开的话题。

二、文学作品中的刻意过失情节

《圣经》故事之后，在人类漫长的文学发展历史中，刻意过失情节也屡屡出现，并呈现出不同的文化色彩。可以肯定的是，刻意过失情节还会不断出现在读者眼前，并成为引人乐道的经典。

在中国文学中，最具代表性的刻意过失情节应属《三国演义》中的"六出祁山"故事。夷陵之战，东吴火烧连营八百里，摧毁了蜀汉政权多年以来的积累，此后的一大段时间里，汉武乡侯诸葛亮只手撑天，决议北伐。《三国演义》第一百二十回中有这样一段描写：

> 忽班部中太史谯周出奏曰："臣夜观天象，北方旺气正盛，星曜倍明，未可图也。"乃顾孔明曰："丞相深明天文，何故强为？"孔明曰："天道变易不常，岂可拘执？吾今且驻军马于汉中，观其动静而后行。"谯周苦谏不从[5]。

在《三国演义》中，诸葛亮作为智慧的化身，在全书前半段以上知天文下知地理著称，草船借箭、借东风等情节也都是在此基础上构建。但在全书后半段，善于观星、顺应天意、从谏如流的诸葛亮却不顾劝阻及天道，执意北伐，明知是一场错误的北伐却还是坚决进行。为使北伐成功，诸葛亮竭尽人力，造木牛流马、火烧上方谷，甚至在油枯灯尽之际点燃七星灯试图再续十二载寿辰。一向潇洒沉稳的诸葛亮频频做出有违天道的事情，实际上隐喻了蜀汉政权在危难之际奋力挣扎，企图摆脱命运枷锁的抗争。而北方由司马家族实际掌握的曹魏政权在此时更像命运本身，是蜀汉政权永远无法翻越的阻碍。"六出祁山"的故事充满了浓厚的宿命论观点，但在星落五丈原的情节中，作者还是引用了大量歌颂诸葛亮的诗词，表达了对这种抗争精神的肯定。

"六出祁山"故事是典型的刻意过失情节，它是一次在对命运的抗争中失败的事件。而中心人物诸葛亮则在中国乃至东亚诸国范围内都成为智慧、忠诚的象征，享有极高声誉。任何时期的读者似乎都对敢于向命运挥剑的文学人物倍加青睐，这也代表了从神话时代人类身上一脉相承的反抗基因。

---

5 罗贯中，《三国演义》，北京：商务印书馆，2019，第 178 页。

而在日本文学中，同样也出现了精彩的刻意过失情节。在日本的现代影视文学作品中，《假面骑士亚极陀》的整个叙事都是以刻意过失展开的。《假面骑士》系列特摄剧的拍摄方日本东映株式会社在平成年代的第一步假面骑士作品《假面骑士空我》摘得"星云赏"桂冠的巨大成功后再接再厉，启用井上敏树为后作《假面骑士亚极陀》的编剧，并获得了更大的成功：至今为止，《假面骑士亚极陀》依旧是《假面骑士》系列中收视率最高的一部作品。

在亚极陀的世界观中，人类由黑神创造。作为人类的父亲，黑神深爱着人类，对人类倍加呵护。对于人类的溺爱使他不希望人类追求发展与进步，只需在他的疼爱中度过幸福的一生即可。而黑神手下实力最强大的白神则对黑神的做法感到不满，他认为对人类的爱应该是让人类自主选择自己的命运，而不是把他们禁锢在摇篮中。观念上的冲突使两位神最终大打出手，黑神战胜了白神。而白神在死前却释放出自己的力量，散落在人类当中，凡接受了白神力量的人类便拥有了变身为"亚极陀"的能力，白神希望人类能够借助亚极陀的力量，摆脱黑神的控制，自主决定命运。在故事的结尾，人间体津上翔一变身亚极陀，和黑神进行决战。编剧并没有像传统的正义战胜邪恶情节那样，让亚极陀战胜黑神，夺取胜利。黑神最终也没有放弃将人类养于摇篮中的想法，只是以"那就让我们共同看看，人类会如何构建自己的未来吧。"的台词未结束。而亚极陀的人间体翔一也在大战后有了自己的餐馆，和女主角真鱼幸福地生活在了一起。

《假面骑士亚极陀》的故事既不是传统的大团圆结局，也不是完全的悲剧结局。黑神并没有明确地表示自己将不再控制人类，而更多地接受白神力量却不了解亚极陀的人也依旧活在恐惧当中。亚极陀作为白神和人类的代表，执意对抗造物主黑神，本就是一种刻意过失式的明知不可为而为之。而亚极陀的人间体们在认识到了这段历史后并没有乖乖地交出变身能力，而是选择了反抗黑神。这也为一部子供向的特摄剧抹上了悲壮的色彩。

刻意过失的情节本质上体现出了人类对生存困境问题的思考和表达。在命运面前选择反抗，是中外经典文学中这类情节所共有的特点，也是它们能够成为经典文学的一大原因。在中日不同时间及文化背景下却产生了相同的思考，这不得不说是人类所具有的共性。

三、刻意过失的发展

人类对自我力量和客观世界的认识建构经历了一个漫长的过程。神话作为某一特定历史阶段的产物，反映了上古先民对世界的初步思考和未知力量的恐惧。从神话时代到信息时代，现在人类相较祖先已经有了长足的进步，可以熟练地运用自我的力量完成各项事业。

人类的发展史就是一部人类对自我力量的认知越来越清晰，使用越来越熟练的历史。而随着这种认知的提升，上帝就被扯下神坛，不再是神秘的造物主，而是人类自己想象的产物。路德维希·安德列斯·费尔巴哈（Ludwig Andreas von Feuerbach, 1804-1872）在《基督教的本质》（*Das Wesen des christentums*）中论述道："人的绝对本质、上帝，其实就是他自己的本质。"[6]他在《基督教的本质》中写道：

感性对象存在于人以外，而宗教对象却存在于人以内。所以，宗教对象自身内在的对象，因此它像人的自我意识、人的良心一样，从来不离开人，它是亲密的、最亲密的、最亲近的对象[7]。

他在《基督教的本质》中又论述道：

人怎样思维、怎样主张，他的上帝也就怎样思维和主张；人有多大的价值，他的上帝就也有这么大的价值，绝不会再多一些。上帝之意识，就是人之自我意识；上帝之认识，就是人之自我认识。你可以从人的上帝认识人，反过来，也可以从人认识人的上帝；二者都是一样的。人认为上帝的，其实就是他自己的精神、灵魂，而人的精神、灵魂、心其实就是他的上帝：上帝是人之公开的内心，是人之坦白的自我[8]。

费尔巴哈是德国哲学史上第一个自觉与基督教划清界限的哲学家，他的思想对马克思也具有很大的启发。他鲜明的话语就是人类对于神的认识登上一个新台阶的标志。上帝并不是笼罩在人们头上的万能神，而是因人而异所产生的影像，是个人内心中精选出来的最完美的存在者。应该被歌颂的是人的力量，而不是上帝。宗教是人对自己本质的关系，认识人自己也就认识了上帝。看似无所不能的上帝，也是人的造物。

6　［德国］路德维希·费尔巴哈，《基督教的本质》，荣震华译，北京：商务印书馆，2020，第38页。

7　［德国］路德维希·费尔巴哈，《基督教的本质》，荣震华译，北京：商务印书馆，2020，第47页。

8　［德国］路德维希·费尔巴哈，《基督教的本质》，荣震华译，北京：商务印书馆，2020，第48页。

　　但是令人困惑的事情出现了。诚然，人的力量无穷无尽，但这个世界每一天都在上演各种各样的失败，即使是成功了的事业也少有一蹴而就的。酒作为一种麻痹神经，消愁解闷的饮品，直到今天仍然在发挥这种作用。人始终不能完全摆脱某种力量的控制，就算付出再多努力也避免不了失败。同时，随着人之力量的不断被发掘，约束和禁锢也越来越多，本我得到释放的可能越来越渺茫。即使一个人内心有着强烈的意愿，他也不能在大庭广众之下脱光衣服跳舞。在这种情况下，现代人的失望情绪与面对未知自然力量时满怀恐惧地祈求神明的祖先又有什么区别呢？只是抽象的上帝变成了具体的规律、规则、道德等等约束。人对待世界的心思不同，也就决定了并非所有规律都能被每个人接受。根据弗洛伊德人格结构理论和过失心理学理论来看，当道德原则与快乐原则之间发生了冲突和牵制后，过失也就发生了。而当人抑制不住本我，去进行强力的追求并失败时，"刻意过失"的悲剧也就形成了。

　　故此，"刻意过失"的延续并非偶然，而在于它真实地反映出了从古至今人类面临本我压抑生存困境时的表现。"刻意过失"的不断发生恰是对人类自我力量的歌颂，因而不断成为文学作品的情节。

　　人类无法战胜规律，但人类总在进步。

中式法国段子的文学成因及意义

法国段子的产生，可以追溯到英法百年战争（Hundred Years' War, 1337-1453）。这场战争促使法国完成了民族统一，而英国却几乎丧失了所有法国领地。在失败情绪的影响下，英国人开启了法国段子的序幕。且随着时间推移，历届法国政府的糟糕表现和世界形势的变化也为法国段子提供了不少素材：如只有矮子拿破仑·波拿巴（Napoléon Bonaparte, 1769-1821）才能让法国开疆拓土；有"欧洲最强陆军"美称的法国陆军在同纳粹德国（Deutsches Reich）战斗仅四十天后便举国投降，抵抗时间甚至短于斯大林格勒战役（Сталинградская битва）中苏联军人坚守巴甫洛夫大楼（Домсержанта Якова Павлова）的时间。且随着战后世界秩序的重建，雅尔塔（Yalta）体系建立。雅尔塔体系的基础在于大国一致原则，影响至今[1]。因此在冷战时期美国主导的西方世界体系中，实行独立自主的外交政策且积极与新中国建交的夏尔·安德烈·约瑟夫·马里·戴高乐（Charles André Joseph Marie de Gaulle, 1890-1970）政府被北大西洋公约组织（North Atlantic Treaty Organization）各个国家在政治经济文化等方面排挤也是必然的。从地域角度来看，法国段子更多地出现在西方世界体系当中，但现实的情况是近几年的中国互联网社交平台上也出现了大量的法国段子，并带有明显的"中国特色"和文学性。因此，从文学的角度出发对这种新现象进行研究是有必要的。本文拟通过对中式法国段子的历史背景、当下特点及文化意进行探究，分析其成因及有利面，从而更好地为创作出人民大众所喜闻乐见的文学而服务。

---

1 常虹，《雅尔塔体系对战后世界政治格局及国际关系的影响》，《中学历史教学参考》2018年第9期，第13页。

一、法国段子的前世今生

法国传记作家查尔斯·威廉斯（Charles Williams）在《多情父亲——戴高乐》（*Père amoureux - de Gaulle*）中写道：

> 当戴高乐向被检阅者行答礼时，那里仅有两三百名"自由法国"人，却有几千伦敦人。他们唱着法国国歌"马赛曲"尽管他们唱不准歌词与曲调，但足以说明戴高乐赢得了英国人民的支持，而且他们会坚持到底[2]。

威廉斯的这段话与其说是在对坚持抵抗的戴高乐将军进行赞美，不如说是对大部分法国人失望的嘲讽。当戴高乐在英伦三岛为了法国的未来孤独奔波时，法国国内的投降派政府代表却与纳粹德国的谈判代表在象征着法兰西在一战中取得胜利的福煦车厢（Foch carriage）里签订丧权辱国的条约。反倒是一群英国人被这个勇敢的人和他建立的自由法国感动，并自愿加入到这支队伍当中去。这样的场面不需任何艺术渲染，只要摆在面前就能达成一种滑稽的效果。而这也只是法国段子中最平和，也最含蓄的一类。从英法百年战争至今，各式各样的法国段子层出不穷。不仅外国人讲法国段子，法国人自己也在讲法国段子；不仅二战前在讲法国段子；二战后也在讲法国段子。法国段子流传到今天，被以无数的新颖形式表现出来。因此对法国段子中各种具有代表性的形式进行分析，既可以对法国段子的历史进行一定的了解，也有助于更好地推演出今日之中式法国段子的特点。

（一）历史上的法国段子

在浩如烟海的英语短语当中，往往涉及到"French"一词时就会披上一层调侃挖苦的色彩。比如，"To take French leave"（"法式告别"）这一短语便意指不经同意就擅自离开的失礼行为。语言是一个国家文化意识形态的外部表现，从语言中常常可以推测出这个国家的人民精神和对外国态度的好恶。就像汉语"小日本"和"达瓦里希"[3]两个截然相反的称呼体现出了中国的人民群众对日本和俄罗斯的轻蔑、尊重的态度一样，像"To take French leave"这样的英国人的语言也表现出了他们对法国的恨意。归根结底，是英法百年战争带来了英国人对法国的恨意，但同时也带来幽默讽刺的法国段子。

2　［英国］查尔斯·威廉斯，《多情父亲——戴高乐》，孙洪兵译，长春：时代文艺出版社，2003，第32页。

3　达瓦里希：俄语"товарищ"一词的音译，意为"同志、朋友"。

战争——从私有财产和有阶级以来就开始了的、用以解决阶级和阶级、民族和民族、国家和国家、政治集团和政治集团之间、在一定发展阶段上的矛盾的一种最高的斗争形式[4]。英法百年战争的矛盾在于法国统治权归英格兰王国所有还是法兰西王国所有，这一矛盾最终以法国胜利，英国战败解决。战争的失利，使英国国内普遍升起了对法国的仇恨情绪，在这种情绪的指引下，英国人从各个方面对法国进行或大或小的抵制，法国段子就是这些抵制当中的一部分。但是，陆权争夺的失败并不意味着英国的全线崩溃，他们选择了转变策略，去争夺当时被西班牙王国所控制的海权。1588 年 8 月，西班牙无敌舰队（Grande y Felicísima Armada）在海上被英国击败，从此国力直下，日薄西山。而英国则取代了其海上霸主的地位，成为新的日不落帝国。急速膨胀的权利及地位让英国拥有了大量的殖民地为其提供丰富的原料和市场。英国在通过对殖民地的掠夺完成资本积累的同时，也让本土文化开始在世界范围内产生影响，法国段子自然也在其中。于是，法国段子开始走出家门，不再是英国人的独乐乐，而是全世界的众乐乐。但此时的法国段子还没有发展成熟，只是停留在语言上的浅层次嘲弄，缺乏实际主题。它的成熟期（主题形成期）是在第二次世界大战。

第二次世界大战，是一场正义与邪恶之间的大决战，也是一次重塑世界格局的大变动。直到今天，二战的结果依旧在国际事务中发挥着巨大的作用。但作为长期以来的欧陆霸主，法国却在这场战争中屡次蒙羞。这时的法国段子源头不再是英国人的怨恨，而是法国人自己做出的令人不齿的行为。首当其冲的就是在武器装备没有代差的情况下选择了向纳粹德国投降，并禁止一切民间的反抗活动。这一系列行为让全世界都承担了严重的后果，田树珍在《二战恩仇纪实》中写道：

当时，魏刚虽然镇定自若，但已经甘心失败，决定停战了。

魏刚甚至说："法兰西帝国那只是一个玩笑而已！至于全世界，当我在这里被打败以后，英国人用不着一个礼拜就会和德国谈判。"[5]

田树珍在《二战恩仇纪实》中又写道：

巴黎城防司令不战而交出巴黎，严令镇压人民反抗，并向群众

4　毛泽东，《中国革命战争的战略问题》，《毛泽东选集》第一卷，北京：人民出版社，2009，第 171 页。

5　田树珍，《二战恩仇纪实》，北京：民主与建设出版社，2020，第 111 页。

宣布：凡从事抵抗者格杀勿论[6]。

威廉·夏伊勒（William Lawrence Shirer）在《第三帝国的兴亡》（*The Rise and Fall of the Third Reich*）中写道：

> 在上一次战争中，曾经有 4 年之久坚持不败的法兰西，在这次战争爆发 6 周以后就退出了战争。德国军队驻守着欧洲的大部分地区，从北极圈内的北角到波尔多，从英吉利海峡到波兰东部的布格河。阿道夫·希特勒已经到达了顶峰[7]。

法国的投降，使世界反法西斯阵营承担了更大的防御压力，它令英国孤悬海外，也令纳粹德国获得了大量的战争物资，从而为发动规模更大、死亡人数更多的苏德战争提供了物质基础。但是，政府的懦弱并没有完全熄灭法国的抵抗。除戴高乐在海外组织起来的自由法国（Free France）外，法国国内的抵抗在法国共产党（Parti communiste français）领导下组成游击队坚强进行，成为法国人民抗击法西斯统治的中流砥柱。可在战争胜利之后，法共却遭到了包括戴高乐在内的多数政要及政党的反对，以此来遏制社会主义在法国渗透。这种有事钟无艳，无事夏迎春的做法自然也得到了全世界，尤其是社会主义国家人民的嘲讽。由此也产生了不少的法国段子。

法国段子的另一个来源是战后法国男人们对待女性的粗暴表现。纳粹德国占领法国期间，许多法国女人迫于生计和保护家人不被屠杀，选择了跟侵略者相爱或是共同游玩。法国的男人们没有选择将怒火发泄到占领家园的侵略者身上，而是在战后将这些与德国军官有染的女人用剃光头、拉到街上游行等惩罚方式进行羞辱。这种弱者抽刀向更弱者的懦夫行为被拿来嘲笑，再正常不过。

总地来看，第二次世界大战期间，法国段子的核心内容被确定为调侃法国人投降，并一直延续到今天。在战后，法国段子也得到了一定的发展。这时的主导者是希望控制整个欧洲的美国。华盛顿方面一直以来对戴高乐政府独立自主的外交政策颇有微词，而戴高乐也有意与美国保持距离。这在戴高乐的传记中有所体现：

> 1964 年，法国政府正式承认共产党中国。《世界报》报道："这

6　田树珍，《二战恩仇纪实》，北京：民主与建设出版社，2020，第 114 页。
7　［美国］威廉·夏伊勒，《第三帝国的兴亡》下卷，董乐山等译，北京：世界知识出版社，2018，第 721 页。

真是一举两得。华盛顿无法掩饰其愤怒，法国左派无法掩盖自己的尴尬。"看来将军依旧我行我素。他于 3 月对墨西哥进行国事访问。在此期间他一再呼吁密切法国与墨西哥之间的关系，这分明是蓄意触怒美国人[8]。

戴高乐的行为与美国的国家利益背道而驰，自然会得到来自美国及其盟友的"教训"。法国段子算是一种文化上的表现方式。但其核心内容不变，主要还是以早期英国人的刻板印象和二战时法国的糟糕表现为主。到了 21 世纪，在互联网社交平台高速发展的中国，法国段子"登陆"了。虽然它的内容没有太大的变化，但在形式上却显示出了强烈的中国特色，是一种值得予以关注的现象。

（二）中式法国段子的特点

在研究中式法国段子特点之前，需要先列举几则法国段子。这些法国段子的原始作者已不可考，且随着社交平台的评论区和弹幕参与者的不断改编，这几则笑话与原始文本之间存在着区别。但因其主要内容和思想内涵没有发生根本性变化，便也可以看作是中式法国段子当中的"经典之作"：

"法国国旗有什么含义？"

"当发生皇室复辟时，剪下左边的蓝布挥舞以示投降；当发生革命战争时，剪下右边的红布挥舞以示投降；当发生外国入侵时，剪下中间的白布挥舞以示投降。"

"世界上有没有根本不可能实现的军事行动呢？"

"在冬天彻底战胜俄罗斯，如果行动失败会让曾经的红色巨人复活；在太平洋上全歼美国的一支舰队，失败的话你可能将遭到海陆空无死角打击；在大西洋消灭英国皇家海军并占领伦敦，失败的后果是会被一群英国佬编笑话讽刺你；在陆地全歼中国人民解放军陆军的任意一支集团军，但这一定会让你陷入到人民战争的汪洋大海里；还有一个就是在法国投降之前占领巴黎，如果这都能失败的话那你肯定是墨索里尼。"

"看看你们军事博物馆里收集了多少把破枪吧！难道八路军就

---

8 ［英国］查尔斯·威廉斯，《多情父亲——戴高乐》，孙洪兵译，长春：时代文艺出版社，2003，第 330-331 页。

没有几把新枪吗？"

"对不起先生，恕我直言。这里不是你们法国，有那么多在地上扔了一次之后就再没用过的新枪。"

"希特勒不该找来福煦车厢签订条约，这会让法国人对他的态度一落千丈。"

"恰恰相反，法国人会比德国人更爱希特勒。不信你看，德国人见到希特勒只会举起一只手敬礼，但法国人会举起两只手。"

"可以对二战中各国的代表武器进行一个描述吗？"

"二战中苏联人用喀秋莎火箭炮轰开了柏林的大门；美国人用航母击垮了日本的海军；中国人用血肉之躯与大刀长矛组成新的长城迎击日寇；法国人用法棍进可以敲碎德国佬的头盔，退可以不告诉德国佬沾汤吃的方法噎死他们。"

从内容上看，中式法国段子依旧围绕着法国投降这一主题展开，但内涵较以往得到了深化，这也让中式法国段子和以往的法国段子有了根本的区别。中式法国段子的内涵可以概括为两点，即彰显爱国主义精神和表现伟大理想。

中华民族精神以爱国主义为其核心，这以核心贯穿于中华民族的奋斗史，一直传承至今，激励着中华儿女前进。无论是"王于兴师，修我甲兵"[9]的激昂，还是"汉朝皇帝，妾身今生已矣，尚待来生也"[10]的悲凉，抑或是"萧瑟秋风今又是，换了人间"[11]的豪迈，都体现出了强烈的爱国主义情怀，这种情怀又反过来浸润了中国人的内心世界。在很多中式法国段子中，能够很明显地看到创作者善于运用对比手法，通过对人民行为、军队风气等进行比较，展示出中华民族的气节。中式法国段子离不开战争元素，这就为幽默的笑话平添了一层悲壮的气息。从表面上看，中式法国段子旨在嘲讽法国，但其背后的深刻内涵则是对为中华民族谋复兴的仁人志士的追思。

彰显爱国主义精神是中式法国段子区别于其他地域的特色，而表现伟大理想则是在时间轴上区分开了现在的中式法国段子和过去的中式法国段子。所谓的伟大理想，即实现共产主义。

---

9 《诗经·秦风·无衣》，《十三经注疏》上册，北京：中华书局，1980，第374页。

10 马致远，《破幽梦孤雁汉宫秋》，顾学颉选注，《元人杂剧选》，北京：人民文学出版社，2016，第128-129页。

11 毛泽东，《浪淘沙·北戴河》，中共中央文献研究室编，《毛泽东诗词集》，北京：中央文献出版社，1996，第92页。

在众多中式法国段子中,出现的国家虽多,但和中国一样始终以正面形象出现的国家只有苏联。从文学意义上讲,这种情况可以看作是当代中国青年对曾经流行一时的苏联政治笑话的戏仿和解构。这种解构来源于虚拟与现实之间的强烈反差:当西方世界用一系列电影和纪录片对切尔诺贝利(Чернобыль)事件进行所谓"客观反思"以凸现出自己尊重人权时,同一阵营中的日本却向全世界公然宣称要将核废水排入大海,与当年苏联不计经济损失也要封住核电站的行为形成巨大反差;好莱坞大片中的美国队长(Captain America)在战场上高举盾牌所向披靡,实际情况却是苏联以牺牲一代人的代价拖垮了纳粹德国;当美国像当年抨击苏联不尊重人的生命那样抨击中国时,它的新冠肺炎感染人数却"傲世全球"。

信息的快速传播和随之而来的知识爆炸,让历史的迷雾被层层剥开,露出事实的本来样貌。所谓的苏联政治笑话中的讽刺越来越多地指向了它的发源地美国。于是一种新历史主义思想渗透到了中式法国段子的创作当中,即对旧历史小说主题人物加以剥离,对旧经学加以反拨,对旧的意识形态加以颠覆,使新历史文学走向了重新解释历史,再造历史,再造心态史,再造文化史的新话语,从而具有了新的理论和实践的阐释框架。[12]创作者们将曾经被嘲讽的对象苏联或是中国剥离出来,以法国为替代,从而颠覆了以往西方的普世价值观,形成了一套不成系统的对共产主义理想的认知,继而表现在了中式法国段子中。这种表达并不完善,但具有了一定的代表性。它代表了当下之中国的青年人群体对于社会及意识形态的粗浅认识。目前看来它尚显幼稚,但必将随着实践的深化而逐渐形成清晰的理论与完整的体系,融入到中国特色社会主义思想体系当中去。

新历史话语表明,文学是历史空间中最易激活的思想元素,它参与了历史的新发展进程,参与了对现实的文化思想史的重写[13]。中式法国段子作为一种活跃的民间创作,反映着该话题的广泛参与者们思想上的共同性,对研究当下这一时期的文学思想史具有借鉴意义。但所谓知其然,更要知其所以然。中式法国段子并非大风吹来或是海上漂来的,即使它篇幅短小且内涵单一,但它也有它的文学成因和发展规律,也会对社会发展产生一定的作用。故而在对中式

12 胡经之,《西方文艺理论名著教程》(第二版),北京:北京大学出版社,2003,第23页。

13 胡经之,《西方文艺理论名著教程》(第二版),北京:北京大学出版社,2003,第23页。

法国段子的特点有了一定的了解之后，还要从文学的角度分析其成因，从而摸清它的发展规律，为顺势推动中国特色社会主义新时代的文学发展做出些贡献来。同时也要坚定信念，确信当下的中式法国段子虽然不成体系，少有套路可言，但对于新时代的文学来说，它是站在海岸遥望海中已经看得见桅杆尖头了的一只航船，它是立于高山之巅远看东方已见光芒四射喷薄欲出的一轮朝日，它是躁动于母腹中的快要成熟了的一个婴儿[14]。

二、中式法国段子的文学成因

一个新事物的形成往往要经过一段长久的过程，在此期间各种矛盾相互冲突、相互调和，最终形成一个处于动态平衡中的相对静止的事物。首先要确定的是，中式法国段子只是法国段子发展中现阶段的主流形式，而不是最终形式。它的形成以当前生产力的状况为基础——如果没有发达的互联网技术，中式法国段子绝不会得到广泛的传播而只能是创作者及身边人的自娱自乐。未来难以预测，中式法国段子的流行将有什么社会影响？中式法国段子接下来会有怎样的发展？想要搞清这些问题，就要对目前最为流行的中式法国段子的成因进行一个剖析，从源头观照未来。并且，要着重研究中式法国段子的文学成因，因为中式法国段子用现代汉语进行写作，且有完整的情节、运用了一定的修辞手法，可以被看成是一类文学作品。中国古代的王弼讲"万物始于微而后成，始于无而后生。"[15]文学成因就是中式法国段子的"微"。而中式法国段子的文学成因该如何研究？应一分为二，既分析中国因素，也分析法国因素。而这两种因素应先分析法国因素，因为无论何种形式的法国段子，都以法国为对象，这是矛盾的普遍性；再分析中国因素，这是中国的特点，也是矛盾的特殊性。

（一）法国因素

辱法，从来都不是外国人的专利。即使是法国的本土作家，他们也不吝笔墨进行着辱法的活动。从辱法这一具有广泛含义的词汇来看，奥诺雷·德·巴尔扎克（Honoré de Balzac, 1799-1850）、居斯塔夫·福楼拜（Gustave Flaubert, 1821-1880）、亚历山大·仲马（Alexandre Dumas, père, 1802-1870）[16]的很多作

---

14 毛泽东，《星星之火，可以燎原》，《毛泽东选集》第一卷，北京：人民出版社，2009，第 106 页。

15 《老子》，上海：上海古籍出版社，2019，第 2 页。

16 Alexandre Dumas, père：字面意思是"亚历山大·仲马，父亲"，汉译俗称"大仲马"。大仲马原名"杜马·戴维·德·拉·佩莱特里"（Dumas Davy de la Pailleterie），

品都有辱法的因素。如大仲马的《基督山伯爵》（Comte de Monte Cristo）中就曾调侃法国人对决斗的敷衍态度。但从狭义的法国段子来看，这种调侃还达不到标准。

从大多数法国段子来看，它的基本特点可以概括为篇幅短小、语言俏皮、多用对比和讽刺的手法、以法国在对外战争中的投降行为做主题、传播范围广。在璀璨夺目的法国文坛中，其代表作符合以上特点的，当属世界短篇小说之王亨利·勒内·阿尔贝·盖伊·德·莫泊桑（Henri René Albert Guy de Maupassant, 1850-1893）创作的传世名篇《羊脂球》（boule de suif）。

《羊脂球》以普法战争（Guerre franco-allemande de 1870）为背景，讲述了在逃亡路上九个上等人和一个下等人羊脂球之间发生的故事。借此来揭露法国贵族和资产阶级投机分子的丑恶嘴脸，凸显出以羊脂球为代表的法国底层人善良热忱的高尚情怀，展现高尚者未必高尚，卑微者未必卑微的深刻内涵。首先，《羊脂球》的人物对比是通过两个方面的相互比较贯穿整个故事，一方面是主人公羊脂球，另一方面便是由喇嘛东、于贝尔、乌先生等个体之间的对比，整部作品可以说是主要围绕这两方面的对比展开的描述和塑造[17]。羊脂球火热且勇敢，既有慷慨与同车人分享食物的行为，也会说出"可是，当我一见到那些普鲁士人，我实在不能控制自己，他们使我的怒火直往上升。"[18]这样略显鲁莽的话语。这些高尚的行为为后面反衬男人们的懦弱、贵妇人的虚伪和宗教修女的伪善做好了铺垫。当普鲁士军官终于露出了爪牙，向羊脂球提出无理要求时，各怀鬼胎的乘客们一致认为羊脂球应该牺牲掉自己，以保全自己的利益。他们并不在乎国家兴旺与否，他们只在乎自己的那些财富不要受到影响。整部小说的讽刺是在这群极端的自私者们在恼火与愤怒中听着属于法国人民的《马赛曲》（"La Marseillaise"）中走向高潮的：

> 对祖国神圣的爱
> 指引，支持着我们复仇的臂膀
> 自由，亲爱的自由

后改为"亚历山大·仲马"。其子名 Alexandre Dumas, fils，字面意思是"亚历山大·仲马，儿子"，汉译俗称"小仲马"。小仲马原名"亚历山德罗·仲马·菲利奥"（Alessandro Dumas figlio）。

17 杨婷，《论莫泊桑〈羊脂球〉中的人物形象塑造》，《宿州教育学院学报》2020 年第 1 期，第 64 页。

18 ［法国］莫泊桑，《羊脂球》，高临译，武汉：长江文艺出版社，2018，第 185 页。

　　　　　和你的保卫者们一起战斗[19]

　　《马赛曲》激昂的歌词既是对羊脂球悲凉命运的深切同情，也是对无能的法军和自私的资产者们无情的鞭挞，这体现了作者高超的写作技巧。且除主要内容外，莫泊桑还经常会进行一些侧面描写，形成了松散的法国段子，如在原文中他这样描述：

　　　　既然人们要完全依赖某个人，那么为什么要去伤害他呢？这样做与鲁莽相比或许不够勇敢——就像在使他们的城市享有盛誉的英勇抵抗时那样，鲁莽已不再是鲁昂市民的一个缺点了。——最后，人们思忖着，从法国人的礼貌中得出了至高无上的道理：在家里允许对外国大兵彬彬有礼，只要不在公众场合对他们表示亲切就行了[20]。

　　在经过长久地思考后，做出被侵略者彬彬有礼的对待侵略者的行为，没有比这讽刺意味更重的法国段子了，更何况这是由法国人自己的作家所创作出来的作品。可以说，正是这种多方面的讽刺，为之后的法国段子创作奠定了基础，也提供了良好的范式。法国段子产生的根因永远在法国本身，而不是他国的行为。中式法国段子文学成因中的法国因素，一是在于法国文学本身所提供的范式和辱法"传统"，二是在于当法国文学揭露了法国的弊端后，并没有引起对法国社会足够的改变。普法战争之后，法国与德国在二战中再次兵戎相见。即使法国在第一次大战中表现得足够英勇，但这只是帝国主义国家之间为争夺霸权和利益而进行的非正义战争。当正义的，保卫国家的战争开始后，法国却再次选择了落荒而逃。这让法国段子有了继续发展的可能。

（二）中国因素

　　常凯申（Chiang Kai-shek）是一个流行于军事爱好者圈子当中的错误翻译。这个词本意是国民党当政时期的党、政、军主要领导人蒋介石的威氏拼音法（Wade-Giles romanization），但却因译者的不严谨态度，导致了全书通篇把蒋介石叫做常凯申的重大失误。与之如出一辙的还有将孟子错译成"门修斯"（Mencius）的笑话。这些本属于学术方面治学不严谨的问题在成为大众新闻后，经过一段时间的发酵却成为了网络热梗的"发源地"，比如凡在关于解放战争的视频评论区当中，必能看到这样的评论："接下来你将领略第十一位开国元帅，中共运输大队长，中共功德林学校招生办主任，军事物流学创始人，

────────

19　[法国]莫泊桑，《羊脂球》，高临译，武汉：长江文艺出版社，2018，第 209 页。
20　[法国]莫泊桑，《羊脂球》，高临译，武汉：长江文艺出版社，2018，第 175 页。

娘希匹推广大使，微操大师常凯申同志的神级操作。"也必能看到诸如此类的弹幕出现："常公说优势在我。"这种特殊的、有着政治色彩的"舶来品"热梗兴起可类比到中式法国段子上。这些热梗原本只是一个错误或是普通现象，但却在读者的再创作当中成为了全民皆知的事物。并且，当下所流行的中式法国段子的作者早已在一次又一次的传播中被掩盖住了姓名，它本质上属于一次再创作的狂欢。据此推断，中式法国段子文学成因中的首要中国因素就是读者的再创作。

谈到中式法国段子的再创作，就不能不谈到让-保罗·萨特（Jean-Paul Sartre）的存在主义文学接受论。他十分重视文学活动中读者的作用，充分肯定读者的创造性、参与性和主动性[21]。在他看来，"只有为了别人，才有艺术；只有通过别人，才有艺术"[22]。一部文学作品应当是开放包容的，它不止属于作者，也属于读者，二者的共同作用形成了一部完整的作品。中式法国段子正是如此，且中式法国段子的形成更是一种集体无意识的活动。就像常凯申一样，它最初是在专业著述中出现，但却在口耳相传中成为了一个热梗。中式法国段子也是发端于严肃的史料或是历史研究论著当中，但却在这些著述的读者手中成为了令人捧腹的笑话。创作者的自由创作造成了"失误"或是成品，读者的自由创作将其转变为热梗或是段子。在这一过程中，读者的自由通过作品得到承认，而作者的自由也在读者的阅读中被肯定[23]。

同时，中式法国段了在本质上也体现为了一种"介入"，因为它的题材常常能够和当下紧密联系起来，既有对当下生活的讽刺调侃，也有对时局政治的曲折反映。因此，"介入"也是中式法国段子的成因之一。萨特认为文学创作就是行动，就是介入社会生活，就是战斗[24]。中式法国段子不是脱离社会生活而存在的事物，从表面上看它体现了当代年轻人参政议政和参与文化活动的愿望和诉求，从本质上看这是我国社会主要矛盾变化的一种体现。党的十九大以来，我国社会主要矛盾已经转化为人民日益增长的美好生活需要和不平衡

---

21 朱立元，《当代西方文艺理论》（第三版），上海：华东师范大学出版社，2020，第115页。

22 朱立元，《当代西方文艺理论》（第三版），上海：华东师范大学出版社，2020，第115页。

23 朱立元，《当代西方文艺理论》（第三版），上海：华东师范大学出版社，2020，第115页。

24 朱立元，《当代西方文艺理论》（第三版），上海：华东师范大学出版社，2020，第114页。

不充分的发展之间的矛盾。故而当我们的文艺还不能够很好地展示整个时代的特点时，曾经的读者们便打破了作家与读者之间的界限，借助互联网社交平台介入其中，开始了自己的创作。中式法国段子段子就是这种介入式创作的一个萌芽形态，将会在未来的发展中逐渐地扩充其篇幅，深化其内涵，成为一种成熟的文学形式。

从中式法国段子的文学成因来看，文艺工作者们应当深入到生活当中，尤其是新兴的互联网生活当中去，担负好创作符合新时代要求的，人民大众满意的文学作品之使命来，让中式法国段子向着健康的方向发展、成长。并且要比以往更加重视读者对于创作的感受，把读者当作是最好的老师，多向读者取经，让作品成为开放的、包容的且大众化的好作品。何为"大众化"？毛泽东在《在延安文艺座谈会上的讲话》中讲道："许多同志爱说'大众化'，但是什么叫做大众化呢？就是我们的文艺工作者的思想感情和工农兵大众的思想感情打成一片。"[25]中式法国段子用好了，就是一个实现大众化的好工具。

三、中式法国段子的意义

世间万物，生则必有其用。即使只是随感而发，吐槽生活点滴的段子也是如此。中式法国段子，因其鲜明的政治性和民族特色而出彩，也在一定程度上反映出了当代青年人的一些政治见解。作为一种新兴的文学形式，中式法国段子也不可避免地会遭遇到一个问题：它有什么用？文学的功用，是每一个文学研究者、爱好者都必须去思考的问题。在大多数人看来，文学是无用的。而这种观点也就犯了和庄子的好友惠施一样的错误：不得用之道也[26]。《庄子·逍遥游》：

> 庄子曰："夫子固拙于用大矣……能不龟手，一也；或以封，或不免于洴澼絖，则所用之异也。今子有五石之瓠，何不虑以为大樽而浮乎江湖，而忧其瓠落无所容？则夫子犹有蓬之心也夫！"[27]

拘泥于文学的实际功用，本身就已限制住了自己的视野。能拿来卖钱、做工固然为用，而能拿来愉悦身心、提升境界也是一种用。文学的功用——或是将其缩小至段子的功用——不是人用于交流或是具体使用的"外用"，而是观

25　毛泽东，《在延安文艺座谈会上的讲话》，《毛泽东选集》第三卷，北京：人民出版社，2009，第851页。

26　《庄子》，上海：上海古籍出版社，2020，第10页。

27　《庄子》，上海：上海古籍出版社，2020，第9页。

照内心，关注与自身发展情况的一种"内用"。其最终目的是推动人顺应自然和客观规律，通过对文学的学习，认识到主观内心与客观自然的距离，从而不断对自身进行否定之否定，虚怀若谷地看待世界。认识是永无止境的，所谓"道可道，非常道；名可名，非常名"[28]，就是说所有目前可以言说、解释的事物都是人类对这一事物的暂时认识而非这一事物真正的本质。矛盾不断变化，认识无限发展，"天之苍苍，其正色耶？"[29]当时的人们将天的颜色描述为苍天，是因为局限于生产力发展水平而不得有更深刻的认识。因此一切被定义了的事物都只是暂时的一种解释或是符号，将随着生产力水平的发展推动认识的提升更改其当前定义，这是人类离事物本质更进一步的表现。由此细化到文学之道，就是通过文字的编排，指引人们站在客观的角度寻找自身发展的规律，不争不言地终身学习，寻找内部矛盾，推动事物沿着客观规律的自然发展而不是站在主观的角度想着有什么作用，定什么规矩。这样为无为，则无不治[30]的文学之道对中式法国段子也是适用的。

而凡有作用，必得反响，这是某一文学形式的意义所在。文学无声地浸润社会，社会也将沉默地予以回应，反馈到人们的生活及文艺发展当中。如何认识中式法国段子的意义？答案是从直接经验和间接经验入手——直接经验，就是中式法国段子创作者和阅读者的直观感受；间接经验，就是从理论角度，尤其是马克思主义中国化的理论进行分析。概括来说，直接经验方面的认识为代表新时代的"风"；间接经验方面的认识为中式法国段子背后，唯物史观对唯心史观的打击。

（一）代表新时代的"风"

《诗经》是我国古代第一部诗歌总集，因共收录 305 篇诗，故又称"诗三百"。诗经分为风、雅、颂三部分，其中艺术成就最高的部分为"风"。"风"中的诗篇，许多是民间歌谣，也有士大夫收集而来再度加工的作品。"风"内容广泛，语言质朴，词汇丰饶，节奏鲜明，比喻形象生动，多用比兴的艺术手法[31]。来自于民间的语言赋予了"风"长久的生命力，直到今天依旧能够引起读者的共鸣。它涉及到了人们生活的方方面面，因而也具有了极大的代表性。

---

28 《老子》，上海：上海古籍出版社，2019，第 1 页。
29 《庄子》，上海：上海古籍出版社，2020，第 1 页。
30 《老子》，上海：上海古籍出版社，2019，第 7 页。
31 绿静评注，《诗经评注》，上海：上海三联书店，2018，第 2 页。

　　并且,《诗经》中"风"部分的可贵之处在于它所记录的许多脍炙人口的名篇不是老人或学者的专利,而是可以生动地与青年人的生活联系起来的。如在《静女》中,稚嫩的少男少女能够看到自己追求美好爱情时的可爱与滑稽;在《葛覃》中,已开始婚姻生活的人能看到自己婚后思亲和得归的期盼与喜悦;在《葛屦》中,囊中羞涩,苦苦奋斗的普通人也会为缝衣女的悲惨遭遇潸然泪下;在《北门》中,自嘲为社畜的年轻人也看到了古人和自己一样在发着任务繁重,工作压身却又只能说给自己听的牢骚。《论语·阳货》有云:"诗可以兴,可以观,可以群,可以怨,迩之事父,远之事君;多识于鸟兽草木之名。"[32]它的用途广,受众广,且因多来自于民间而显得幽默泼辣,直截了当。而在当代文艺中,中式法国段子同样具有这些特点:

　　首先,作为段子,令读者捧腹大笑或是笑后沉思以寓教于乐是必备的因素。

　　其次,语言通俗俏皮,甚至会有"德国佬""英国佬"这种略显无礼的称呼。

　　再次,修辞简单,基本只使用对比手法。

　　最后,主题明确,含义简明,不用费心思揣摩,且同现实生活紧密相关。

　　因此,中式法国段子完全可以代表是距春秋战国几千年后,出现在新时代的"风"。

　　但有一点要注意的是,中式法国段子只能代表新时代的"风",而不是完整的新时代的"风",新时代的"风"应该是整个段子。这一问题与本文关系不大,故不在此多加赘述。但中式法国段子的范围应该被划定出来:即它代表了多如牛毛的段子中反映当代青年人对政治、外交和军事史方面的意识。这也象征着互联网技术高速发展的时代,"键政"圈子的扩大。所谓"键政",意为键盘政治,即对政治感兴趣的网友借助互联网社交平台对某政治事件或外交活动、军事行为进行评述,交换看法。一个圈子的扩大,或是说大众化,就必然要向下里巴人的方向发展,容纳更多的业余爱好者参与其中;而业余爱好者的大量涌入势必也会稀释掉曾经这个小圈子的专业性,最终实现专业和业余平衡。中式法国段子便是这种资深键政评论者与业余爱好者之间碰撞与妥协的产物,从小圈文化变成了大众文化。

　　中式法国段子背后的"键政"圈子扩大折射出当代青年人积极参政议政的

---

32 宝楠撰,高流水点校,《论语正义》,北京:中华书局,2020,第689页。

意识和强烈的集体主义意识。"不知言，无以知人也。"[33] 几千年的春秋战国，孔子给了《诗经》极高的评价，是因为《诗经》中的篇目有助于人知言知人，达到可用之与人善交的地步。几千年后的今天，中式法国段子和《诗经》在一定程度上也起着同样的作用。但同样也要注意，互联网时代的交往中是使用中式法国段子，而不要局限于中式法国段子。应以包容万物的心态，推动新的段子形式出现。

（二）对唯心史观的打击

毛泽东在《唯心历史观的破产》中写道：

> 中国人之所以应当感谢艾奇逊，又不但因为艾奇逊公开地宣称，他们要招收中国的所谓"民主个人主义"分子，组织美国的第五纵队，推翻中国共产党领导的人民政府，因此引起了中国人特别是那些带有自由主义色彩的中国人的注意，大家相约不要上美国人的当，到处警戒美帝国主义在暗地里进行的阴谋活动。中国人之所以应当感谢艾奇逊，还因为艾奇逊胡诌了一大篇中国近代史，而艾奇逊的历史观点正是中国知识分子中有一部分人所同具的观点，就是说资产阶级的唯心的历史观[34]。

毛泽东在这篇文章中指出了一种唯心的历史观，并讽刺地称之为"胡诌"。这种历史观的一大特点就是讲神话，用似是而非的观点掩盖住推动历史进程的真正动力。毛泽东在 1949 年写下此文的目的，就是针对于美国前国务卿迪安·古德哈姆·艾奇逊（Dean Gooderham Acheson, 1893-1971）提出的中国革命发生原因进行驳斥。艾奇逊提出的原因可概括为以下两点：人口众多和西方影响。首先是人口多了，吃饭的嘴就多了，慢慢地也就导致饭不够吃，所以最后大家为了吃饭而打得头破血流。其次是西方在得到生产力的长足发展进入资产主义社会后，为落后的中国送来了以进取性的思想。但历史的真实面貌并非如此，革命的原因不是人口，而是剥削与被剥削，这个道理只能展示出艾奇逊作为一个美国人，毛泽东说"他连美国独立宣言也没有读过"[35]。同时，西方的坚船利炮固然带来很多先进的技术，但帝国主义国家的目的是变中国为

---

33 刘宝楠撰，高流水点校，《论语正义》，北京：中华书局，2020，第 769 页。
34 毛泽东，《唯心历史观的破产》，《毛泽东选集》第四卷，北京：人民出版社，2009，第 1509 页。
35 毛泽东，《唯心历史观的破产》，《毛泽东选集》第四卷，北京：人民出版社，2009，第 1510 页。

殖民地，而不是拯救中华民族于水火之中。中国革命战争所使用的指导思想固然也是舶来品，但那是没有掠夺性的马克思列宁主义而非资产阶级的"进取性"文化。且马克思列宁主义在进入中国后，也是进行了中国化的改造后方才使用，即马克思列宁主义来到中国之所以发生这样大的作用，是因为中国的社会条件有了这种需要，是因为同中国人民革命的实践发生了联系，是因为被中国人民所掌握了[36]。孙中山最终走向联俄联共的道路也是基于这种认识之上。

距离《唯心历史观的破产》一文发表已有 72 年的光景，但这种唯心历史观依旧在生长，并在新时代的文艺发展中和对中式法国段子的态度中有所体现。其在中式法国段子的创作当中主要萌生出两种观点，一种是"人口论"，即中式法国段子的火热发展是因为中国网民数量增多导致的，与其他无关；一种是"西方论"，或称"盲目媚外论"，面对中式法国段子如临大敌，生怕惹出大祸似的咋咋呼呼上纲上线。

人口论，自然是一种站不住脚的理论。网民数量固然增多，但随着信息时代的信息数量指数爆炸，所要参与的话题自然也会增多，从而分化网民。按这种道理来看，参与中式法国段子的网民应该分散或是减少才对。那么为什么会有众多网民参与到中式法国段子的创作与传播中呢？显然这是错误的看法。中式法国段子的大量创作及这一话题的大量参与体现的是一种诉求的表达，而非网民数量增加的单一结果。

西方论，其存在是可以被理解的，但不代表它是正确的。想得到发展就不能闭塞，就不能关起门来成一统，而要有拿来主义。但拿来主义的前提是平等的，不是外国的和尚更会念经、外国的月亮一定比中国圆的教师爷般的颐指气使。但一些中式法国段子的反对者则不然，他们不把当前流行的中式法国段子当做一种大势所趋，而是还固执地认为经过七十多年发展的新中国与西方国家依旧存在着巨大差距，并因此生出点畏惧感。于是在面对中式法国段子时就要"语重心长"或是"连哄带吓"，闹出些认不清历史发展潮流的笑话来：

> "哎呀！怎么能这样搞？法国是发达国家，我们很多地方落后着呢，你们搞这些不合规矩！他们在军事上有很多值得借鉴的地方——"

> "嘻！跪着的要给站着的当老师！"

---

36 毛泽东，《唯心历史观的破产》，《毛泽东选集》第四卷，北京：人民出版社，2009，第 1515 页。

这样一来，原本的目的没达到，反倒是成就了又一个中式法国段子。这里就凸显出了中式法国段子打击唯心史观的作用。中式法国段子数量的不断增多就是对唯心史观最好的打击。不过有一点要注意的是，对唯心史观的打击是为了更好地团结力量，帮助不能理解这一潮流的人理解这一潮流，从而共同奋斗。掌握或是没有掌握潮流的人都不必骄傲自满，团结起来发展才是真谛。

总而言之，作为一种新兴的文学形式，中式法国段子有着很强的大众性和包容性。我们应该对它采取欢迎与积极引导的态度，以促进新时代中国文艺的发展。中式法国段子的存在将是长久的，对社会的作用将是深远的，值得日后更为深入地整理研究。

《庄子》"浑沌之死"与
《堂吉诃德》"头脑灵清"

　　庄周"既是一个哲学家，又富于诗人气质"[1]，其重要作品《庄子·应帝王》中的"浑沌之死"是"内七篇"最后一篇的最后一则寓言，起到了总结归纳的作用，历来为研究者所重视。这则寓言中出现的两个人物儵和忽看似是帮助混沌"视听食息"[2]，认清世界，而实际上却把混沌推向了死亡。西班牙文学黄金时代的代表作家、"现代小说家之父"[3]米盖尔•德•塞万提斯·萨阿维德拉（Miguel de Cervantes Saavedra, 1547-1616）的代表作《堂吉诃德》(*Don Quijote de la Mancha*）的结局与之有着相似之处，都是戛然而止，也都是现实的本来面目被戳破：白月骑士一回合间击败堂吉诃德，是致使其最终头脑灵清离开人世的导火索。同时，混沌的反义词正可以是灵清。但浑沌之死没有让人获得灵清，获得灵清的人失去生命。故本文选取《堂吉诃德》的结局，旨在通过对堂吉诃德的结局与《庄子》中"浑沌之死"这则寓言的对比，揭示出庄子和塞万提斯提出的一个共同问题：要不要去戳破生活的本质？并整理归纳出他们对这一问题的解答，从而为理解庄子思想和堂吉诃德形象提供一个新视角。从总

1　章培恒、骆玉明主编，《中国文学史》上卷，上海·复旦大学出版社，1997，第129页。

2　《庄子》，上海：上海古籍出版社，2020，第100页。

3　"现代小说家之父"：这是查尔斯·约翰·赫芬姆·狄更斯（Charles John Huffam Dickens）、居斯塔夫·福楼拜（Gustave Flaubert）、列夫·托尔斯泰（Leo Tolstoy）对塞万提斯的评价，详见：郑克鲁、蒋承勇主编，《外国文学史》（第三版）上，北京：高等教育出版社，2015，第82页。

体上看，《庄子》与《堂吉诃德》对这一问题的提出形式可以分为主动式和被动式的，也可以文学化地概括为逍遥与狂欢之后。

一、逍遥：不要戳破生活本质

庄子是一个随着时代进步愈发闪耀的道家代表人物。其文风俊逸疏狂，自在活泼。相比于道家的另一位代表人物老子的"如龙"，庄子更像个快乐的老头儿。他的话语虽潇洒，但其中有很多具体的处事方法，因而较老子更显亲切。他所提出的"逍遥"境界，更是千百年来无数人所追求的目标。关于如何实现逍遥，庄子在"内七篇"中给出了答案，或可以解释为"糊涂"，或可以解释为"自适"，仁者见仁智者见智。

（一）从"逍遥游"到"应帝王"

《庄子·应帝王》：

> 故夫知效一官，行比一乡，德合一君，而征一国者，其自视也亦若此矣。而宋荣子犹然笑之。且举世誉之而不加劝，举世非之而不加沮，定乎内外之分，辩乎荣辱之境，斯已矣。彼其于世，未数数然也。虽然，犹有未树也。夫列子御风而行，泠然善也，旬有五日而后反。彼于致福者，未数数然也。此虽免乎行，犹有所待者也。若夫乘天地之正，而御六气之辩，以游无穷者，彼且恶乎待哉！故曰：至人无己，神人无功，圣人无名[4]。

想要理解处于"内七篇"尾部的"浑沌之死"，就必须从头开始，对庄子的思想体系进行一个梳理，搞清楚从"逍遥游"到"应帝王"，庄子究竟说了些什么。而这一过程必然要从总领全局的《庄子》首篇"逍遥游"开始谈起。

"逍遥游"全篇铺排寓言，只有上面所选取的一段是庄子的直接说理。而在这段话之前，庄子通过所谓的《齐谐》和汤与棘的谈话就鹏迁徙至南冥这件事情进行反复叙述。通过此寓言后面的庄惠之争可以得知，庄子是想通过鲲鹏与小虫的对比，表现出不必拘泥于小大之辨的思想。但从后世的反映来看，这则寓言似乎起了相反的作用，脱离了庄子的本意——李白杜甫李清照等名家将鲲鹏描述成了远大的象征；百姓多以"鹏"字作为男孩子的姓名，寓意展翅翱翔的现象正可说明这一点。大众普遍把鲲鹏理解为一个宏图大展的形象，与世俗的功名紧密联系。但庄子是一个只做过几天漆园吏的洒脱之人，平生所志

4　《庄子》，上海：上海古籍出版社，2020，第5页。

乃"吾将曳尾于涂中"[5]。这样的一个人怎会生出这种求取高升的心思呢？况在"齐物论"一篇中，庄子更是留下了"天地与我并生，而万物与我为一。"[6]的名句。天地万物都已与庄子成为一体，于他而言又能生什么小大之辨呢？故将鹏当成志向高远甚至既得逍遥者的代表实在是一种误读。因为在庄子的世界中，志向根本无所谓高远还是低下，都一样。

那么抛弃掉文人对鲲鹏的赞美而回到"逍遥游"原文当中去，我们可以看出庄子并不是很欣赏鲲鹏的做法。方以智云："鲲本小鱼，庄子用为大鱼之名。"[7]将小鱼之名用于大鱼，就很能说明问题了。一来可以认为，这是庄子重道而轻名的观点让他不把名看作是什么重要的东西，于是随意提笔一写，就将小鱼之名用于大鱼了；二来可以认为，这是一种齐物论的观点，世间万物无所谓大小，既然皆是有所倚靠方能生存之物，那么彼此就都是同类，都要划分到"有所待"一类去。小小的鲲想要化为大大的鹏，这其中要经过很多的程序与艰辛方能实现。然而虽则是成了大鹏，可依旧是有所待的，甚至要有"三月聚粮"[8]的过程。且根据后面的"应帝王"来看，北冥之主，南冥之主，一个儵，一个忽，都是神速的意思，在本质上没有什么区别。因此北冥、南冥间隔虽远，但也只是一个大点的榆枋罢了。大鹏并不比蜩与学鸠高明多少。甚至若没有风力的加持，大鹏就会从天上摔下来，结局可能还不如两条小虫。

如此，庄子以为，达到逍遥的境界是无所谓大小的。或是说，天地万物都没有什么大小之别，皆可顺应自然，以得逍遥自在。虽然物的大小在很多时候限制住了思考能力、眼界范围而产生了所谓的隔阂，也会出现前已有冥灵、大椿的情况下却以彭祖为久的悲事。但在生活的层面上来看，无论大小，万物皆有自适之处。可自适之处的不同（两冥和榆枋）又会引发出小大之辨的矛盾：鲲鹏和蜩与学鸠之间的相互不理解，正是"小知"与"大知"，是满足于小确幸还是大功业？但小大之辨的调和也在此体现，即他们或大或小都有功名利禄之求。无论"适莽苍者"[9]还是"适千里者"[10]，终会为外物所制，不得真正的逍遥快乐。而真正能够脱离于此的是藐姑射之山上居住的神人，他们才能做

5 《庄子》，上海：上海古籍出版社，2020，第 197 页。
6 《庄子》，上海：上海古籍出版社，2020，第 24 页。
7 《庄子》，上海：上海古籍出版社，2020，第 2 页。
8 《庄子》，上海：上海古籍出版社，2020，第 1 页。
9 《庄子》，上海：上海古籍出版社，2020，第 1 页。
10 《庄子》，上海：上海古籍出版社，2020，第 1 页。

到"至人无己，神人无功，圣人无名"[11]。在这里，庄子便和老子之间形成了连接——毕竟老子也是讲究这样的理念："是以圣人处无为之事，行不言之教。万物作焉而不辞，生而不有，为而不恃，功成而弗居。夫唯弗居，是以不去。"[12]道家的圣人，向来不会在手里握紧什么东西或是在乎什么名号的。

但是，庄子也很清楚，他所面对的毕竟是人间世而非藐姑射之山，既生活在人间世，就必须与外物外人有所交集，这便只能获得相对的无所待。对于普通人的无所待，庄子随即推出了"野马（尘埃）"：微不足道的"野马（尘埃）"的"游"没有明确的目标，吹到哪里算哪里，反而成就了"逍遥游"[13]。这就让普通人也能够在纷乱的世界得到快活。庄子在这里描写了一个叶公子高使齐的寓言，借孔子之口阐述了自己的看法：

> 仲尼曰："天下有大戒二：其一，命也；其一，义也。子之爱亲，命也，不可解于心；臣之事君，义也，无适而非君也，无所逃于天地之间。是之谓大戒。是以夫事其亲者，不择地而安之，孝之至也；夫事其君者，不择事而安之，忠之盛也；自事其心者，哀乐不易施乎前，知其不可奈何而安之若命，德之至也。为人臣子者，固有所不得已。行事之情而忘其身，何暇至于悦生而恶死！夫子其行可矣！
> 丘请复以所闻：凡交，近则必相靡以信，远则必忠之以言，言必或传之。夫传两喜两怒之言，天下之难者也。夫两喜必多溢美之言，两怒必多溢恶之言。凡溢之类妄，妄则其信之也莫，莫则传言者殃。
> 故法言曰：'传其常情，无传其溢言，则几乎全'。"[14]

庄子认为，言则易生事端，故能不言则不言，以保长久。而需发言时，要旨就在传其常情，尽量保持原貌，尽心尽力就好。人生下来就担负着自然责任和社会责任，自然责任便是父母生养成人后，需回头尽孝；社会责任便是事君上之命，尽忠为国。人若是能够在为父母和君上做事时可以最大限度地抛弃掉自身的私情私利，那就可以在多重的限制中找到一方逍遥的天地了。这种对无我境界的追求，与老子第七章"非以其无私耶？故能成其私。"[15]的思想一脉

---

11 《庄子》，上海：上海古籍出版社，2020，第1页。

12 《老子》，上海：上海古籍出版社，2019，第4页。

13 张和平，《"无待"新释》，《厦门大学学报》（哲学社会科学版）2021年第5期，第170-171页。

14 《庄子》，上海：上海古籍出版社，2020，第49页。

15 《老子》，上海：上海古籍出版社，2019，第5页。

相承。人一旦陷入到求私的泥潭当中去，就不好再爬出来了。为一己私欲的满足，人便会违背大道，去争夺抢掠，勾心斗角。事端一起，难寻宁日。人处其中，又岂能安身自处？正所谓"一受其成形，不亡以待尽。与物相刃相靡，其行尽如驰，而莫之能止，不亦悲乎！"[16]庄子悲的是众人于人间世而不得养生主。

但庄子也并非一味批判世俗的清谈家，他例举了几个榜样，以让世人学习，比如王骀、哀骀它，还有著名的厨师庖丁。庖丁的刀能够使用十九年依旧如新的一样，是因为他遵从了道，故而能够避开繁复而直取要害。这是庄子眼中得养生主的表现。能得养生主者，其人顺律而行（无为而无所不为），德充于心而自适（《德充符》一篇中那几个外表有缺陷而内在有大德的人就是例子），以道为师（《大宗师》一篇的要旨），成为了"无心而任乎自化者"[17]。在庄子眼中，这样的人才能做人间世的帝王。

梳理至此，我们可以得知，《庄子》的"内七篇"呈现出了一个从大到小，从高到低不断细化的结构。从凡人难以触及的逍遥游之境到具体的可称帝王的人该是什么样子，庄子都通过生动的语言给出了答案。只有在此基础上，方可对有总结意义的"浑沌之死"展开一个分析。

（二）"浑沌之死"的内涵

《庄子·应帝王》：

> 南海之帝为儵，北海之帝为忽，中央之帝为浑沌。儵与忽时相与遇于浑沌之地，浑沌待之甚善。儵与忽谋报浑沌之德，曰："人皆有七窍，以视听食息，此独无有，尝试凿之。"日凿一窍，七日而浑沌死[18]。

"浑沌之死"这篇寓言并不长，含义也不像庄子其他的寓言那样晦涩。总得来看，它是对前面思想的一个归纳整理。一方面，这则寓言告诉我们，每个人或每个事物各有自己运行的规律，如不能顺应客观规律做事情，就会导致失败和挫折，这是符合大众所认知的道家思想的。但另一方面，被凿出了七窍的混沌就此死去，是否也说明，对于生沽的本质我们不要把它揭穿戳破的道理呢？不彻底认识某物，而是始终处于对某物的认识过程，这种观点并不悖于道

---

16 《庄子》，上海：上海古籍出版社，2020，第 15 页。
17 《庄子》，上海：上海古籍出版社，2020，第 92 页。
18 《庄子》，上海：上海古籍出版社，2020，第 100 页。

家思想，甚至可以说这个观点总领了道家思想，《老子》卷首句云："道可道，非常道；名可名，非常名。"[19]所以沿着这个思考继续深究是有价值的。

首先按照逻辑推理的方式来看，儵和忽的话似乎并不是荒谬无稽的。他们认为人皆有七窍，所以推测出混沌也应当有七窍的结论。有七窍难道不好吗？要知道人正是有了七窍，才可以去认识、理解和改造这个世界的。在七窍的帮助之下，人们知道了食物的滋味，花的味道和自然的美丽，好像越来越明晰了世界的样貌，越来越能够认清何是何非。但庄子却对此不屑一顾——在"齐物论"一篇中，庄子对那些争是非的儒墨之士表现出了批评的态度；在"养生主"中，又发出"吾生也有涯，而知也无涯。以有涯随无涯，殆已！"[20]的不要随便就去追求绝对真理的劝诫。庄子认为，对是非的思虑过甚是不利于人的身心的。各人自有各人不同的一套标准，我之蜜糖也许是彼之砒霜。所以不必太过认真地辨析什么是非，参透、戳破生活本质不是一件好事。

从文学作品的角度去观察能够发现，穷尽一生去戳破生活本质对俗人确实没有什么好处。比如《红楼梦》里那个唱着《好了歌》的跛足道人，固然被读者当做是大彻大悟之人，对他或是赞叹或是感慨。但若真让凡世俗人和甄士隐一样，跟随跛足道人，了却掉歌词里的那些功名、金银、娇妻、儿孙恐怕是难以办到的。这样来看，曹雪芹倒像是用《红楼梦》给庄子的思想做了个注解，他直接指出了生活的本质是荒谬的、无望的，并给出了个"好一似食尽鸟投林，落了片白茫茫大地真干净！"[21]的反大团圆结局。任何东西追求过甚都会招致灾祸，只是曹雪芹笔下贾府的荣华富贵与人的物质生活密切相关，所以贾府的千金散尽给读者带来了极大的视觉冲击，才更能让读者深刻地明白这个道理。

同时，穷尽一生去戳破生活本质在道家看来也是一场以生命为代价的消耗。给混沌凿出七窍来，实质上是让混沌不能够再修养生息而必须大量消耗，七窍是个出口，其含义在这里就是消耗。庄子继承了老子的思想，讲究不言，而言发于口，正是人之一窍。辩士们天天唇枪舌战，最后的结果却是"近死之心，莫使复阳也。"[22]他们常以真理越辩越明为座右铭，但道却是惟恍惟惚的存在，永远没有一个固定的名可以为之定义而成绝对真理，因此就会越陷越深，消耗也就越来越大，外在的张扬必然会使内在空虚，最终就是竭尽全力而

19 《老子》，上海：上海古籍出版社，2019，第 1 页。
20 《庄子》，上海：上海古籍出版社，2020，第 36 页。
21 曹雪芹、无名氏，《红楼梦》，北京：人民文学出版社，2018，第 86 页。
22 《庄子》，上海：上海古籍出版社，2020，第 14 页。

不得。因此戳破生活本质，其实就是戳破了自己的生命。这一论点在道家的本源性著作《老子》中也可以找到依据："持而盈之，不如其已。"[23]"朴散则为器，圣人用之，则为官长，故大制不割。"[24]"善者不辩，辩者不善。"[25]即使是道也不要过分去追求，方能守一以得长久。这是种不求道方能真得道的朴素辩证法。

前文已提到过，"浑沌之死"本身是一个有着归纳总结性质的寓言。混沌的死亡，体现出了庄子内心中不愿戳破生活本质的态度，也许他和老子一样，本欲一言不发地离开这个世界，但他实在是一个眼冷而心热的好老头儿，因此才在乱世中留下了几篇洋洋洒洒的文章，希望读到的人能够凭此方法获得人生的解脱，而不要在乱世中乱了心思，以求长久平安。他同时也希望苦苦追求生活本质的人能够放下这种执念，而是在有限的时日里过好自己的一生。这种思想让中国人成为了世界上对生存有着最强烈欲望的一批人，在很多文学作品中都能看到一个乐观的主人公在大灾大难后仍旧积极面对生活，并得到一个大团圆的结局。但这种思想其实也为我们埋下了一颗阿Q的种子，总会有好死不如赖活着的想法冒出。可无论好坏，这种思想都将继续伴随中国人走好之后的路，延续万代。

不去主动戳破生活本质，而是想想怎么愉快度过一生的思想在西方的文学作品当中也有体现，这就是西班牙的国宝级作品《堂吉诃德》。追求俗世快乐是文艺复兴时期人文主义的一种生动体现，但与庄子的"浑沌之死"相比，塞万提斯更多地则是向大家描绘出了一幅"生活本质被戳破"会怎样的图景而不是主动劝告人们不要戳破生活本质。这是一个被动式的文学表现，是一场狂欢的戛然而止，我们姑且将其称之为"狂欢之后"。

二、狂欢之后：白月骑士刺穿了什么

人的视角不同，看待事情的方式自然也就不同。站在普通读者的角度看堂吉诃德这个人物，有的人会说他是个疯子，有的人会说他是个失败了的英雄；站在文学研究者的角度看，堂吉诃德这个人物是西班牙文学的象征，散发着永恒的光辉；站在桑丘·潘沙（Sancho Panza）的角度看堂吉诃德这个人物，可能会认为这是个不太安分的主子；但若是站在堂吉诃德的角度来看堂吉诃德

---

23 《老子》，上海：上海古籍出版社，2019，第19页。
24 《老子》，上海：上海古籍出版社，2019，第59页。
25 《老子》，上海：上海古籍出版社，2019，第214页。

这个人物呢？那么他既不疯癫（谁会说自己是个疯子呢？），也没有永恒的光辉（那是历代优秀的骑士才配拥有的东西），更不是什么不安分之人（魔法师、巨人才算是）。在堂吉诃德自己看来，他只是个骑着一匹骏马四处流浪，惩恶扬善以图恢复黄金时代的游侠罢了。既不伟大，但也不该被当成异类。

然而当周围人物（自然是虚拟的书中角色）乃至作品之外的作者、读者与评论家都赋予了堂吉诃德以"疯癫"的性格时，那么他的游侠之路也就成了一个人的狂欢。毕竟，即使是自己的创造者也不能真正地理解自己，那这场狂欢还能有谁参与呢？因此堂吉诃德从一出生就注定了孤独。也许只有桑丘——这位无脑跟随堂吉诃德，只管堂吉诃德许诺给他的，从不考虑现实的可能性"[26]的朴实到有些憨傻的农民仆从才能给他一点安慰。

但我们的探究能够从堂吉诃德本人的视角入手吗？答案是否定的。我们谁也不是堂吉诃德本人，又怎能完全带入他的视角呢？这样一来就又要陷入"子非鱼，安知鱼之乐？"[27]的濠梁之辩怪圈中去了。我们的探究能且只能从中国读者的视角去切入，用在中国哲学、文学和意识形态的熏陶下形成的观念对堂吉诃德的形象进行解读，赋予堂吉诃德他国化的意义。这中间肯定会有文化过滤和文学误读的情况出现，但这个过程是有价值的。曹顺庆主编的《比较文学概论》（第二版）论述道：

> 文学的他国化研究填补了比较文学的空白。文学的他国化是比较文学变异学最突出的现象，其产生的基础就是文学的变异性。在文学的他国化研究中必须始终把握住文学的变异性，并在变异的基础上来研究文学的他国化[28]。

曹顺庆主编的《比较文学概论》（第二版）还有进一步的论述：

> 充分重视文学的他国化，有助于重建中国当代文论……文学的他国化研究，有利于分析"失语症"的根源，同时，也能探寻解决"失语症"的方法，最终有利于中国文化软实力的增强[29]。

---

26 李瑾，《〈堂吉诃德〉的狂欢性：形象·语言·叙事》，《兰州教育学院学报》2020年第6期，第17页。

27 《庄子》，上海：上海古籍出版社，2020，第198页。

28 曹顺庆主编，《比较文学概论》（第二版），北京：人民大学出版社，2017，第160页。

29 曹顺庆主编，《比较文学概论》（第二版），北京：人民大学出版社，2017，第160页。

当我们总是使用西方的视角和理论去进行文学研究时，难免会生出强扭的瓜不甜之感。即使是评价我们的伟大诗人李白和杜甫，也要用西方话语中的浪漫主义和现实主义来概括。这实在是一种憋屈的事情。所以在中国特色社会主义新时代，我们不仅要力求回归传统，去尝试用中国的视角和文论解释中国的作品；更要开放兼容，吸收归纳，用中国的视角和文论去解释西方的作品，以治好我们的失语症，输出我们的文化观念。故下文将以中国传统的文学及思想去做解释《堂吉诃德》之结局的尝试，并发掘出庄子与塞万提斯提出的共同问题，以达成一种微小的文化输出与融合。

（一）突兀结局

如果将塞万提斯对"生活本质被戳破"的描写比作一幅油画，那么色彩最浓烈的地方就是全书的结局了。从结局的设置看，《堂吉诃德》未免太突兀了一点。白月骑士（Caballero de la Luna Blanca）好像凭空就出现在了堂吉诃德主仆二人的旅途上，然后一个冲锋击倒堂吉诃德，使其从此一蹶不振，最终死去。即使是最易吸引读者阅读的决斗场景，塞万提斯也只是轻描淡写，一笔带过：

> 当时既没有号角发令，也没有军乐响起，交战双方却几乎同时勒缰回马。白月骑士显然更为轻巧，一路跑完全程的三分之二，直扑堂吉诃德。他虽然有意高举长矛，可是冲刺过猛，一下子撞倒洛西南特和堂吉诃德，使他们重重摔在地上[30]。

从全知视角上分析，这场决斗带给堂吉诃德的遗憾绝不止有战败这一个因素那么简单。在白月骑士之前，堂吉诃德所遇到的都是自己臆想出来的妖魔鬼怪、主动找上门去比武的无辜人士或意欲耍弄堂吉诃德的达官贵人，除了白月骑士外没有谁是真正要以骑士道的方式与他进行一场光明正大对决的。但当他好不容易遇到了一位同道中人时，却以这样仓促的方式结束了战斗，对他而言自然也是种失落。总得看，在游历目标的实现上，《堂吉诃德》经历了一个从肯定到否定的过程。堂吉诃德在人生的最后阶段彻底否定了一生的所作所为，最终带着对自我的否定悲惨地离开了人世。临终时他说："我的头脑清明豁朗了，完全摆脱了愚妄昏聩的阴影。""如今我看清了这类书籍的荒诞无稽，只可惜我醒悟得晚了一些，来不及读另一些启迪心灵的书籍，聊以

---

30 ［西班牙］塞万提斯著，《堂吉诃德》，董燕生译，北京：北京燕山出版社，2019，第 965 页。

补救。"[31]他临终前要求烧毁所有骑士小说，而且要求他的外甥女不能嫁给读过骑士小说的人，否则将得不到遗产。他终于在无法承受的哀痛中告别了他的幻想世界，恢复了理智，命归黄泉了[32]。

只交一合而被斩落马下的往往是一部小说的配角，而这种情节存在的意义就是凸显主人公的神勇无双，个中典例自然是《三国演义》里惨死在关羽刀下的无数亡魂。但塞万提斯却以一种反常情节，将马上马下的人调换了过来，狼狈不堪的是主人公，耀武扬威的是挑战者。这样的设置别出心裁，具有很强的文学启发性。而也就是在这里显露出这场和白月骑士的决斗与"浑沌之死"的相似性——倏忽之间，生活本质被突然戳破（对应堂吉诃德的遗嘱），于是人猝然走向死亡。

在文学作品中，生活本质的被戳破往往就是这么突然。而戛然而止恰恰也是《堂吉诃德》这种出色的"行路式"小说共有的特征。如明代作家吴承恩创作的神魔小说《西游记》就有这个特征。《西游记》的故事在中国可谓家喻户晓，妇孺皆知。简单概括，就是历经九九八十一难求取真经。小说写到第九十九回，师徒四人还在通天河的老龟那里遭了一难，但到了第一百回就突然被封了斗战胜佛、净坛使者等法号，成了被后世供奉，无色无相的神。而师徒四人的性情和特征更是在登上灵山后便发生了巨大的转变。原本一路上嬉笑打诨，张口便是"该她一世无夫""我就是你外公"等粗俗语言的孙悟空突然感谢唐僧助其修成正果，好吃懒做、食肠甚为宽大的猪八戒也在登上灵山后不再对人间烟火食有什么兴趣。甚至是灵山中法力和修为最高的如来佛祖，在师徒四人登上灵山之前，还能对着在自己手中撒了泡尿的孙悟空痛骂一句："我把你这个尿精猴子！"而在四人修成正果后又变成了一幅严肃端庄的样子。好像一登上灵山，一切就都变了，没有经过什么量变的积累——毕竟唐僧的三个徒弟行至天竺时尚且还没什么进步，好为人师而惹了场大祸。《西游记》与佛教密切相关，那么《西游记》中生活的本质必然也是收心成佛，可就这样草草地成了佛，也着实令读者怅然若失。《西游记》如此，《堂吉诃德》亦如此。而更耐人寻味的是，取得真经回到东土大唐后，唐僧方欲登台讽诵时，师徒四人便被现出真身的八大金刚接走，复转灵山。真经里所载自是成佛之道，而不将其语于

---

31 ［西班牙］塞万提斯著，《堂吉诃德》，董燕生译，北京：北京燕山出版社，2019，第1017页。

32 刘爱琳、徐伟，《骑士与圣僧：〈堂吉诃德〉〈西游记〉叙事艺术比较》，《江苏社会科学》2020年第6期，第199页。

众人，想来也是有不将生活本质戳破的含义在里面。并且，从美学效果上讲，《西游记》则是一部以正剧的形式展开叙述，但却充满了喜剧色彩的作品[33]。欢乐的气氛在作者高超的写作技巧中练就，读者也随之自然忘掉了什么追求与贪妄。

同时，《堂吉诃德》的突兀结局不仅体现在堂吉诃德的突然醒悟和死亡，还体现在了其友人态度的突然转变。之前一直苦苦劝诫堂吉诃德勿将生命耽于骑士小说和骑士道的人们在结局时却一转态度，成了堂吉诃德骑士道的"坚定支持者"。塞万提斯在《堂吉诃德》中写道：

> "您这是怎么了，堂吉诃德先生？我们刚得到消息，说是杜尔西内亚小姐已经摆脱魔法了。再说，咱们眼看就要去当牧人，像王公贵族那样吟唱度日了，您怎么反倒想去隐居山寺？求求您，别瞎说，想好了，别乱琢磨！"[34]

当堂吉诃德终于从骑士小说中脱离出来后，在外人的干涉下结束了一个人的狂欢后，众人却又劝他"重返迷途"，继续做他的骑士游侠去。一个人的狂欢之后是什么？是一群人浮于表面的伪狂欢。他们的目的或是为了安慰将死之人，或是为了安抚又犯了一门病的疯子。虽然目的各不相同，但不得不说，堂吉诃德的善良让他交到了不少好朋友。他们在堂吉诃德生活的本质被戳破后又尽力缝补，佯做迷狂以求堂吉诃德健康长寿。但也是这群人想出了白月骑士的主意，戳破了堂吉诃德生活的本质，让他从自我运行的规律中走了出来，实在是矛盾。

堂吉诃德的突兀结局还体现在了被白月骑士击败后，那些捉弄堂吉诃德的人又该怎么办上。塞万提斯叙述了堂吉诃德在友人赞颂声中安详死去的样子，但没有描绘在他身后那些以他的疯癫为乐的达官贵人们如何自处的图景。失去了堂吉诃德，他们也必然减少了不少的谈资和笑料。堂吉诃德的疯癫行为所造成的狂欢，其实也起到了一个涟漪式的蝴蝶效应，即贵人们为了拿他开心而绞尽脑汁的行为，在无意识中掀起了一场贵族阶级的脑力狂欢。但这种狂欢也随着堂吉诃德的醒悟和死亡猝然停止。失去了堂吉诃德，贵人们是去寻找新的乐子？还是从堂吉诃德的死中得到了某种启发转而做善事？抑或是痛苦地

---

33 刘爱琳、徐伟，《骑士与圣僧：〈堂吉诃德〉〈西游记〉叙事艺术比较》，《江苏社会科学》2020 年第 6 期，第 200 页。

34 ［西班牙］塞万提斯著，《堂吉诃德》，董燕生译，北京：北京燕山出版社，2019，第 1018 页。

不能自拔，继而去祭拜一下堂吉诃德？塞万提斯没有给出答案。但塞万提斯没有给出答案这件事情本身，不就是不点透《堂吉诃德》这部小说所建构的世界与生活的本质吗？！

（二）共同之问和中国化

庄子与塞万提斯之间有什么实际接触吗？答案是没有。庄子的人生中从来就没有出现过塞万提斯这个人，就像塞万提斯这辈子也不知道庄子是谁一样。但巧合的是，他们都在一个同样性质的时代里提出了要不要去戳破生活的本质的问题来。

所谓同样性质的时代，指的是他们都处于文明形成完备体系的前夜。百家争鸣之后，中华大地又历经了秦始皇嬴政的尊法家、汉高祖刘邦的推行黄老和汉武帝刘彻的"罢黜百家，独尊儒术"[35]后，最终形成了绵延千年的封建社会体系；而西方也是从文艺复兴开始，经过几个世纪的思想碰撞，方形成了现在的资本主义政治体系。庄子和塞万提斯固然伟大，但受到了时代本身的限制，又有谁能够做到一眼便望穿百年千年以后呢？对人乃至社会的担忧迫使他们进行思考，以求得最佳的解决方案。在这种情形下，他们抛出了上文提到的这个问题，并给出了共同的答案：不要戳破。

但所谓的不要戳破，与后世理解的所谓"揣着明白装糊涂"又不一样。庄子和塞万提斯的目的是为了人能够得到真正的快乐，就像《十日谈》近似疯狂地讲一些桃色故事一样，大多数人应当去享受人生而不是苦修，尽力在有限的世界里获得最大程度的逍遥自在，而不是搞什么权谋争斗，韬光养晦。这一点鲁迅先生早就指出过，这种理解无非就是瞒和骗。沉浸在勾心斗角与所谓的高超话术里不能自拔，实在不得其真意。这样的后果就是曹雪芹起的两个颇具深意的名字：甄士隐，贾雨村。

不过，庄子和塞万提斯虽然有着共同之问，但产生这个问题的土壤不同，因此他们的本质也不同。可以概括为"一个在上，一个在下"。

在"齐物论"中，庄子看似已经超然忘我，甚至不在乎自己究竟是人还是蝴蝶了。但七篇文章中言辞激烈的辩白、呜呼哀哉的叹息还是体现出了庄子也终有所待的内心。在庄子的心中，站在世界最高处的是那些藐姑射之山上的至人，他们比宋荣子和列子都要高出一个等级；而宋荣子和列子又比鲲鹏高出一

---

35 张传玺主编，《简明中国古代史》（第三版），北京：北京大学出版社，1999，第167页。

个等级来。因此庄子提出这个问题，他最终是为了要得到一个如何成为至人的答案。从图南，到荣辱不加乎身，再到御风而行，最后到不食五谷，庄子的在提出这个问题的时候其实设置了一个很隐蔽的等级次序。这样的设置不太像道家，而有点像儒家。不过以孔子在《庄子》一书中出现的次数来看，庄子应该是个通晓儒家思想的人。故在创立自己的思想体系时，也必然会收到一点它的影响。庄子的所谓不戳破生活本质，其实是告诫人们专注于自己的内心，想办法让自己得到发乎于内的快乐与自由，最终达到最高境界，实现道家的最高理想。当一个人能够在任何情况下都能使自己开心时，那么他不就是一个至人了吗？

但塞万提斯提出的这一问题的本质在方向上与庄子完全相反。堂吉诃德，在众多读者心中是一个理想主义和英雄主义的化身，但塞万提斯自己只把他当成一个被骑士小说搞坏了脑子的疯狂乡绅。堂吉诃德的死其实是把理想主义无情的撕碎，告诫读者只有始终专注于现实和世俗才能好好生存。就像堂吉诃德与桑丘这顿主仆对于食物的态度一样，堂吉诃德秉承着骑士道理想，经常因为某些滑稽的原因便不去吃饭，可桑丘却从来不管这一套，少一顿都不行。所谓人是铁饭是钢，一顿不吃饿得慌。食物是人类赖以生存的基础，强悍如梁山好汉鲁智深在没吃饱的情况下都打不过崔道成和丘小乙，更何况瘦弱的堂吉诃德。可他却总想着小说里那些伟大的骑士，并以他们为榜样拒绝进食。对理想的坚持和对物质的反叛竟到了如此地步，塞万提斯就是要用这种近乎病态的追求向读者展示骑士小说对人的毒害。这里的骑士小说可以看作是中世纪占据了统治地位的宗教，仅仅看骑士小说是不行的，只听宗教教义也是不行的，人必须要生活，要过好凡夫俗子的每一天。而活着也就该像桑丘一样，想吃什么就吃点什么、嘴里要不停地询问商品价格、脑子里可以有点幻想但在现实面前必须保持清晰的头脑。塞万提斯并不像庄子似的，指望人能够成为至人。他只是强调人必须追求快乐，否定了理想。

《庄子》和《堂吉诃德》都是对本文明的文学发展产生了巨大影响的经典作品，而他们这种在形式上具有一致性、本质上却差异巨大的共同之问也体现在了后世文学作品和文艺生活的方方面面。庄子这种追求内心逍遥快乐的思想和儒家的昂扬向上、法家的论功行赏一结合，便让中国的文学作品始终有一种积极向上和诙谐幽默的思想贯注其中。古典文学"四大名著"中就充分体现了这种思想：《西游记》中充满孙悟空和猪八戒插科打诨的取经长路，《三国演义》中蜀汉政权对济世理想的不懈追求，《水浒传》中鲁智深路见不平一声吼，为天下苍生降魔的豪迈，即使是怀金悼玉的《红楼梦》，也有宝玉初试云雨情、刘姥姥进大观园这样的世俗情节出现。而落实到当代的文艺生活中更是如此，且带有了浓厚的地域性：东北的二人转，京津冀的相声，四川李伯清的散打评书，诸如此类，尽管其内容有所不同，但是其主旨都是为了博取观众笑一笑。前文提到，中国文学的一个突出特点就是大团圆结局，而实现大团圆就必须活下去，活着才有出路——这是中国人的温良思想。而面对死亡，如果是为了理想和正义而死，大多数中国人都会抱以敬佩之情，这也是一种积极的思想，即对理想的崇拜。堂吉诃德这种立誓消灭世上所有不公、以良善感化愚人主动追求光明和坚持不懈与悲惨命运进行不屈抗争的伟大思想[36]正与之相通。

由此，堂吉诃德在中国读者心目中，也就自然而然地从一个疯子变成了英雄。他虽然死去了，但他是为了理想而死的，有着出师未捷身先死的意味，自然也就引发了长使英雄泪满襟。这样一来，塞万提斯的本意在中国读者看来反而成了末流，他的英雄意义才是最值得称道的。中华民族不是一个慕强的民族，而是一个慕英雄的民族。即使是项羽这样的失败者，我们的史官也会以极高的礼遇将他记录在《史记》的"本纪"部分中，使其同天子。因此，在中国读者和中国文化的改造下，原本与庄子在本质上不同的塞万提斯思想，也被中国读者所接受并发扬光大，使堂吉诃德的形象有了中国的色彩。

总之，一部作品，其出现后必然存在了各种各样的解读，就像庄子在老子后发展了道家，而韩非子则在归本黄老后整理出了一套严肃的法家学说来。但我们的解读要最大限度地做到对社会发展有利，对发展中国及中国特色社会主义有利，否则就是站在了国家和人民的对立面上做事，是要失败的。面对西方的文学作品，如果我们不能做到对其进行中国化的改造和解读，而是坚定地追求所谓的"原旨""本意"，不接受任何变异与本土化的思想，则必将让道路越走越窄，直到被读者抛弃。进行文学比较的一个重要目的就是本土化，"变异"不仅是文明交往中的重要概念，也是比较文学中最有价值的内容，更是文化创新的重要路程。[37]我们应当拥抱它，而不是排斥它，让它更好地为中国文学发展服务，为中国人民服务。

---

36 张叉、杨尚雨，《〈堂吉诃德〉与"〈三体〉三部曲"比较研究》，《攀枝花学院学报》2023 年第 1 期，第 93 页。

37 曹顺庆主编，《比较文学概论》（第二版），北京：人民大学出版社，2017，第 153 页。

　　关于庄子思想和《堂吉诃德》的解读是永不止息的，它会随着时代的发展而进步。庄子和塞万提斯既属于他们所生活的时代，也属于现在和未来；既属于本国，也属于世界。我们做不到穷尽或是完全理解他们深邃的思想，但我们却可以像一身浩然正气的孟子一样，为了仁政的理想不断奔走。应该说这是一种幸福。

著作说明

　　学术著作《威廉·华兹华斯的自然观刍议》《威廉·华兹华斯的社会观探究》《威廉·华兹华斯的文学题材简析》《托马斯·哈代诗歌刍论》《戴维·赫伯特·劳伦斯的"激情现实主义"初探》《别开生面的美国当代幽默家加利生·凯勒》《约翰·厄普代克的小说风格浅论》《艾米莉·狄金森诗歌简朴的深义》《列夫·托尔斯泰思想的矛盾性》《谢尔盖·卢基扬年科〈创世草案〉中的莫斯科-彼得堡隐喻》《偷食禁果神话背后的刻意过失情节及其延伸》《中式法国段子的文学成因及意义》《〈庄子〉"浑沌之死"与〈堂吉诃德〉"头脑灵清"》十三篇文章构成，其分稿撰写、合稿编订情况如下：

　　（一）分稿撰写

　　《威廉·华兹华斯的自然观刍议》《威廉·华兹华斯的社会观探究》《威廉·华兹华斯的文学题材简析》初稿撰写：张叉

　　《托马斯·哈代诗歌刍论》《戴维·赫伯特·劳伦斯的"激情现实主义"初探》《别开生面的美国当代幽默家加利生·凯勒》《约翰·厄普代克的小说风格浅论》《艾米莉·狄金森诗歌简朴的深义》初稿撰写：张顺赴

　　《列夫·托尔斯泰思想的矛盾性》《谢尔盖·卢基扬年科〈创世草案〉中的莫斯科-彼得堡隐喻》《偷食禁果神话背后的刻意过失情节及其延伸》《中式法国段子的文学成因及意义》《〈庄子〉"浑沌之死"与〈堂吉诃德〉"头脑灵清"》初稿撰写：杨尚雨

　　（二）合稿编订

　　全书编订：张叉